高嶋哲夫

電王

DENOU

Takashima Tetsuo

幻冬舎

電王

目次

装画　石居麻耶
装幀　片岡忠彦

プロローグ

老舗《しにせ》旅館「望海郎《ぼうかいろう》」の二階にある一室、窓からは富山湾が見える。湾に沈む夕日は絶景だと評判が高い。

二十畳の座敷は静まり返っていた。

床の間を背に、和服の男が正座している。うつむきかげんで、左手には扇子を握っていた。

男の正面には五十センチ四方の白い台座に、カマキリの鎌のような関節付きの棒状のマシン。その先には、小さなゴムの吸盤がついている。

男と台座の間にあるのは将棋盤だ。

パチリと乾いた音が響く。マシンが駒を指した。この音まで正確に出せるように、マシンは設計されている。

相対する男は第七十六期名人、取海創《とりうみそう》だ。

人間対マシンの将棋対決が行われていた。

取海はこれでどうだというように、定跡通りに指し始めた。部屋の空気が変わった。将棋ソフトとの対戦で、定跡は不利だと言われている。

過去のプロ棋士対将棋ソフトの戦い、将棋電王戦ＦＩＮＡＬは、有明コロシアム、両国国技館、あべのハルカス、小田原城、東京・将棋会館などで行われてきた。

今回は取海名人が「望海郎」を指定した。

マシンの操作をしているのは東都《とうと》大学理学部情報工学科教授の相場俊之《あいばとしゆき》だ。

彼は隣の部屋で三台のパソコンと対峙《たいじ》していた。正面のパソコンのディスプレイには対戦中の将棋盤、左右のディスプレイにはソフトが指すたびに評価値と相手の予想手が表示されている。

別の部屋では、根本《ねもと》八段と小幡《おばた》九段が、スクリーンに映し出される棋譜を見ながら解説している。

名人と将棋ソフトの戦いは、将棋連盟の意向により避けられ続けてきたが、今回は取海名人の独断で決行されたと言っていい。もし負けるようなことがあれば、名人はもとより、将棋界の受ける衝撃は計り知れない。

「名人、今日は珍しく奇麗な将棋をするんだな」

「どんなやり方でも、自分が負けるとは思っていないんだろ」

旅館の宴会場に設置された大スクリーンの画面を、食い入るように見つめていた記者たちが言った。背後にはマスコミほか百人以上の観客が、一手一手を固唾《かたず》を呑《の》んで見守っている。

序盤は名人が押されていた。

中盤から名人が盛り返してきた。名人がこの対局のために考えてきたとしか言いようのない手を指した。

以降、一進一退の攻防が続く。

第一章　二人の神童

1

相場は教授室を出た。廊下を隔てて反対側にある学生研究室のドアを開ける。

壁際のデスクには十台ほどのパソコンが並び、中央に会議用の大型デスクが置いてある。その周りを学生たちが取り囲んでいた。

学生たちの目が、一斉に相場に集まる。

「いいよ、そのまま続けなさい」

デスクの上には将棋盤が置かれていた。

「研究室でトーナメント、名人戦をやってるんです。今日は最終戦で相場研究室の名人が決まります」

「名人には五百グラムのステーキ。一人五百円の賭《か》け金です。配当はなし。勝者の総取りです」

「外部に漏れたら、僕は賭け将棋の場所提供で教授を首になるな」

「先生は将棋はやらないんですか」

「小学生のときやったきりかな。もう駒の並べ方も怪しい」

「実は僕たち、将棋のソフトを作ってるんです。研究ではなく趣味で。かなり勉強になります」

　学生が壁際のホワイトボードを見た。プログラムのフローチャートの横に将棋盤が描かれている。

「大会があって優勝賞金は二百五十万円です。十人いるから一人二十五万円。勝てば大きいですよ」

「優勝できそうなのかね」

「ちょっと難しいです。十年以上参加しているチームもあります。僕らは二回目だから」

「去年の成績は？」

「十二位でした。参加チームは十五チームでしたが」

「頑張ってみればいい。授業と研究の手も抜かないように」

　相場は研究室を出た。学生に伝えることがあったが、引き返す気にはならなかった。

　頭の中には一瞬見た棋譜が焼き付いている。明らかに秋山《あきやま》の勝ちだ。二人が将棋を理解していれば、あと三十二手で詰むはずだろう。秋山は修士課程一年、相手の張間《はりま》は博士課程三年だ。

　相場は頭からその棋譜を振り払って、パソコンの前に座った。

　相場俊之、三十二歳。東都大学理学部情報工学科の教授を務めている。三十代前半での教授昇格は異例の早さで、研究内容の話題性もあり、一時は週刊誌にも取り上げられた。

　人工知能の分野では世界的な実績を上げている。特に相場が評価を受けたのは、ディープラーニングと呼ばれる技術だ。概念や意味を理解しながらマシンが自ら学び行動するシステム。人間の脳のメカニズムを真似《まね》することで、マシンにより高い性能を発揮させようというものだ。それをさらに進化させたものが新ディープラーニングと呼ばれる人工知能で、人間の脳に一段と近づく。

　グーグルやアップル、マイクロソフトといった世界的なＩＣＴ、情報通信技術企業も人工知能には特に着目していた。人材やベンチャー企業の奪い合い、引き抜き、買収が日常茶飯事で、主導権争いが激化している。人工知能がさらに発達すれば、さまざまな仕事が機械化され、人間中心のビジネスは根底から変化する。すでに人工知能の技術は音声認識や画像検索などに応用されている。

帰宅の用意をして廊下を歩いていると、研究室から学生たちの声が聞こえる。そのまま通りすぎようとしたが、ついドアを開けてしまった。

「張間が勝ちました。途中までは秋山が断然優勢だったんですがね」

「そうか。ステーキは張間くんの胃袋に入ることになったか」

言いながら、相場は背伸びをして将棋盤を見た。

「まさか、秋山くんが張間くんの顔を立てたということじゃないだろうね。学問の世界は年功序列なんか関係ないぞ」

「実力の差です。歳《とし》の差でもあるのかな。運と知識と経験がものを言う」

「将棋の世界ではそれはない。あくまで実力の差だ」

思わず言い切ってしまった。強い口調だったのか、学生たちの言葉が途切れた。

「五百グラムのステーキとは、若いね」

相場は軽く言って、急いで研究室を出た。

一週間がすぎた。

「将棋ソフトの大会はどうなった」

週に一度開かれている研究の進捗《しんちょく》状況の報告会が終わってから、学生たちに聞いた。気になってはいたが、切り出せないでいた。

「一次予選敗退です。いいところまでいったと思ったんですが。逆転負けです」

「相手が悪かったです。去年の準優勝のチーム。序盤は互角でしたが、終盤に時間がなくなり、ソフトのスピードを上げたら相手が優勢になって。うちのソフトはじっくり考えるのが得意なんです」

「じゃあ、次は来年ってわけか」

「三ヶ月後にまたあります。改良点は分かっていますから修正できます。まずはソフトを最適化して計算スピードを上げる」

部屋を出ようとした相場を、話がありますと秋山が呼び止めた。

「僕の修士論文ですが、将棋ソフトの開発にしていいですか。人工知能の要素も取り入れる必要もありますし、計算速度を上げる提案もできます」

「確かに情報工学との関連性は大いにあるな。でも重大なものごとを衝動的に決めることがあってはならないよ」

「衝動じゃないです。実は僕、本気でプロ棋士を目指していました。小中学生の頃ですが」

相場は椅子を引き寄せて座り、秋山にも座るように言う。

「挫折したのか」

思わず口にして後悔した。秋山は目を伏せて黙っている。よく見ると涙ぐんでいた。

「気にするな。きみは別の道を見つけて頑張っている。世間では挫折とは見ていない。今度は何ごとにも制約されず、あせらず自分の道を進めばいい」

胸ポケットのスマホが鳴った。あと十五分で教授会が始まるという秘書からのメールだった。

「将棋ソフト開発の修士論文か。面白いが、少し待ってくれ。論文の審査は僕一人でやるんじゃないからね。他の教授にも聞いてみる。頭の固い人もいる。それに将棋を知らない人も」

相場は立ち上がって部屋を出た。

その日、家に帰った相場は書斎に引きこもった。

相場が挫折と言ったときの秋山の表情が脳裏に焼き付いていた。彼の将棋経験は知らない。あの落ち込みようは、かなり真剣だったのだろう。奨励会には挑戦したのか。

パソコンを立ち上げて、将棋ソフトと大会について調べた。

コンピュータ将棋の開発が始まったのは、一九七〇年代と言われている。八〇年前後にはコンピュータ同士の対戦が行われるようになった。当時はまだコンピュータの計算速度が遅く、言語も多くはなかった。三手のうち二手は人間が指すという方法も採られていた。八〇年代にはゲームソフトとしてコンピュータ将棋が市場に出回るようになるが、やっとアマチュアの級位者というレベルだった。

九〇年、将棋ソフト同士の対局、「世界コンピュータ将棋選手権」が年一回開催されるようになると、数年後にはアマ初段レベルと言われるようになり、以後の進歩は目覚ましかった。

二〇〇五年には県代表クラスの棋力に進歩した。この頃から徐々に人間との対戦でも勝利することが増え始め、一〇年以降はコンピュータ側の勝利の数が人間を上回るようになった。そして一三年三月から行われた「将棋電王戦」で、コンピュータは公開対局の場でプロ棋士を破る快挙を成し遂げた。あるトップ棋士は「すでに現役棋士の上位半数、いや三分の一に相当する力があると言わざるを得ない」とまで述べている。

「電脳将棋王選手権」、通称「電王戦」はコンピュータ将棋の大会としては最大、賞金総額五百万円のトーナメント大会だ。優勝賞金は二百五十万円。一三年に第一回大会、以降毎年三、四月に開催されてきた。全参加者が同じハードを使用し、純粋にプログラムの強さのみで争われる点で世界コンピュータ将棋選手権と異なる。上位五つのソフトが「将棋電王戦FINAL」への出場権を獲得し、人間側と対決する。

まだ歴史の浅い将棋電王戦FINALと異なり、「世界コンピュータ将棋選手権」は二十年以上続いている。こちらはプログラムだけでなく、ハードの開発も目的にしている。クラスタやクラウドなどの新技術の利用も含め、さまざまな形のコンピュータ将棋が出場する。年一回、毎年ゴールデンウィークに開催される。近年はこの選手権の上位チームが、電王戦にも出場している。

一五年、「トッププロとの対戦は実現していないが、事実上、ソフトはトップ棋士に追い付いた」と情報処理学会は宣言した。かなり遠慮した言い方だ。

◇

二十四年前――。

相場は八歳、小学二年生だった。

身体《からだ》が弱く、少し激しいスポーツをすると翌日には微熱が出て、起き上がれない日が数日続いた。そんなときは、ベッドの中で一日、本を読んですごした。

二歳違いの弟、賢介《けんすけ》がいたが、身体つきも性格も違っていた。賢介は身体も大きく、社交的で行動派だった。家の中ですごすよりも外を飛び回っていた。

相場の父、俊一郎《しゅんいちろう》は東洋エレクトリック工業株式会社の社長だった。

東洋エレクトリックは曽祖父の代に設立された。最初はラジオなどの真空管を作る町工場だったが、戦後の復興期の波に乗り、主に自動車関連の配線基板をはじめ、建築用電動機器などの電子部品を手がけるようになった。工場は横浜市にあり、従業員数は約六百人。資本金二十五億円。売上高一千二百億円の企業だ。

俊一郎の弟、相場元治《げんじ》は大学を中退して実家近くのマンションに住んでいた。定職はなく東洋エレクトリックの相談役としていくばくかの収入を得て生活している。相場は元治とは妙に気が合い、元治さんと呼んで慕っていた。

体育の徒競走の疲れから寝込んでいる相場のところに、二つ折りの将棋盤と駒を持ってきたのが元治だった。

回り将棋で一時間ばかり遊んでから、元治は本将棋の駒の動かし方を教えた。

相場は駒の役割分担と、敵陣に攻め込むことによる恩賞とも言える成り駒の動き、そして敵の駒を取り込み、味方として扱うルールに興味を覚え、のめり込んでいった。元治とは初めは飛車角落ちで指していたが、ひと月後にはハンデなしでも三局に一局は相場が勝つようになった。

元治がアマ三段と知ったのは半年後だ。その間、元治が来ないときは、家に出入りする会社の人をつかまえては毎日のように将棋を指していた。一日のほとんどの時間を将棋に費やすようになった。

同級生に取海創という少年がいた。

相場と取海が初めて話したのは三年生に上がった日だった。隣の席になった。クラスで気の合う者同士が組んで座っていったら、二人は取り残されて必然的にそうなったのだ。二人ともスポーツが苦手で、大半の者が運動場に出る休憩時間も教室ですごしていた。

相場は雑誌、「将棋世界」の詰め将棋の問題を出して読み始めた。

詰め将棋とは、特定の局面に駒が配置された状態から王手のみを連続し、相手を何手で詰められるかというパズルゲームだ。相手がどう対応しても王手をかけられる手順を見つければ正解であるため、実戦にはあまり見られない妙手を発見する楽しみがあり、本将棋以上の魅力を感じる人も少なくない。

「なに読んでんのや。それ、大人の本やろ」

取海が覗《のぞ》き込んできた。

「詰め将棋。元治さんが買ってくれるんだ」

「将棋知ってんのか」

取海は二年の終わりに大阪から引っ越してきた。

その日は取海がずっと横に座って、相場が「将棋世界」を読むのを見ていた。

学校から帰って、相場は厚紙に線を引いて将棋盤を作った。

翌日、その将棋盤と将棋の駒を持って学校に行き、相場は取海に将棋を教え始めた。

取海はルールをその日のうちに覚えてしまった。相場の将棋雑誌を家に持って帰った。

翌日には取海も将棋盤を作ってきた。将棋の駒もノートを切って作っている。前日の相場の話で駒の一つ一つが頭に入っていたのだろう。

次の週には二人で詰め将棋の問題を考えていた。

取海は頭が良かった。超が付くほど賢かった。それを普段は隠した。経験上、隠すのがクラス内で波風を立てない方法だと思っているふしがあった。

授業中はぼんやり外を見ていることが多かった。教師に当てられると無難に答える。詰め将棋を考えていたと知ったのは、ひと月後だ。

テストでも成績は中の中。何度かのテストの後、相場は、たとえば算数なら取海が正答を出しているのが偶数、あるいは奇数どちらか一方が正解の問題だけだと分かった。教師は気づいていない。

「なぜ、全部に正しい答えを書かないの」

「百点取ってもええことないやろ。前の学校じゃ、いじめられたわ。誰のを写したとか聞かれた」

取海は相場の耳元で囁《ささや》いた。

一度聞いたことは忘れない。黒板に書かれていることは書き写す必要もなく頭に入っている。

将棋を指しながらも、「先生、あそこ、間違《まちご》うとったわ」とふと漏らすことがあった。「そうだよね」と相場も応じて、二人で笑い合った。相場も学校では目立つことを極力避けていた。クラスで一、二を争う虚弱体質の二人にとって、目立たないことが学校生活を無難にすごす一つの方法だった。

相場は元治にもらった将棋雑誌を必ず学校に持ってきた。それを二人で読み、意見を言い合う。一緒に将棋に夢中になるにつれ、二人の仲は深まっていった。

2

秋山が将棋ソフトの開発を修士論文にしたいと言い出した数日後、相場は本人を部屋に呼んだ。

「昨日の教授会でお伺いを立ててみた。だいたいが好意的な見方だった。正式に提案書を出さなきゃならないが、まずは大丈夫だ。どうせなら、どこかの大会で優勝するようなソフトを作りなさい」

ありがとうございますと秋山は頭を下げた。

「ところで、きみはあの勝負の敗因を考えたか。ステーキを食べ逃したトーナメントだ」

「終盤、焦りすぎました。優勢だったので油断しました。今度は勝ちます」

「そうか、今度は油断しないようにするんだな」

秋山は再び頭を下げて出ていった。

彼は棋士の道を諦めて正解だった。油断ではない。一手の指し間違いだ。あの敗因を即座に把握できないようでは上には行けない。将棋の世界では二度目はないと思わなければならない。一手がすべてを決めてしまう。

将棋ソフトか。十年以上前に一度、パソコンゲームとしてやってみたことはあるが、十分で見切ってしまった。子供の遊びだと切り捨てた。

あれからコンピュータの性能は驚くほど上がり、さまざまな用途に適した言語も格段に増え、多くのソフトが開発されている。ここ数年、プロ棋士との対戦で将棋ソフトの勝ちが続いているらしいが、興味がわかなかった。対局は一度も見たことはない。

人工知能を研究すればするほど、人間の脳の偉大さ、複雑さが理解できる。思考とともに感情の変化を考えると、マシンが人を追い抜く時代など来るのかと思ってしまう。

〈先生、パインの高野《たかの》さんがいらっしゃいました〉

秘書から連絡が入った。同時にノックもなくドアが開き、男が入ってくる。Tシャツ、ジーンズにハンチングを被《かぶ》った無精ひげの大男。大学同期の高野雄介《ゆうすけ》だ。当初は大学に残ると言っていたが、博士課程半ばでやめて、ベンチャー企業パインを立ち上げた。

パインの由来を聞いたことがある。「パイナップル、パインアップル。アップルの真似だ」とさらりと言ってのけた。言葉通り、欠けたパイナップルをロゴマークに使っている。「いずれアップルを追い抜く」が口癖で、アップル製品はすべて購入して分解している。「真似するつもりか」と聞くと、「真似はオリジナルの第一歩だ」と返してくる。ちょっと違うと思ったが、口は挟まなかった。屁理《へり》屈《くつ》のような反論をされるだけだ。

相場は現在、パインと共同研究をしていた。パインはハードとソフトとの中間領域の事業化を目指している。人工知能を組み込んだパソコンの開発。パソコン自体が一種の人工知能だが、それを一歩進めようとしている。

「将棋ソフトを知っているか」

打ち合わせが終わって、相場は高野に聞いた。

「うちでも作っている者がいる。うまくいけばソフトとして売り出す。他のゲームに利用できればと思っている。将棋人口はバカにならないからな」

高野自身は大した興味もなさそうだった。

その日、相場は帰宅してからも、ずっと秋山の修士論文のことが頭から離れなかった。安請け合いをしてしまったが、良かったのか。修士論文に値する将棋ソフトとはどういうものだ。

相場はパソコンを立ち上げて、「将棋ソフト」と打ち込んだ。

◇

相場と取海は学校でいつも一緒だった。嫌いだった学校が楽しい場所に変わっていた。休み時間、二人は紙に書いた将棋盤で戦った。

取海は呑み込みが早かった。もともと頭は素晴らしくよく切れる。いつも一歩引いたような面もある。人の顔色をうかがっているのだ。妙に大人びていた。

取海と出会って、二人で将棋を指すのが至福のひとときとなっていた。理解し合える仲間ができたと舞い上がってもいた。トシ、最近、学校に行くのが嫌じゃなくなったんだ。好きな子でもできたのかな――元治に言われて、顔を赤くしたこともある。

取海にしても、相場といるときだけは肩の力を抜いて、年相応の無邪気さや、頭脳の明晰《めいせき》さを露《あら》わにしている感じがした。他のクラスメートと話すときには、気を張って構えているようだ。

特に教師に対しては敬語を使い、馴《な》れ馴れしさを消す。目立たない扱いやすい子供を演じているのが相場には分かった。自分がそうだったからかもしれない。

二人が将棋を指していると、教師が「俺も入れてくれ」と言ってきたことがある。

「将棋は俺も強かったんだ。小学生のときに中学生に勝ったこともある」

まず、相場が相手をした。相場が勝つのに十分もかからなかった。

悔しがる教師が取海とも指す。昼休み終了ギリギリで教師が勝った。

「なんで負けたの。僕との勝負ではあんな指し方しないのに」

「負けた方がええんや。相手は先生やで」

取海は妙に大人びた顔で囁いた。

確かにそうだと思った。相場に負けて顔つきが変わった教師も、取海に勝った後はいやに機嫌が良かった。取海は小学校三年ですでに大人の扱い、世渡りの術《すべ》を身につけていたのか。

3

相場は頬を叩《たた》いて眠気を振り払った。

昨夜はパソコンの前にずっといて、ベッドに入ったのは一時間ほどだ。夢中になると時間を忘れるのは子供のころと変わっていない。将棋ソフトについて調べていて、気が付くと窓の外は明るくなっていた。寝不足特有の鉛のように重い身体を奮い立たせ、大学に来た。

将棋を離れてすでに二十年近くがすぎている。その間にコンピュータは飛躍的な進歩を遂げた。幼稚園児が大学生レベルになったのだ。進化は続き、そのスピードはますます上がっている。これでは一般人は付いていけない。

進化はコンピュータの計算速度、記憶容量、扱い易さといったハード面ばかりではない。ソフトも向上している。人の頭脳で言えばひらめきと知識量、思考方法、すべてが格段に進歩した。進化の相乗効果で将棋ソフトはプロに勝つまでになった。相場の研究している人工知能と多くの点で類似している。

〈兄さん、来週は親父の誕生日だ。今年は来るんだろ〉

研究室に入って、スマホに賢介から留守番電話が入っているのに気づいた。

賢介は相場の弟で三十歳だ。東洋エレクトリック工業の営業副部長。いずれ社長になることは誰もが認めている。かつては相場が跡を継ぐことが当然視されていたが、父親の大反対を押し切る形で大学に残った。

東洋エレクトリック工業株式会社は相場の曽祖父が創業者で、祖父の俊三《しゅんぞう》が会長、父親の俊一郎が社長の典型的な同族会社だ。株式会社とはいえ、株式の六割近くを創業者一族が保有している。

現在の主要製品は自動車関連のシリンダーブロックやトランスミッションケースなどのパーツ。設計から製造までの一貫体制が整っており、塗装まで済ませた状態でメーカーに納品できることが強みだ。建築用の電動工具、ガーデン機器、清掃機器なども手がける。

創業家の四代目というだけで、三十歳の賢介を副部長という役職に就かせるほど、父はボケてはいないはずだ。それなりの実績を残してきたのだろう。経済関係の雑誌にもインタビューが載っていたことがある。

賢介は日本音楽大学の作曲科に進学した。卒業後、仲間とバンドを結成し、活動していた。それを三年で止《や》めて、父親の会社に就職している。

直接聞いたことはないが、作曲に関する自分の才能に見切りを付けたのだろう。そうした判断は昔から驚くほど早い。音楽と営業職、対極にあると思うが、賢介は頭の切り替えがうまかった。

東洋エレクトリックの仕事は賢介に合っているらしい。楽しんでいる様子だ。

長男の相場が早々に大学に残ると宣言し、家を出た。自分がやらなければという意識が生まれたのかもしれない。

折り返そうとしたが、指を止めた。弟と話すのが、急に苦痛に思えたのだ。

〈アメリカで開かれる学会の準備に忙殺されている。おそらく難しい。よろしく伝えてほしい〉

メールを送った。半分以上が事実だ。今年はロサンゼルスで世界人工知能学会が開かれる。相場は研究発表と、一つの分科会の議長を任されている。

相場は秋山を呼んだ。

「ただ単に将棋ソフトを作り上げても、我々には評価の付けようがない。ソフトが大学院修士課程の修士論文に値するものかどうか。正直、ここの教授の誰も判定はできない。どうだろう、何かの大会で優勝するとか……」

相場は遠慮がちに言った。本来、外部評価を取り入れることは許されていない。だが将棋ソフトの大会は学問とは見なされないまでも、プログラミング技術を磨くには最高の場だ。相場自身の研究からも新しい領域を提示できると思ったのだ。

「一年後の将棋ソフトの大会に出て、上位の成績を取るというのはどうですか」

秋山が真剣な顔で言う。

「確かに明確な目標だ。教授会にかけてみるよ」

ところで、と相場は秋山を見つめた。

「きみの将棋歴を聞かせてくれないか。知っておいた方がいいと思ってね」

秋山はしばらく考えていたが、やがて話し始めた。

「将棋を始めたのは八歳、小学校二年のときです。最初は父親にもらった将棋盤と駒で始めたんですが、半年で父親に勝ちました。父親はアマの二段です。父親が舞い上がってしまい、将棋クラブに連れていかれました。二年間で僕に勝てる者はいなくなりました」

秋山の顔が紅潮してきた。彼の将棋人生で絶頂期だったのだろう。

「奨励会には入ったのかね」

何気なく言葉にしてから、その響きが自分の中で自然になっているのに驚いた。これが時の流れというものなのか。一時期はその名を聞くだけで動悸《どうき》が激しくなり逃げ出したくなったものだ。

秋山が意外そうな顔をした。相場の口から奨励会という言葉が出たからだろう。

奨励会はプロ棋士を目指す者の研修機関であり、日本将棋連盟の東京と大阪の本部に置かれている。正式名称は「新進棋士奨励会」。入会試験は年一回、毎年八月に行われる。最下級の6級から三段まで約百五十名が在籍するが、6級でもアマチュア四段ほどの実力が必要とされている。

昇級、昇段は会員同士の対局成績で決定し、負けが多ければ降級、降段してしまう。三段まで上がれば関東、関西合同の「三段リーグ」に入り、半年でそれぞれ十八の対局を行い、成績上位の二人だけがプロ棋士である四段に昇段する。つまり年間で四人だけがプロになれる。

満二十一歳の誕生日までに初段、満二十六歳の誕生日までに四段になれなければ原則退会となる。プロ志望者は時間とも戦わなければならない。

「小学六年生で入りました」

ということは、十二歳でアマ四段の実力があった。

秋山には最初の関門、初段までに九年あった。奨励会員としては余裕の門出ということになる。

「退会は？」

思わず出た言葉だった。

「高校に入るときです」

今度ははっきりと答えた。

「三年、いや四年いたのか。なぜ退会した」

「自分は将棋に向いていないと思いました。それ以上いてもプロにはなれないと。たとえなったとしても、タイトルには遠く及ばないと確信しました」

相場はそれ以上聞かなかった。秋山にとって辛《つら》いことだろう。

将棋は単なる頭脳戦ではない。体力、精神的な強靭《きょうじん》さも要求される。

自分は——。相場は軽く首を振って、それ以上考えることをやめた。

◇

取海の別の一面に気づいたのは、一緒に将棋を始めてしばらくしてからだった。

一週間、同じ服を着続けている。シャツの襟が黒ずみ、靴のつま先が破れている。クラスメートの中には取海の横を通るときに鼻をつまむ者がいた。ときどきからかわれているが、言い返さない。

貧しい家庭があることは知っていたが、貧しさの度合いについては考えたことがなかった。

相場は与えられたものを受け入れていれば、不自由なくすごすことができた。与えられたものを食べ、与えられたものを着る。与えられたものを持って学校に行く。何も考えず大人の言うことに素直に従ってきた。何の考えもなく、子供はすべてそうだろうと思っていた。

取海の生活はどうも違うらしいと気づいたが、それ以上は考えなかった。

休み時間に将棋を指していると、取海が落ち着かない。頻繁に腹の鳴る音が聞こえる。

「お腹《なか》が空《す》いているの」

「俺が起きたん、母ちゃんが仕事に行ったあとやったんや。朝飯、食うてへん」

「あと一時間で給食だ」

取海の腹の音がよけいに大きくなった。

昼前になると決まって取海の腹が鳴りだし、ソワソワし始めるのに気づいた。

給食にイカと野菜の天ぷらが出たことがある。相場が食べようとしたときには、すでに取海の食器は空になっていた。取海の視線は相場の食器を彷徨《さまよ》っている。

「これ、食べていいよ」

相場は天ぷらをつまんで、取海の皿に移した。取海の顔が輝く。

「先生、相場くんが取海くんに天ぷらをあげました」

そのとき、大きな声が上がった。クラス中の視線が集中する。見回っていた教師が二人の前に来た。

「ごめんなさい。僕は天ぷらが嫌いなので」

「好き嫌いが激しいからそんなに細いんだ。頑張って食べろ」

相場は何と言っていいか分からなかった。

黙り込んでいる相場を見ていた取海は、天ぷらをつまんで口に入れた。そして、教師を睨《にら》みつけた。

教師に反抗した態度を取海が見せたのは、初めてだった。

「これからは、自分で食べるんだぞ」

教師はそう言うと、他の児童たちに食事を続けるよう促して、自分の席に戻っていった。

相場は小学三年ながら、取海と自分の家庭が決定的に違うのだと感じ始めた。

4

相場の研究室で学生たちが空いた時間に集まって、新しい将棋ソフトの開発を続けていた。

相場は口を挟むのをあえて避けた。自分の仕事に忙殺されていたこともある。学生たちの話から、コンピュータ将棋の大会が先月あったのを知った。すぐに報告がなかったのは、良くない結果だからだろう。

「将棋ソフトの大会はどうだった」

相場は定例の研究報告会の後、何気ない口調で聞いた。学生たちが顔を見合わせている。

「あれですか——。負けました。二回戦敗退です」

「なにが悪かったんだ。次は上位が狙えると言っていたのに」

「マスコミからは小学生と大学生の差があると酷評です。何を根拠にしているのか。どうせ、将棋のルールをかじった程度の記者が書いてるんです」

張間は不満を含んだ言葉を述べる。

「それは何の記事?」

「ブログです。将棋好きの者が集まって将棋関係の色んなことを書いてるサイトです。たしか花村《はなむら》という記者の記事の引用だったかな。記事は『将棋世界』に載ったものでした」

「将棋世界」には、かつて奨励会に属していた記者もいると聞いている。

「部外者の目は正確なところもある。結果は結果、評価は評価として真摯《しんし》に受け止め、みんなで話し合う価値はある。そういう雑誌があるのなら、第三者の目として参考にすべきだと思うね」

黙って下を向く学生たちを残し、相場は自室に戻った。

翌日の昼前、学生たちが数人、部屋に入ってきた。デスクに数枚の紙を置いた。雑誌のコピーだ。

「修士論文に将棋ソフトを認めてもらったので、将棋の歴史を調べています。それに昨日の先生の言葉も気になって、将棋雑誌を見てたら載っていました」

秋山が置いたのは、将棋雑誌の一ページだった。二人の少年が将棋盤を挟んで向き合う写真が載っている。タイトルには、「天才少年の対決」とある。

「これは先生ですね」

コピーを見つめる相場に向かって、張間が言う。

「名前も一緒だし、出身も横浜とあります。年齢も同じです」

「二十年以上も前のことだ……」

相場はポツリと漏《も》らした。懐かしさよりも、苦い思い出になっている。あのとき以来、駒を手に取ったことはない。

「相手は取海創です。現在の名人でしょう。それもタイトルを総なめにした七冠だ」

秋山が真剣な表情で言う。

彼も将棋をやっていたのなら、七冠の重みを知っているはずだ。なかでも取海は特別だった。二度目の七冠なのだ。最初は二十代で七冠を手にしたが、一年後にはすべてのタイトルを失っている。その後は鳴かず飛ばずで、しばらくいい噂《うわさ》は聞いていなかった。だが現在は、史上最強の棋士として相場の耳にも入ってきている。

「記事にはタイトル戦級の名勝負とあります」

「終盤まで先生が優勢だったとあります。誰《だれ》もが先生の勝ちを確信していたって。だが、ある一手から形勢が逆転した」

「それが将棋だ」

相場は記事から目をそらして呟《つぶや》いた。

「きみたちは何しに来たんだ。これを見せるために来たのか」

「取海名人と互角に戦ったって、すごいと思って」

「大昔、小学生のときのことだ。もう、僕も忘れているし、相手もそうだろう」

「そんなことはないはずです。昔、取海名人が最初に名人になったとき、自分より強い相手はいないかと聞かれ、一人いるかもしれないって答えました。誰かと聞かれて、急に不機嫌になりました。しばらく、誰なのか話題になってましたが結局、分かりませんでした。以来、その話題に触れる者はいません。取海名人がひどく機嫌が悪くなりますから。それって先生のことじゃないですか」

「僕は負けたんだ」

言ってからしまったと思った。あくまで否定すべきだったのか。

「棋譜を調べました。たしかに、終盤まで圧倒的に優勢でした。観戦者の誰もが先生が勝つと思っていたと、書いてあります」

「しかし僕は負けた」

「なんで言ってくれなかったんですか。将棋をやってたってこと。それも今の名人と互角に指しあうほどに」

相場は顔がこわばるのが分かった。二十年近くもの間、自分の中で封印してきたことだ。

「悪いが、その話はここまでだ。他に用がなければ帰ってほしい。僕はこう見えても忙しい」

「もう一つあります。先生も将棋ソフトの開発メンバーになってほしいんです。一緒に作ってくれって言ってるんじゃありません。僕たちが作ったソフトの問題点を指摘してほしいんです。昔とはいえ、取海名人と互角に戦った先生です」

「それは無理だ。そんな時間があったら、もっときみたちの指導に回したい」

「将棋ソフトへのアドバイスも指導の一環です」

「きみたちも僕を頼るより、自分で考えることに力を入れるべきだ。こんなことじゃ、日本からはジョブズもゲイツも出そうにないな。相手は世界だ。未来を変えてやれ」

言いすぎだとは思っていた。学生たちは反論したそうな顔をしていたが、相場を見ると諦めて帰っていった。一切の妥協を許さない、真剣な表情をしていたのだ。

◇

相場が将棋を教えてから、取海は短期間のうちに驚くほど強くなった。相場とはもはや対等だった。相場自身も、叔父の元治や家に出入りする大人は相手ではなくなっていた。

取海に会うまで、相場の最強の相手は元治だった。取海とは元治と同様に最初は飛車角落ちでやろうとしたが、同じ条件でないと勝負はできないと聞き入れなかった。

相場が取海に簡単に勝っていたのは初めのひと月だけで、その後はほぼ互角になった。

「強くなったな。家で練習してるのか」

「トシちゃんの教え方がうまいからや。トシちゃんは将棋始めてどのくらいになるん」

「三年生になる前。身体がだるくて休んでるとき、おじさんが来て教えてくれた」

「なんや、大して変わらんやないか」

二人で声をあげて笑った。取海といると何をしても楽しかった。クラスメートからはいつも一緒なので気味悪がられ、すぐに忘れられる存在になった。


「僕にも将棋を教えてよ」

相場が将棋盤に駒を並べていると、弟の賢介が言った。

「ケンちゃんはまだ小さすぎる。漢字も読めないだろ」

「王様がいちばん強いんでしょ」

賢介が玉《ぎょく》の駒を持って相場を見つめている。

相場は飛車を賢介に突き出した。賢介はしばらく見つめていたが、突然、将棋盤の駒をかき回すと部屋を飛び出していった。

相場は再び駒を並べ始めた。正直、ホッとしていた。せっかく見つけた、没頭できる将棋の世界を邪魔されたくなかった。以後、賢介が相場に将棋の話をすることはなかった。

相場は一方で現実の厳しさを知った。

取海は母親と二歳下の妹との三人暮らしだった。大阪に住んでいたが、父親の暴力に耐えかね、東京に逃げてきた。父親は酒に酔って傷害事件を起こし、刑務所に入っているとも聞いた。

仕事は選ばなければそれなりにあったが、二人の小学生を連れた女性に世間は厳しかった。母親は清掃会社にアルバイトとして入り、ビルや公園などを担当していた。

妹には軽い知的障害があり、からかわれているのを学校帰りに見たことがある。そんなとき取海は両手を握り締め、その場を逃げるように離れた。取海自身がいじめられることもあったが、笑って誤魔化していた。

一度だけ歯向かったことがある。取海の作った紙の将棋盤を上級生が取り上げ、踏みつけたときだ。普段は穏便に振る舞っていた取海が、拳大の石を握ると複数の上級生に殴りかかっていった。簡単に石は取り上げられ、さんざん殴られた。それでも取海は敵意をむき出しにしていた。

相場はどうしていいか分からず、ただ茫然《ぼうぜん》と見ていただけだ。気が付くと、鼻血を出し、擦り傷と青痣《あおあざ》だらけになった取海が倒れていた。

相場は泣いた。しっかりしろやと慰めたのは取海だった。

翌日は何ごともなかったように取海はやってきた。上級生とやり合った噂はクラス中の者が知っていて、取海にちょっかいを出す者はいなくなった。

二人は思う存分、将棋を指すことができるようになった。

5

アメリカでの学会が一週間後に迫ったとき、研究室に男が訪ねてきた。

「花村勇次《ゆうじ》です。『週刊ワイズ』の記者です」

名刺を出しながら言う。猫背ぎみ、小柄だが筋肉質で、無精髭《ぶしょうひげ》で覆われた顔には粗暴さと強引さが感じられた。

「人工知能についての一般的な話ならパンフレットを読んでからにしてください」

花村という記者は、秘書の制止の声も聞こえないらしい。

最近は人工知能について知識ゼロで取材に来る記者が少なくない。そういうマスコミに限って、素人《しろうと》にも聞いて分かるように話してくれと訴える。

しょせん、素人に専門用語抜きで人工知能の話をしても、上辺しか伝わらない。「もっと適切な人を紹介します」と答えれば、あいつは生意気だと陰口を叩かれる。国立大学職員の給与は税金から支払われているので説明義務があると、大学側までも言い出す始末だ。相場は研究成果を出すことこそが、国から給料を受け取る身の責務だと思っている。

「先生は取海創とは知り合いと聞いて来ました。現在の名人です」

「僕は将棋には興味はありませんよ」

「人工知能と将棋。なんとなく結びつくように感じるのは、素人だからでしょうかね」

「人工知能は何にでも結びつけることができます。家電製品やその他の機器。ここ何年かの自動車はＩＴの集積と言ってもいいくらいです。衝突防止や自動運転ともなれば人工知能の独壇場です。今後は介護用品にも多く利用されるでしょう。実際にメーカーから共同研究の話が山ほど来ています」

「まずはゲームの分野でしょう。機械を動かすというより、ソフトの開発だけでいい。世界一の頭脳を完成させる」

「それで、あなたは何の用でここに来たのですか」

花村がおもむろにポケットから一枚の写真を出して、デスクに置いた。子供が二人、将棋盤を挟んで座っている。秋山が見つけてきた記事の写真と同じものだった。

「奨励会三段リーグの写真です。二人は小学六年生だ」

相場は立ち上がり窓の側《そば》に行った。花村の視線を感じる。

「この対局にあなたは負けて、奨励会を去った」

「中学受験を控えていて、勉強に集中したかったのです」

「周囲の者は驚きました。あなたなら、四段昇格は確実だったし、多くのプロたちが次の対局では取海名人にも勝つことができたと言っています」

「僕は負けたのです」

相場は強い口調で言い切った。

「何しに来たんです。昔話は好きじゃない。僕は忙しい」

「私は一介の記者です。今さら対戦させようとは思っていませんよ。そんな力はない。それに何より、現在のあなたは取海名人に勝つことは不可能です。将棋界で二十年以上のブランクを埋めるのは時を戻すのと同じ、無理な話だ。ただ、あなたはＡＩの分野では世界的な実績を上げてもいる」

花村が相場に身を寄せた。

「コンピュータ将棋なら話は別だ。現在では将棋ソフトはプロ棋士より優勢です。でも最強の棋士とは勝負していない。最高のプロ棋士の頭脳は将棋ソフトに遥かに勝るとも言われています」

花村が自分を挑発しているのは分かっていた。それには乗らない、乗るわけにはいかない。

「帰ってくれ」

相場はドアの閉じる音を聞いてから振り返った。デスクの上に、花村の名刺と二人の少年が将棋盤を挟んで向き合う写真が置いてあった。

◇

取海と知り合ってから四ヶ月ほどして家に呼んだことがある。

取海は汚れた足を気にしながら家に上がり、相場の部屋に入ってきた。八畳の部屋には机に本箱、ベッドが置かれていた。机の上には当時の小学生には珍しいノートパソコンがあった。

取海の視線が留まったのは将棋の駒だ。相場が初めて元治に勝った翌日に、プレゼントだと言って持ってきてくれた。ツゲの木でできていて、鹿革の袋におさめられていた。取海は身動きもせずじっと見つめていた。

相場がトイレから戻ったとき、袋は消えていた。それとなく見ると取海のポケットが膨らんでいる。

それから一時間、相場は複雑な思いですごした。駒が消えたことを言うべきか、迷っていた。取海が帰ったあと、元の場所に袋があった。

夜、相場は将棋盤にその駒を並べた。駒を見ていると自然に涙がこぼれてきた。取海はどういう思いで駒をポケットに入れて、戻したのだろう。取海を取り巻く環境を改めて強く意識した。

次の日、相場は取海に勝負を挑んだ。

「僕が負けたら、おじさんにもらったツゲの駒をやるよ。ソウちゃんが負けたら――」

「何でもやるわ。給食の天ぷらかて」

「ソウちゃんの駒をくれよ。あれ、前から欲しかったんだ。あんな駒、どこにもないからな」

取海の顔が輝いた。

次の日曜と日を決めて、近所の神社の境内で勝負をした。厚紙の将棋盤の横にツゲの駒と紙の駒を置いて指した。朝の十時に始めて、終わったときには陽が沈みかけていた。

取海の目を怖いと初めて感じた。勝負にかける集中力は尋常ではない。相場は負けた。最初から負けていたのかもしれない。相場は手ぶらで帰ったが何の後悔もなかった。

その一週間後、相場は取海の家に誘われた。

取海に案内され、相場は立ち止まった。正面にあるのは古びた二階建ての木造アパートだった。錆《さ》びた鉄階段が目立っていた。取海の部屋は一階の端だった。

「トシちゃんの家みたいに豪邸やないけど、入ってや」

建て付けの悪いドアを開けると、台所の奥に六畳の部屋があった。

奥の部屋には布団が敷いてあって、その上で妹の定子《さだこ》がテレビを見ていた。部屋の隅に小さな座り机があり、教科書が積んであった。その端にツゲの駒が入った袋が置いてある。

「トシちゃん、弟がおるやろ。仲ええんか」

急に、取海がなにげない口調で聞いてきた。

「分からないよ。生意気なところもあるけど、喧嘩《けんか》することはほとんどない」

「じゃ、仲ええんやろ。なんで分からんなんて言うんや」

相場は答えることができなかった。賢介についてはあまり考えたことはないというのが本音だった。お互いに自分の世界を作っている。性格の違いもあるのだろう。賢介は友達が多く、外で遊んでいる時間が長い。

「ケンちゃんはケンちゃんだ」

相場は答えた。取海は納得のいかない顔をしていたがそれ以上は聞かず、台所に行った。

相場が定子と並んでテレビを見ていると、取海がコップにカルピスを入れて持ってきた。

「飲み。美味《うま》いで」

定子がコップをつかむと喉を鳴らした。相場の様子を見ながら、取海もカルピスを飲んでいる。相場も口をつけた。カルピスは生ぬるく、水のように薄かった。

しばらくの間、飲み物を口にするたびに、取海の家で飲んだカルピスの味を思い出した。

6

花村が訪ねてきた翌週、相場は海外出張した。

ロサンゼルス近郊にあるカリフォルニア工科大学、通称カルテックで世界人工知能学会が開かれた。世界でもっとも大規模な人工知能研究の発表の場だ。他の学会と比べて特徴的なのは、世界を代表するICT企業が参加し、ソフトやハードの最新の情報を交換する場となることだ。

相場は自分の発表とともに一つの分科会の議長をまかされていた。

聴衆は六百人収容の階段状の大教室にも入り切れず、ホールに巨大スクリーンが急遽《きゅうきょ》設置されて発表が生中継された。発表が終わると、相場は大勢の取材陣に取り囲まれた。

さっそく百万ドル単位の研究補助金を申し込む企業や、共同研究を持ちかけてくる大学、世界的な企業、さらにはベンチャー企業もあった。

三日間の学会終了後、相場は帰国途上の機内にいた。忙しさにかまけて、将棋ソフトや取海のことはすっかり忘れていた。

キャビンアテンダントにもらった新聞の記事が目に留まった。

一つは名人戦に勝ってタイトルを保持し続ける取海へのインタビュー記事。もう一つは、将棋ソフトについてだった。将棋連盟はかたくなに名人との対局を避けているという。

〈時代は大きく変わっている。将棋はこのまま過去のゲームであっていいのか。機械はすでに人間を超えたのか。いずれ追い抜かれるヒトの頭脳〉

将棋界が名人とコンピュータの対局をかたくなに拒む理由は何か、と問いかける、非常に挑戦的な記事だった。記事の署名には花村勇次とある。将棋界では有名な評論家でもあるらしい。

相場は目を閉じた。学会に出発する一週間前に、相場と取海の対局写真を見せた男だ。相場を挑発するような言動だった。あの男は相場を現在から引き戻し、再び取海と対局させようとしているのか。

学会の疲れが一瞬のうちに全身に広がっていく。いつの間にか眠りの中に引き込まれていった。

◇

取海と一緒に隣町にある将棋クラブに行ったのは、三年生の三学期に入ってからだった。金曜日の放課後に相場と取海は一緒に校門を出た。

「トシちゃん、一緒についてきてや。俺一人やと恐ろしい」

取海の表情は真剣だった。相場は初め何のことか分からなかった。

「将棋クラブに行きたいねん」

取海は相場が貸した将棋雑誌で見つけてきたのだ。

当時は多くの町に、「将棋クラブ」や「将棋センター」「将棋道場」があった。将棋好きが集まり、管理者がそれぞれの力にあった相手を見つけてくれる。

「将棋の相手なら僕がいるだろ」

「トシちゃんとやるのも楽しいけど、俺、もっと強うなりたいんや」

「それは僕だって同じだ」

「将棋クラブにはなんぼでも強い人がおるらしいわ。俺は教わって、もっともっと強うなりたい」

取海の表情は真剣さに溢《あふ》れていた。相場は思わず視線を外した。取海の顔を怖いと感じたのだ。

当時二人の腕は互角だった。昼休みにはたいてい二番指して一勝一敗の引き分けに終わっている。お互いに相手を意識してそうなるのではなく、精いっぱい指してもそうなるのだ。あるいは、むやみに長い時間になって勝敗が付かないこともあった。力が拮抗《きっこう》していた。能力的には互角で同じ本で勉強し、同程度の練習をしていれば、当然だった。

相場も取海の話を聞いて何となく行ってみたくなった。

「僕はどこにあるか知らない」

「任しとき。俺はもう、調べてある」

取海は将棋クラブの名前と住所を言った。

二日後の日曜日に二人で電車に乗って隣町に出かけた。小学生が二人、大人たちが集まる場所にひょっこり現れたのだ。

「坊主、何か用か」

丸坊主の男が二人のところに寄ってきた。将棋雑誌に書いてあった手合い係と呼ばれる対戦相手を決める男だ。言葉に詰まっている相場を押し退《の》け、取海が前に出た。

「ここ、将棋指すところやろ。俺、やりたいって思うて」

「子供の遊び場と違うぞ。金を払って将棋をするところだ」

「金やったら持っとる」

驚いた。取海がポケットから千円札を出したのだ。将棋雑誌に料金が書いてあったのだろう。どうやって取海がその金を工面したのか、分からなかった。

「千円じゃあ足りんなあ」

取海が相場を見た。

「これは電車代だよ」

「歩いて帰ったらええやろ」

仕方なく相場も千円札を出した。残っているのは百円玉が一個と十円硬貨ばかりだ。

「いい覚悟だ。容赦はせんからな」

坊主頭は取海の手から二千円をつまみ取ると将棋盤のところに連れていった。

「こいつの相手になってくれ。飛車角落ちでいいだろう」

高校の制服を着た少年に言った。襟章は横浜では有名な進学校だ。

「飛車角落ちなんていやや。まともにやってえな」

取海は高校生を睨み付けた。

しばらくして歓声が上がった。始まって二十分ほどで取海が勝ったのだ。それから取海は次々と相手を倒していった。

「きみも将棋をやるのか。僕とやろうか」

高校生が聞いてきた。

相場が頷《うなず》くと、高校生は将棋盤に駒を並べ始めた。

三十分後、相場は勝った。いつの間にか取海と相場の周りには人垣ができていた。

相場も取海も休まず将棋を指し続けた。昼がすぎ、気が付くと陽《ひ》が傾き始めていた。それでも、やめることができなかった。

「このお兄ちゃんはアマ五段や。今いる中で一番強い。こいつに勝ったら、二千円は返してやる」

「俺がやるわ」

そう言って相場を押し退け、取海が前に出た。

相場はツゲの駒を賭けたときの取海の目をこの場で再び見た。絶対勝つ。確信を抱いたように勝負に臨んでいる。

二時間後、取海は負けた。辺りは暗くなっている。相場も時間を忘れて取海の勝負に見入っていた。

二人は歩いて隣町まで帰らなければならない。将棋クラブの男たちは集まって何やら話していた。

「きみたち、この二千円は返してやる。そのかわり、来週もここに来い。分かったか」

相場と取海は頷いた。

あとで聞いたが、アマ五段の男は実質七段と言われていた。その彼がやっとのことで小学三年の取海に勝ったのだ。取海の三倍の長考の末だった。

「俺は真剣がやりたい。勝って、金がほしい」

帰る途中、取海は低いがはっきりした口調で言った。真剣とは賭け将棋のことで、禁じられている。

翌週、相場は将棋クラブに行けなかった。祖父の誕生日で、家族で食事会に行ったのだ。

取海は一人で将棋クラブですごした。取海の周りには常に人垣ができていたと聞いた。

翌週からは相場も通うことになる。

相場にまた転機が訪れた。元治にアップル製の最新式ノートパソコンをプレゼントされたのだ。

「競馬で大穴を当てたんだ。兄貴には言うなよ」

元治は人差し指を唇にあてて言った。

前のパソコンに比べて格段に計算速度が速く、記憶容量も大きい。使い勝手のいいコンピュータにのめり込んでいった。小学三年の終わりには簡単なプログラムは組めるようになっていた。

そのころからだ。相場が学校から帰ると、居間からピアノの音が聞こえるようになった。そっと覗くと、弾いているのは賢介だった。横には母の富子《とみこ》が立っている。富子が言い出したピアノのレッスンを進んで受け始めたのだ。相場も勧められたが、強く拒否していた。

第二章　親 友

1

学会が終わり、アメリカから帰った相場は、忙しい日々をすごした。

発表した人工知能研究の反響が大きかった。最初の数日間は国内の大学、企業の研究者から電話が相次ぎ、海外の研究者からメールも殺到した。しばらくして国内企業からの訪問を受け始めた。

学習能力を持つ人工知能の開発はさほど新しいものではない。相場が発表したソフトはスピードと正確さがずば抜けていた。共同研究の話がほとんどだったが、相場はすべて断った。

混乱した状況がひと月ほど続いたが、相場の冷静な対応もあって徐々に落ち着きを取り戻した。

「将棋ソフトの開発は進んでいるのか」

研究室の定期報告会のあとで、相場は秋山たちに聞いた。

「先週、関東エリアの大学主催のコンピュータ同士の大会がありましたが、秋山くんが準優勝です」

「小さな大会です。僕は優勝を狙っていたんですが負けました。それも大差で――」

秋山にはかなりショックだったらしい。話しながら指先が震えている。

「たかが将棋だろ。そんなに落ち込むことはないよ」

張間らに慰められているが、神経を逆なでされている感じもする。

「きみたちの開発しているソフトと、秋山くんのは違うのか」

「彼は新しい手法を試してみたいと言って、別のものを作り始めています。そういう意味から言えば、第一戦は負けて当然です。まだソフトが多くを学習していないのですから」

「うちのソフトとも対戦させよう。一つでも対局が多い方がいいんだろ。うちのはスーパーラーニングソフトを組み込んでいる」

スーパーラーニングソフトは自ら学ぶ人工知能の新しい手法だ。数年前に発表され、まだ十分に開発されていない。進化の著しいこの世界では、すでに新しい発想のものが作られているかもしれない。

「頑張ったな。そんなに落ち込むことはない。たかが――」

言いながら相場は立ち上がった。この場に居続けると何を言ってしまうか分からなかったからだ。

相場が自室に戻るとパインのCEO、高野が来ていた。

「学会は盛況だったらしいな。特におまえの発表は立ち見が何人も出たそうじゃないか。松原《まつばら》から聞いたよ」

高野が二人に共通の友人の名前を挙げた。松原はグーグルのプログラマーとしてアメリカにいる。

「大半が企業に所属するエンジニアだ。彼らは世界の最先端を知っておく必要があるからな。会社の将来がかかっている。研究資金を出したいという企業もいくつかあった」

「いくつかとは」

「十七社だ」

「そういうのはいくつかとは言わないんだ。多数だ。で、どこかと提携するつもりか」

「まだ、そんな段階じゃない。そのことは企業だって分かっている。一応、つなぎを付けておこうという程度だ」

「おまえも大人になったな。舞い上がってもいないし、相手の思惑も分かっている」

「僕は人工知能を日本の技術として育てたい。少なくとも、僕の関わる分野は」

「おまえが愛国者だなんて初耳だ。なにかあったのか」

「グーグルとかアップルとかのロゴマークと製品は見飽きたからね。一つくらい日本発で驚かせ、世界市場を独占するようなソフトがあってもいいと思ってね」

「ソフトこそがハードに勝ると考えているんだろ。間違いだ。かつてのソニーを覚えているか」

高野はウォークマンのことを言っている。

日本はもの作り大国と言われて久しいが、世界の趨勢《すうせい》は変わってきている。アップルのアイフォーンにしても、他の製品にしても、中国をはじめ世界各国で作られた部品の集合体だ。

「アイデアと精緻《せいち》な技術の融合だ。ソフトとハードは一体でなきゃ革新的なことはできない。アイポッド、アイフォーンがまさにそれだった」

「確かにそうだが、情報通信技術の発達で世界は狭くなった。その傾向は今後強くなる。国境の壁も低くなる。分野によってはもうなくなってる。日本発の世界標準がどんどん出てしかるべきだ」

相場は考えながら言った。この十年間でＩＣＴの業界も大きく変わるだろうという予感があった。そのキーとなるのはＡＩ、人工知能だ。

「パインを忘れるな。俺と組めよ。悪いようにはしない」

「考えておくよ。しかし、僕のやってることが実用化されるのは、先の先の話だ」

「この業界でいちばん大事なのは何だか知っているか」

「スピードだ。世間の倍、いや三倍の速さで進んでいる」

「十倍だ。しばらくあたためておこうなんて考えるな。そう思った瞬間にカビの生えた技術だ」

「忠告はありがたく受けておく」

相場はこの話は終わり、という風に高野に言った。

「ところで、おまえの研究室では将棋ソフトを作っているのか」

「なんで知ってる」

「うちの社員が趣味で参加した大会で、おまえの研究室の学生と会ったと言っていた」

「秋山くんだ。優勝を狙っていたが決勝で負けたそうだ」

「優勝はうちの社員だ。木崎《きざき》を知ってるだろ。去年も優勝したんだ」

「秋山くんに言っておくよ。がっかりしないようにって。相手はパインの新進気鋭のエンジニアだ」

「秋山って学生にも言っておいてくれ。いつでもうちに来るようにって。中途採用もオーケーだ」

「最近、はやってるのか、将棋ソフトは」

「大昔からある。古き将棋と最新ソフトだ」

学生にいつでもうちの会社に遊びに来るように言ってくれ、と高野は告げると帰って行った。人工知能を研究する学生は世界、日本を問わず引っ張りだこなのだ。

◇

相場と取海は隣町の将棋クラブに通い続けていた。

日曜日の朝九時、開くと同時にクラブに入り、午後四時に出る。取海はもっといたい様子だったが、相場が付き合えるギリギリの時間だ。七時間の滞在中にできるだけ多くの対局をする。

初めは興味本位で付き合っていた坊主頭の手合い係、沼津《ぬまづ》幸造《こうぞう》もひと月もすると本気になっていた。二人がクラブに到着すると、その日の対局相手を書いた紙を渡してくる。

対局の間中、二人のまわりには人が集まっていた。

昼食時間を一時間取っていたが、大抵はお握りをかじりながら、飛び込みの相手と指すことになった。二人の噂を聞いてやってきた、近所の自称名人たちだ。それでも早い場合は十分で勝負がついた。

二人は急速に力を付けていった。小学三年ながら、二人とも自身の棋力の向上を実感した。

「ラーメンでも食べて帰らへんか」

ふた月ほどして将棋クラブの帰りに、取海が突然誘った。

「僕は電車賃しか持ってない」

「まかしときや。俺がおごったる」

いつになく取海が豪快に言う。

「無駄遣いはしない方がいいよ」

「母ちゃんがくれてん。遅うなるようやったら、二人で食べてきいやって」

その日は駅前のラーメン屋で二人してラーメンを食べた。

取海は実に美味そうに食べている。時折り相場と目が合うと恥ずかしそうにほほ笑んだ。

「美味いな」

友達と二人、知らない町でラーメンを食べるなど、相場にとって初めての体験だった。家族と行くレストランのコース料理より数倍美味かった。

翌日の夕方、元治がやってきた。

「おまえ、隣町の将棋クラブに行っているのか」

声をひそめるようにして聞く。相場が黙っていると続けた。

「今日、ひさしぶりに行ったら、すごい小学生が来ていると言ってた。それも二人。聞いてみたら、アイバとトリウミというんだと。相場はおまえだな」

相場は頷かざるを得なかった。

「花田《はなだ》に勝ったというのはおまえか。青白くてひょろ長い奴《やつ》だ。将棋指しにしては爪が長めの男」

「ソウちゃんの方。トリウミソウっていうんだ」

「なんだ、おまえじゃないのか。おまえはやったことはあるのか」

「まだない。昨日初めて来た人だから」

「名古屋に住んでる奴だ。おまえらのことを聞いてきたらしい。あいつはアマ八段だぞ。たとえまぐれでも、小学生が勝てる相手じゃない」

「あの人なら、僕でも勝てるよ。ソウちゃんが三局やったのを見てた。そんなに強くもなかったよ」

元治は驚いた顔で相場を見たが、すぐに将棋盤を出して駒を並べ始めた。

「最後に俺とやったのはいつだった」

「覚えてない。去年じゃないかな。しばらく来てないでしょ。来ても僕とは遊んでくれなかった」

「おまえがいなかったんだ。友達ができたって義姉《ねえ》さんは言ってた。それが取海とかいう坊主か」

相場は将棋盤から視線をそらした。

「なんだ、あまりやる気がなさそうだな」

「元治さんに勝ったの、もうずっと前だ。ツゲの駒もらったでしょ」

元治は相場をじろりと見て、甥の角を取った。相場はその角と自陣の飛車を交替した。

「飛車抜きでやろうっていうのか。大きく出たな」

三十分ほどで勝負はついた。元治は腕組みをして将棋盤を睨んでいる。

「もう一局だ」

「僕は宿題がある」

元治はちょっと考えてから相場の飛車と角を取った。立ち上がりかけた相場が座った。今度の勝負は二十分でついた。元治は何も言わず、将棋盤を睨んでいる。

2

相場がマンションに帰ると弟の賢介が来ていた。キッチンでは妻の初美《はつみ》が夕食の用意をしている。

「父さんが兄さんに会いたがってる」

相場が椅子に座ると、賢介は唐突に言った。

「僕は忙しい」

「知ってる。アメリカでの兄さんの発表は、日本の業界でも話題になっている。注目されてるんだ」

「騒ぎすぎだ。まだ海のモノとも山のモノとも分からない技術だ」

賢介が知っていることに、相場は驚いていた。ただし、東洋エレクトリックの業務内容と全く関わりがないというわけでもない。人工知能はあらゆる分野に応用が利く技術だ。

「情報分野に革命をもたらすって言ってる専門家もいる」

「そんな意見に惑わされるな。地道な技術の積み重ねが日本の強みだ」

思ってもみない言葉が出たのに相場自身が驚いた。

科学技術の進歩は速い。加速度的に進歩している。流れについていけるかが、企業の将来を決定づけることになる。

「兄さんはまだ父さんを恨んでるのか」

「そんなことはない。あれは約束だったし、自分で選んだ道だ」

自分でも本音かどうかは分からない。あの選択で良かったのか。当時は何度か自問したが、考えれば考えるほど分からなくなった。小学六年生には重すぎる決断だったのだ。

相場は初美が持ってきたビールをついで一気に飲んだ。

「何か言いたいことがあって来たんじゃないのか」

「会社が危ない」

相場はビールをつぐ手を止めた。

「順調だと言ってたじゃないか。株価だって上がっている」

「兄さんが株価を見てるとはね。やはり気にしてるんだ」

「あれでも問題があるのか」

「今までは上がってきた。そして現在も上がってる。でも五年後にはガタガタになる」

「おまえに分かるのか」

「勉強した。経済、経理、それにこの業界の動向もだ」

「みんな勉強しているが、先のことなんか分からない。しかもそんなに先のことなんか」

「勉強が足りないんだ。もしくは才能がない。経済学や社会学ってなかなか面白いよ。俺に合ってたんだな。寄り道してきた気分だ」

賢介が確信を込めた口調で言う。

「思い切った選択をしたものだと内心驚いていた」

「音大に進んだことか、それとも父さんの会社に入ったことか」

「両方だ。僕にはできない選択だ」

「いや、兄さんならできる。そういう場面があっただろ。人生を決定づける大きな選択だ。そのときには気づいていなくても」

人生を決定づける——奨励会を退会したときのことだ。賢介は感じ取っていたのだ。兄は重大な決断をしていると。

当時、賢介は小学四年生、相場の二歳下だ。仲は良かったと思っている。ただ一緒に遊んだ記憶はほとんどなかった。お互いの性格も興味も違いすぎていたのだ。

相場は家で静かに本を読んだり、将棋やパソコンをしていた。賢介は身体が大きく、スポーツ好きの少年だった。積極的な性格で人前に出るのを好んだ。だから音大の作曲科に進んだときには驚いた。

確かに母親に勧められたピアノは唯一続けていた。中学からブラスバンド部に入り、高校ではバンドを作って、自分で作曲して学園祭などで演奏していた。

「なんで音楽を止めた」

「才能がないと分かったから。確かに人より多少ピアノが上手《うま》かったり、いい曲が作れたけど、プロの世界には通用しない。それが分からないほどバカじゃない。でも、止めたわけじゃない。趣味としてやっている。それなりに楽しいよ」

　相場は思った。賢介のように割り切って続けるには、将棋が自分には重すぎたのだ。いや、賢介のように自分の才能に見切りを付けたわけではない。それよりむしろ――。

　相場は考えるのを止めた。終わりのない迷路に迷い込むだけだ。

「会社が危ないというのはどういうことだ」

「五年後に行き詰まる。あと二、三年で現在の主力製品のプリント配線基板の需要が半分になる」

　なぜ、おまえに分かるのかという言葉を呑み込んだ。自分は会社経営の素人だ。賢介も昔はそうだったが、現在のことを相場は知らない。

「他の製品を伸ばせばいいだろ」

「他社だって同じことを考えている。同じものじゃダメなんだ」

「だったら、さらに他の道を探っていくほかない」

　賢介がビールのグラスを置いて、姿勢を正した。

「それは分かっている。でも俺にはその知恵がない。兄さんにも一緒に考えてほしい」

「僕はダメだ。自分の仕事がある」

「兄さんの研究は会社と重なる部分が多くある。そういう分野のアドバイスがほしいんだ」

「父さんがそう言ったのか」

「いや、俺の考えだ。父さんは兄さんのことは一切話さない」

「なぜ、僕なんかに頼む。会社にも優秀なエンジニアはいるだろう」

「兄さんほどの頭を持つ者はいない。これは努力や経験じゃなく、センス、才能の問題なんだ」

相場を見据えて賢介が言い切った。

「身内の買いかぶりだ。僕は大学の人間だ。ビジネスの感覚はない」

「だから、新しい発想ができる。この業界に長くいると、発想が小さくなる。目先の利益ばかり考えるようになる。社員のことを考えると無意識のうちに守りに入ってしまう。俺は世界に通用する画期的な発想がほしいんだ」

高野も同じようなことを言っていた。そういえば二人は性格が似ている。

「そんなものは、おいそれとは出るもんじゃない」

「だから、兄さんに頼んでいるんだ」

こんな賢介は初めてだった。

「いいな、兄さんは。何だかんだ言いながらも、自分の道を進んでいる」

賢介がポツリと言う。

「おまえはそうじゃないというのか」

「自分でも分からないよ。それが分かるのは、きっとずっと先のことだ。たとえば――」

ドアが突然開いて輝美《てるみ》が飛び込んできた。相場の一人娘だ。賢介の前に来て、ぺこりと頭を下げた。

「いくつになった」

輝美が指を三本立てた。

「将棋、教えてるのか」

「バカを言うな。初美がピアノを習わせている」

「将棋は頭の訓練にもなるって話だ。兄さんの今があるのも、早くから将棋をやってたからだって、元治おじさんが言ってた。俺には誰も将棋を教えてくれなかった」

「元治さんは元気か」

「元気ではないね。入退院を繰り返している」

賢介が煙草を吸う真似と、酒を飲むしぐさをする。

「医者に言われても止めようとしない。人生を投げてしまってる」

「元治さんらしいな。人にはそれぞれの生き方があり、行き着く先は決まっている。たかだか数十年長いか短いかだけだ」

「おじさんには言わない方がいいよ。ますます図に乗って命を縮めるだけだから。会いには行くべきだね。兄さんは気乗りしないかもしれないけど」

「食事の用意ができたわよ」

初美の呼ぶ声が聞こえた。相場は立ち上がって、輝美を抱き上げた。

◇

相場と取海は学校の昼休みに相変わらず将棋を指していた。

「それって、そんなに面白いの」

顔を上げると井上《いのうえ》初美が立っている。

小学三年生にしては大柄で、二人よりも十センチは高かった。色白で肩の下まである髪を二つに結んでいた。クラスの人気者で、男子たちの間でもよく初美の名前が出てきた。成績はクラスで一、二を争い、クラス委員を務めている。普段は相場や取海など相手にすることはない。

「将棋を知らないのか」

「やったことない。ゲームより面白いの」

「僕はゲームはやったことない」

相場は初美に駒の動かし方を教えた。初美は黙って聞いていたが、しばらくして駒を投げ出した。

「私は面倒なことが嫌いなの。ゲームは覚えることはない。必要なのは反射神経、指先の動きだけ」

「そんなのこそ、つまらないだろ」

「だから面白いの。二人とも、絶対に私には勝てないから」

初美がコントローラーを動かす真似をした。

それからは時折り、初美が将棋をする二人を見ていることに気づいた。

天気のいい日、ツゲの駒をかけて勝負をした神社の境内で、二人は宿題をした。算数は競争して解いてから答え合わせをしたが、いつも同じ回答だった。十分で済ませると、将棋を指した。

ある日、初美がついてきた。帰る方向が同じで、二人の行動に興味を覚えたらしい。三人で宿題をやった。二人が終わっても、初美はほとんどできていない。

「あんたたち、ちゃんとやったの。今日の算数はけっこう難しいよ。プリントが二枚あるし」

相場と取海は顔を見合わせて、二人で宿題の解答を確認すると将棋を始めた。

一局目の終了後に、初美が一枚目のプリントを終えた。横にあった二人のプリントと見比べている。

「二人とも、三つ違ってるよ」

取海が首を伸ばして初美のプリントを見た。

「おまえが違うとんねん。よう見てみ」

「私は間違ってない。あんたたちより、私の方がいつも点数がいいもの」

「それやったら、それでええわ」

取海は興味なさそうに言うと、将棋盤に視線を戻した。

初美はしばらく二人が将棋を指すのを眺めて、帰っていった。

「あいつ、いやな奴やな」

「なんで、僕たちについてきたんだ。将棋に興味があったのかな」

「ゲームの方がおもろいって言うてたやん」

「ソウちゃんはゲームやったことあるの」

「母ちゃんに買《こ》うてくれって言うたけど、パンチ食ろうただけやわ。パチンコで父ちゃんが借金作ったんやて。せやからゲームは大嫌いなんやと。ゲームってパチンコと似とるんか」

「知らない。僕もやったことないから。でもソウちゃんの父さんって、今どこにいるの」

「遠くに行っとるらしいわ」

「会いたくはないの。父さんに」

「別に。母ちゃんおるし。父ちゃんのことを言うと、やっぱりパンチ食らうんや」

取海の父親は刑務所に入っている。クラスメートがそう言っているのを聞いたことがある。そのとき、取海はなにも言わず下を向いていた。担任が入ってきて、話はそれきりになった。その後、二度と聞いたことはない。何かを察した担任が手を回したのかもしれない。

日曜日の将棋クラブ通いは続いた。相場が家の都合で行けないときは、取海一人で訪ねているようだ。日に日に二人は強くなっていった。

ずっと拮抗していた二人の実力に少しだけ開きが出始める。わずかながら取海の勝率が上がった。十局のうち六局は取海が勝つようになった。

相場はすぐに自覚した。取海が気づかない振りをしているのも分かった。

「ソウちゃんは強くなったね」

「トシちゃんが本気を出さんからや」

「いつも本気だよ。でも負けてしまう」

「そう言うてるのが本気やない証拠やで。絶対に勝ったるいう気でやらんと勝てへんで」

取海は妙に大人びた口調で言う。

「ソウちゃんはいつも絶対に勝つ気でやってるの」

「そうやなかったら、やる気せん。それに勝てへんし」

相場は二人が教師と指した去年のことを思い出した。あのときは第一局では相場が勝ち、教師の機嫌が悪くなった。次に取海が負けてやると教師の機嫌が直った。

取海は今でも、担任に勝ちを譲るだろうか。ふと、そんなことを考えたりした。

相場は取海を相手にするとき、最初の一、二局は無心で指すことができた。ただ長引いてくると疲れ、取海の顔を見てつい戦意をなくしてしまうのだ。何かに取り付かれたように将棋盤を睨んでいる。

彼の頭の中には相場はいない。あるのは将棋の駒だけだ。

3

「将棋ソフトの作成は進んでいるのか」

相場はひさしぶりに秋山に聞いた。

「一進一退です。新しい学習プログラムを組み込んでいますが、計算に時間がかかりすぎます。ある程度学習させたら、学習プログラムは凍結させるしかないです。それまでのデータだけで勝負する」

「効率が悪いし、学習プログラムの意味がない。強い相手と指すことでプログラムが進化していく」

「さらに高速のパソコンを使うという手もありますが、もう少し考えさせてください」

学習に時間をかけすぎると、実戦では時間が足りなくなるのだ。

「もっと効率的な学習方法を考えた方がいいのかもしれないな。汎用性の高い学習プログラムより、将棋ソフトに特化したプログラムを作る方が早いかもしれない」

「時間がありません。新しい学習プログラムを作るには半年はかかります」

「だったら、今の汎用プログラムから不要な部分を抜き取るだけでいい。半分程度にはなるだろう」

秋山は頷きながら聞いている。

「計算スピードが速くなるのは確実ですね。でもプログラムを削るのですから、学習内容とその精度に問題が出るかもしれません」

「問題が出れば、その都度、調整していけばいいだけの話だ」

「いよいよ先生が本気で将棋ソフトに乗り出しますか」

気がつくと、ドアの前に「週刊ワイズ」の記者、花村が立っている。二人の話を聞いていたらしい。

「研究室として将棋ソフトに取り組んでいるわけじゃなかったんだ。どうりで弱いわけだ」

呟きではあるが、聞かれることを意識している。学生たちは訝《いぶか》しげな視線を花村に送っている。

「花村さん、あなたと約束はしていなかったでしょう。話があるなら、今度にしてくれないか」

「スマート2だったかな、ここの学生が作った将棋ソフトは。人工知能を搭載した学習型ソフトで、試合を勝ち進むほど強くなるというキャッチフレーズだった。強くなる前に負けてしまえば弱いまま、進歩がない」

相場を無視して、花村は学生たちに挑発的に言うと、近くの椅子を引き寄せて座った。

「あの記事を書いた人ですか」

張間が相場に聞いた。相場が頷くと、花村が張間を見る。

「ここの将棋ソフトについてはいくつか書いた。スマート2は、ちっともスマートじゃないともね」

「あんたの記事は当たっているかもしれないが、スマート2は研究室とは関係ない。僕個人でやってることだ。だからあんたが――」

「いや、違う。秋山くんの修士論文として僕が認めたものだ」

相場は秋山の言葉をさえぎった。

「あれが論文か。大学も変わったものだ。いや、現実的でいいのかもしれない。確かにソフトの勉強にはうってつけだ。おまけに競技会で優勝でもすれば、きみは就職活動なんてする必要はない」

花村が半分笑いながら言う。

「用がなければ帰ってくれないか。僕たちはおしゃべりしている暇はない」

「用がないわけじゃない。俺は『週刊ワイズ』の記者だが、将棋連盟とも関わりがあって、将棋雑誌にも書いてるんだ。将棋も以前のように盛り上がっているという訳じゃない。むしろ衰退気味だ。こういうものには、何かトピックが必要なんだ。サッカーやラグビーだってワールドカップやオリンピックのおかげで盛り上がった。スターだっている。世間が注目する仕掛けが必要なんだ」

「僕たちには関係ないことだ」

「先生と取海名人とのリターンマッチはどうかね」

花村が相場を見つめている。一瞬部屋に緊張が走る。学生たちの目が相場に吸い寄せられていた。

「僕は彼には絶対に勝てないと言ったのはきみじゃなかったのか」

「じゃ、対談はどうかな。二十年を振り返って。一人は将棋界の頂点、名人。もう一人は世界的な人工知能の科学者だ。個人的には寂しいが、話題性はある」

「お断りする。僕は忙しいと言ったはずだ」

驚きと興味の入り混じった顔で、学生たちは二人のやり取りを聞いている。

「さあ、解散だ。僕はこれから約束がある。きみらもここで油を売ってる余裕はないだろう」

◇

辺りは静まり返った。

対局はすでに二時間を超えていた。こんなに長い対局は取海にとっても初めてのはずだ。しきりに座り直している。相手は沼津が連れてきたプロ棋士だという。

「どうしたんですか。みんなもう勝負がついたような気分になってる。まだ対局の途中なのに」

　相場は隣にいた初老の男に聞いた。

「あの取海という少年、本当に将棋を始めて一年か」

「僕より三ヶ月後だから」

「居飛車穴熊を使っている」

「それ、何ですか」

「おまえ、本当に知らないのか。昔からある戦法だ。最も堅い守りと言ってもいい。居飛車穴熊を自分で考えたというのか」

「そんなのソウちゃんは知りません。僕だって――」

「初めに仕掛けたのは取海だ。相手がそれにハマった」

　取海は将棋盤をじっと見ていた。突然、全身の力を抜く。勝利を確信したときの動作だ。顔を上げ、相手をじろりと睨む。

　様々な声が聞こえてくる。

「あれは知らずに指せるもんじゃない。自分で考えたとは思えん」

「定跡も勉強してたということか。それにしても、あの手に持っていくとはすごい。小学生だぜ」

「大人顔負け、いやすでにプロ級の実力があるということか」

「おい、ソウ。居飛車穴熊を知ってるか」

　沼津が取海に聞いている。取海は首を横に振った。

「じゃあまぐれか」

「だったら、よけいすごいだろ。自分で考えたんだ」

「しかしこれでは千日手になってしまう」

相場の横で大人たちが囁き合っている。千日手とは他の手を指すと不利になるので、お互いに同じ手を繰り返すしかなくなることだ。

相手のプロ棋士が目を閉じた。

千日手になった場合、四回同じ局面になった段階で、先手と後手を入れ替えて指し直しとなる。ただしそれまでに一方が王手のみを続けていた場合、負けるのは王手をかけていた方だ。取海はそれも知っているのか。

相場は駒の並びをじっと見つめていた。これが最良の手だとはどうしても思えなかったのだ。


「ソバ食べて帰ろ」

将棋クラブの帰りに取海が言った。相場が立ち止まった。

「ソウちゃん、お金をかけて将棋やってるのか」

「そんなこと、してへん。母ちゃんにもろうたんや。遅うなったら、トシちゃんと、食べて帰りて」

「分かった。僕はウドンにする」

おかしいとは思ったが、追及する気にはなれなかった。それに将棋クラブの帰りに二人でソバやラーメンを食べることは、何か秘密を共有するようで心が躍った。

二人はなじみになった駅前の立ち食いソバ屋に入った。

4

〈パインの高野さんがお見えです〉

相場が地下鉄の駅を降りたとき、秘書から電話があった。

部屋に入ると、相場の椅子に高野が座ってタブレットを見ている。

「たまたま近くに用があったんで寄ってみた」

「こんなに早くから仕事か」

「早くはない。もう十時を回っている。世間は稼動している時間だ」

高野はタブレットを操作して、画面を相場に向けた。

「アメリカの友人から送られてきた」

画面では、ヒト型ロボットが本を手にしてページをめくっている。

「新型ロボットだ。本を読んで自分で学習する」

「どこが開発した」

「正式な発表はないが軍だろう」

ロボットが読み終わった本を横に置いて、新しい本を手に取り、また開いた。

「思考型ロボットだ。かなり精巧な人工知能が組み込まれている」

相場は食い入るように見つめている。

「だから俺が言っただろ。重要なのはスピードだ。この業界で生き残るためには」

「でも、これは僕の考えているのとは違う」

高野が相場を見た。高野の表情は驚いているようにも、ほっとしているようにも見える。

「おまえの考えている人工知能を言ってみろ」

「まだ言える状態じゃない。あと半年待ってくれ。必ず話すから」

「約束だぞ。映像はおまえのパソコンに送っておいた。よく見て、気がついたことを教えてくれ」

高野は言い残すと部屋を出ていった。

相場はパソコンを立ち上げ、米軍が開発した新型ロボットに再び見入る。確かに画期的なのだろう。本を与えれば自分で学習するのか。ただ違和感を覚える。相場が思い描いてきたモノとは違う。

ノックの音がした。相場が「どうぞ」と言うのと同時に張間らが入ってきて、デスクの前に並んだ。

「花村勇次という記者を調べました。彼は七年前まで奨励会にいました。年齢制限に引っ掛かって退会して、『週刊ワイズ』の記者になったようです」

「プロ棋士になり損ねて、先生や取海名人にいちゃもんをつけたいんです」

張間が話す後ろで秋山は視線を下げている。

奨励会に属していても、二十六歳の誕生日までに四段になれないと退会しなければならない。将棋界の厳しさを象徴している規定だが、個人の人生を考えてもいる。二十六歳なら、別の人生を選び直すのに十分余裕のある年齢だ。

心に傷は残る。多くは子供のころから、天才と呼ばれてきた。青春を将棋のみに懸けてきた。別の人生に進むには、心の切り替えとともに勇気もいる。

「将棋の厳しさを身をもって体験したということだ。退会は恥ずべきことじゃない」

無意識のうちに言っていた。学生たちは相場の強い口調にたじろいだ様子だった。

「それできみたちはなにを言いたいんだ」

「将棋ソフトを本気で作ろうということになりました」

「各自の研究はどうするんだ」

「あくまで研究優先ですが、将棋ソフト作りも認めてもらおうと思って来ました。研究室全員で秋山を支えようって」

「秋山くんは承知しているのか」

相場は秋山に視線を移した。

「最強のソフトを作ります。それに――」

「どうした。言ってみろ」

「やはり先生にも手伝ってほしいんです。ソフト作りには、どうしても将棋のセンスが必要です」

「考えておく」

そう答えたが、相場の心は決まっていた。

◇

四年になっても相場と取海は同じクラスだった。後で聞いたことだが、担任の配慮があったらしい。

相場と取海は二人でいれば問題なし。時間が空くと手作りの将棋盤を囲み、将棋雑誌を読みふけった。

「そろそろ中学受験の準備をしたらどうだ」

四年生になったばかりの頃のある夕食時、父親の俊一郎が言った。

「僕は友達と同じ中学に行きたい」

「明陽《めいよう》中学でも新しい友達はできる」

「そうよ。お祖父《じい》様もお父様も明陽中学なの。中高一貫だし、東都大学合格にいちばん近い」

母親の富子は言う。相場は下を向いた。

「土曜日に塾に行って、日曜日に家庭教師が来るだけよ。他の日は今までと同じ」

それでは将棋クラブに行く時間がなくなる。両親は相場が将棋クラブに通っていることを察してはいるようだが、何も言い出さないのが不気味だった。

「なんで、みんなと同じ中学に行っちゃいけないの」

「今頑張っておけば、将来必ず、おまえのためになるんだ」

「学校の授業を頑張ればいいでしょう。中学の試験は受けるから」

「おまえはできる。元治がそう言ってる。学校の成績は大したことはないけどな。でも中学入試はただ頭がいいだけでは受からない。世の中にはびっくりするほど頭のいい奴があふれているんだ。競争に勝つには特化した勉強が必要だ」

俊一郎が相場を諭す。

「試験は算数だけじゃないんだ。国語も理科も社会だってある。覚えなきゃならないことが山ほどある。将棋なんてやってる時間はない」

そのくらい知っていると思いながら、相場は話を聞いていた。

父親から中学受験の話があった数日後、帰り支度をしていた相場と取海は、担任に呼ばれた。

職員室に入ると、視線が集中する。二人はうなだれて担任の後についていった。こういうときはどうせろくなことはない。

担任は職員室の端にある校長室のドアをノックした。中で校長がメガネを掛け直していた。

「座りなさい」

校長は低い声で言った。かなり困った顔をしている。テーブルの上には二枚の紙が置いてあった。

「これは先月の関東学力テストの結果だ。見て驚いた。二人の成績はほとんど同じだ。算数と理科は満点。国語も一問違うだけ。二人がお互いに見せ合ったとしか思えない。隣の席だったというし」

「僕たちそんなことしていません」

口を開いたのは相場だった。取海はこういうときは貝と同じだ。

「二人の成績は関東全体でも五指に入っている。うちの児童が好成績をとったんだ。本来ならば大喜びをするはずなのだが、担任の話を聞くと、とても二人の実力だとは思えないというんだ。ということは、お互いに見せ合ったとしか」

担任が校長の耳に口を寄せて囁く。それでも二人は十分に聞きとることができた。

「それもおかしいと申し上げました。とにかく成績が良すぎるんです。二人で考えてもここまでできるはずがありません。あらかじめ答えを知っていたとしか思えないんです」

「もし、それが本当なら、大変なことになる。問題が漏れていたとしか考えられんじゃないか。教師が漏らしたか、二人がどこかで問題を手に入れたか。ついでに解答もだ」

「だから、ご相談してるんです。これがマスコミにでも漏れて、大騒ぎになる前に」

「誰かが職員室から試験前に問題と解答を持ち出したとでも言うのかね」

担任の目が取海の方を向いている。

「ごめんなさい。僕が取海くんに、今日は本気でやろう、競争だ、って言いました」

「なんも謝ることあらへん。俺ら、悪いことしてないんやし。本気でやっただけや」

いつもなら真っ先に謝る取海が反論する。校長と担任は顔を見合わせている。

「本当の実力だって言うのか。二人とも学校のテストじゃ、五十点以上取ったことないじゃないか」

二人は黙っている。担任は職員室に戻り、先ほど行われたテストの二人の答案用紙を持ってきた。

「二人とも五十点だ。そう言えば、前のテストも同じだったな。やはりおまえら見せ合って――」

校長が担任の手から答案用紙を取った。

「見せ合ってるんじゃない。相場くんは奇数が答えの問題が合ってる。取海くんは偶数だ。きみたち、いつもこういうやり方を」

相場が頷いた。取海は目を伏せている。担任の目が点になっている。

「どうしましょう。教育委員会が何か言ってきたら」

「こんなあからさまなことに、きみは気づかなかったのかね。別に不正をやったわけでもないだろう。正直に話すしかないんじゃないかね」

「クラスの子たちにどう言えばいいのか――」

「なんも言わんとって。テストで百点取っても、ええことなんてあらへんかったから。カンニングしたんやろって、苛《いじ》められるだけや」

取海の言葉に相場も一緒に頷いた。

5

勝つためには手段を選ばない名人、不人気の名人、好調も偶然か——新聞には防衛により取海が四度目の名人位獲得を果たしたことが載っていた。あと一回名人位につくと、引退後に永世名人を名乗ることができる。名人戦は毎年春に行われる。

江戸時代の初代大橋宗桂《おおはしそうけい》より名人位は世襲制だったが、一九三五年に制度が廃止され、三七年から名人と順位戦優勝者による七番勝負で決めることになった。

一局の持ち時間は棋戦で最も長い九時間。二日間にわたるので、一日目の終わりには封じ手を行う。最後の手は実際に盤上で再現せず、紙に書いて封じ、翌日はその手から勝負を再開する。二日目の開始時まで、相手は次の手を考えることができない。

「取海くんも大変ね」

覗き込んできた妻の初美が言った。新聞には扇子を悠然と手にした取海の姿が写っている。

「なぜだ。彼は勝った」

「いろいろ新聞に書きたてられて。取海くんは昔から、周囲の反応を楽しむような雰囲気があった」

「昔と言うと——」

小学生時代の取海は自ら目立とうとはしなかった。むしろ、目立つことを恐れていた。中学以降の取海について相場は知らない。初美の方がよく知っている。一年にも満たない間だったが二人は同じ中学だった。相場の知らない取海を知っている。プロになってから取海は変わったのかもしれない。

「小中学校時代、取海くんは奨励会でも天才だと言われてたんでしょ」

「よく知ってるな。今まで取海のことなんか話したことはないのに」

「あなたが嫌がると思って。だって、私と付き合ってから、将棋については話したことないでしょ」

初美と付き合い始めたのは大学に入ってからだ。家が近く、相場が私立中学に進んでも、よくすれ違ってはいた。お互い目を合わす程度だった。

将棋については、意識して話さなかったわけではない。何となく避けていたのだろう。

「小学生のころ、あなたと取海くんはおかしな存在だった。なんだか、近寄るのがはばかられたっていうか、私たちとは違う世界に住んでたって感じ」

確かに別世界にいた。頭にあったのは将棋だけ。変わった小学生だった。

「関東学力テストのときは驚いたわね。私、勉強なんてやる気をなくしたもの。クラス全員が、落ちこぼれだと思っていたあなたと取海くんが断トツなんだもの。あれからみんな将棋をやり始めた」

初美が懐かしそうに笑った。

二人の成績は発表はされなかったが、噂はすぐにクラスで広がり、学年中に知れ渡った。そして学校中で将棋が流行したが、すぐに飽きられてしまった。

「取海君、中学に入ってからすごく変わった。あなたは知らないでしょう。プロ棋士になって生活も変わったし、自信も出てきたんだろうね。友達はいなかったわね。自分に近づく者を拒否してた。寂しそうな感じもした。結局、中一の秋には東京に引っ越してしまったけど」

初美がしみじみと言う。相場には、どこか一歩引いたところのある小学校時代の取海の姿しか浮かばない。

「今度の日曜日にうちの実家に行かないか」

「珍しいわね。あなたから言い出すなんて。何かあったの」

「会社について相談があるらしい。昼間、賢介から電話があった」

「この間来たときにも、そういう話が出てたの」

「少しだけね。会社の将来について話したいらしい。賢介は本気で跡を継ぐ気になったようだ」

「賢介さんなら有能な経営者になれそうね」

「どうしてそう思う。あいつは音楽家だったんだぞ。会社経営なんてことからはかけ離れていた」

「なんとなくよ。あなたとはまったく違う。でもいろいろ考えて、お父さんの会社に就職したんでしょ。勇気のいることだし、昔から積極的で社交家だった。それも会社経営には必要じゃないの」

初美がかすかに笑った。

賢介には思い切りのいい面がある。物事を冷静に大局的に見る目もある。経営者として重要な点なのかもしれない。どんなことにも努力では補えないものがあることは、相場自身が身をもって知っている。

◇

取海が元治に初めて会ったのは小学四年のときだった。相場が取海を元治の家に連れていった。

「取海くんか。近々きみに会いに将棋クラブに顔を出そうと思っていた」

そう言って元治は、将棋盤に駒を並べ始めた。

相場が取海の耳に口を寄せて囁くと、取海は頷いた。

対局は二十分で取海が勝った。最初は元治のことを思って、あえてハンデはつけなかった。ただ飛車落ちでやった後の二回も結果は同じだった。

「対局前に取海くんになんて言ったんだ。耳元で何か言ってただろう」

取海が帰ってから、元治が聞いた。

「本気でやるように言ったんだ。ソウちゃんは、先生とやったときは自分から負けたから」

「俺にもわざと負けると思ったのか」

相場は頷いた。

「途中で局面が変わったときが三度あったでしょ。あれ、ソウちゃんが元治さんに勝たせようとしたんだ。本気だったら十分で勝負がついてる」

「一度は気がついた。しかし三度とはな」

「でも、やっぱり本気で指した。僕がダメだって合図したから」

「おまえが取海くんの肩に手をやったときか」

相場はまた頷いた。

「俺は小学四年のガキに手玉に取られたのか。おまえら、完全に俺の将棋を読んでたってことか」

「怒らないでよ。ソウちゃんはあのとき以外は本気だった」

「怒っちゃいない。驚いて、呆《あき》れているだけだ。ついでに自分のバカさ加減にうんざりしている」

「ソウちゃんは強いでしょ。きっと僕より強いよ」

嬉《うれ》しそうに相場は言った。

次に取海が元治に会ったのは将棋クラブだった。元治はクラブの常連たちと何ごとか話している。相場と取海がお握りを食べていると、元治と沼津がやってきた。背後にクラブの常連がついている。

「奨励会って知ってるか」

元治の言葉に二人は頷いた。

「おまえら、入る気はないか」

相場はきょとんとした顔をしていたが、取海の顔は暗くなった。

「俺はいやや」

取海は元治を見すえ、はっきりと言った。

「じゃ、僕もやめとく」

相場も間髪をいれず続いた。


「なんで奨励会に入るのがいやなの。あんなに羨《うらや》ましそうに話してたのに」

帰り道、相場は取海に聞いた。

「金、かかるんやろ」

「タダじゃないとは思うけど。えらい先生が教えてくれるんだから」

「トシちゃんは入りいや。そんでどんなことをやってるか、俺に教えてくれ」

「一緒に入ろう。僕が元治さんに頼んであげる」

取海は答えない。口元を引き締め、わずかに伏し目がちに歩いていく。こんなときの取海は何を考えているのか分からなくなる。

二人は立ち食いソバ屋を通りすぎ、駅に向かった。

次の日曜、いつもの待ち合わせ場所に取海は来なかった。相場は取海のアパートに行った。母親は仕事でいない。妹の定子が出てきた。

「兄ちゃん、頭が痛いんだって」

その日、相場は初めて一人で、将棋クラブに行った。

「ソウはどうした。あいつが休むの初めてじゃないか」

「頭が痛いって」

沼津は相場を別室に呼んだ。

「自分たちでは気がついていないようだが、おまえら、本当にすごいんだ」

「なにがすごいんですか」

「何十年に一人、いや二人の逸材だ。いや、もっとかもしれん。そんな奴が俺たち素人相手に遊んでるだけじゃ、天罰が下る。もっと広い世界に押し出してやらなきゃな。元治たちと相談したんだ」

「僕は中学受験の勉強しなきゃならないし――」

「ソウは何と言ってる。やっぱり、いやなのか」

相場は答えることができなかった。

相場自身は、ただ将棋が好きで指しているだけで、将来のことなど考えてはいなかった。取海は違うと薄々気づいていた。だから奨励会に入ることを拒んだのには驚いた。

「あいつは、プロの棋士になりたがっていただろう。俺には絶対になると言ってた。プロ棋士になるには奨励会に入って修業しなきゃダメなんだ」

「でも、お金がかかるからダメだって。奨励会って高いんでしょ」

「ソウがそんなこと言ってたのか」

　相場は頷いた。

「それであいつは今日休んだのか」

「頭が痛いって」

「金の心配はいらないって言っておけ。おまえらはただ、強くなりさえすればいい。その素質は十分にある。ただ努力しろ。そうしなきゃ、罰が当たるぞ。せっかくすごい能力を神様が与えてくれたんだ。世間は広い。すごい奴らが山ほどいる。そいつらを蹴散らして、前に進むんだ」

「タダならソウちゃんはやりたいって言うと思う」

「分かった。次は首に縄を付けてでも連れてくるんだぞ」

　その日、相場は将棋クラブを早めに出て、取海のアパートに向かった。

　アパートの前で取海は定子と地面に絵を描いて遊んでいた。王将の顔をした怪物の絵だ。相場に気づくと照れくさそうな顔になり、絵を手のひらで消した。

　相場は沼津の言葉を伝えた。

「タダやというんはほんまか」

「心配ないって。だから来週ソウちゃんを連れてこいって」

　取海の顔が輝いた。

第三章　初めての世界

1

昼食を終えて研究室に戻ると、相場のスマホが鳴り出した。

〈親父が倒れた。すぐに病院に行ってくれ〉

賢介の声が飛び込んでくる。かなり切迫した様子だ。

相場は一瞬躊躇《ちゅうちょ》したが、午後の授業を休講にして、賢介に告げられた横浜の病院に向かった。


陽のあたる病室、相場の父親の俊一郎はベッドに横たわっていた。ほかには誰もいない。

「来たのか」

俊一郎は相場に気づき、ぼそりと言った。

「賢介から電話があった」

「ひさしぶり、元気でやってるらしいな。雑誌で見た」

アメリカで開かれた学会のことを言っているのだろう。世界を変える新技術、新しい世代の星——AIやICT関係の業界誌ではかなり大きく報じられている。相場の写真入りのインタビュー記事もいくつか掲載されていた。

「賢介の話だと突然意識を失ったと」

「大したことはない。ちょっと気持ち悪くなっただけだ」

俊一郎は以前から貧血気味で倒れたり、気分が悪くなったりしたことが何度かある。

「賢介が大げさに言ったのだろう。悪かったな。あいつはいつも騒ぎを引き起こす」

「賢介はよくやっていると思う。会社にも馴染《なじ》んでる」

「おまえもそう思うか。意外だったよ。あいつは昔から自由奔放で、いつまでもつかと思っていたが、会社に入ってからは驚くほど適応している。この歳になって、自分の子供に驚かされるとはな。いや、私が子供のことを分かっていなかったのか」

そうだ、という言葉を呑み込んだ。当時は相場自身も自分が何を望んでいるのか、本気で考えなかった。目の前の問題に対処するので精一杯だった。

「おまえは後悔はしていないのか」

「そんなことを考える余裕はなかった」

相場の胸に暗いものが広がる。考えるのが嫌で忙しくしていた。能力以上のノルマを自分に課して、追い込んでいたのだと思う。

「私を恨んではいないか」

「恨まれるようなことをしたのか」

相場は皮肉を込めた。俊一郎はしばらく無言だったが、やがて口を開いた。

「私には会社がすべてだった。会社を護《まも》り、育てていくことが自分の人生だった。そして、息子に託す。それが一番だと信じていた。おまえにとっては意味のないことだったのかもしれないな」

「そんなことはないさ。当然の考えだ。でも人それぞれ価値観は違うし、それを押しつけることで摩擦が生まれる。僕はそんな状態が嫌だった。自分の価値観で人を傷つけることもあるんだ」

「私が押しつけてきたというのか」

相場は答えなかった。俊一郎の息づかいがわずかに荒くなっている。

「おまえの人生を私が曲げようとした――」

ノックとともにドアが開き、看護師が入ってきた。

「さあ、時間です。これから夕方までかかります」

言いながら、点滴を外し始めた。

相場が帰ろうとしたとき、賢介が入って来た。検査を受けるという父親を見送り、二人で一緒に病院を出た。

「来てたのか。授業だと言ってたのに。時間を教えてくれれば、俺も早く来た」

「父さん、元気そうじゃないか。顔色も悪くはない」

「それでも貧血気味だ。精密検査を受ける」

車で来たという賢介に、すすめられるまま助手席に乗り込んだ。

「僕は大学に帰る。授業を休講にしてきた」

「ひさしぶりにこっちに来たんだ。工場に寄っていけよ」

工場は横浜港の近くにある。地価の高い敷地を売って移転する話もあったが、祖父が創業の地にこだわった。

応接室で賢介から現在の会社の状況を聞いていると、一人の青年が入ってきた。

「長谷川《はせがわ》くんだ。若手のホープ。東洋エレクトリックきってのエンジニアだ」

その長谷川が緊張した表情で、頭を下げてくる。

「相場先生が副部長のお兄さんだなんて、つい先日まで知りませんでした」

「俺が兄さんのことを話したときの長谷川の顔を見せたかった。かなり嫉妬したよ」

まんざら冗談でもない顔で賢介が言う。

賢介のスマホが鳴り、相場に背を向けて電話に出た。

「営業の緊急会議だ。俺はどうせ技術的なことは分からない。工場は彼が案内する」

賢介が相場の肩を叩いて、応接室を出ていった。長髪を後ろで束ねてピアノを弾いていたころの面影など微塵《みじん》もない。相場は呆れるよりも感心していた。

「私が先生を案内していいのでしょうか」

「じゃあ、お願いするよ」

驚きと嬉しさと困惑の入り混じった長谷川の顔を見て、このまま帰るわけにはいかなかった。

工場に入るのは十年ぶりだ。大学を卒業してから来たことはない。

「十年前と大きくは変わっていないと思います。何台かは新しい機械が入っていますが」

「3Dプリンターがあるのには驚いたよ。しかも最新の高性能機だ。高かっただろう」

「無理を言って副部長に買ってもらいました」

「営業が判断するのか」

「副部長は昼食のときに我々若手と話す機会を作ってくれています。そのときに申し上げました」

「大学のよりいいマシンだ」

「製品見本を作るのに必要でした。今までの数倍は効率が上がっています。精巧なものができる」

二時間ほどかけ、工場と敷地の隅にある長谷川たちの企画研究部を回った。

応接室に戻ると、賢介がコーヒーを飲んでいた。賢介は部屋を出ようとする長谷川をひきとめ、相場に問いかけた。

「兄さんはどう思う。現在の東洋エレクトリックを。率直な意見を聞かせてくれ」

「最先端技術とは言えないな。一年、いや二年遅れている。情報通信の世界では、致命的な遅れだ」

「だから、兄さんに相談してる。今後の会社のあり方を」

「僕にはなんのアイデアもない。今はおまえが社員を引っ張っていく立場だろう」

「ここがない」

賢介が人差し指で自分の頭を突《つつ》いた。長谷川は何も言わず二人の話を聞いている。

「現在の事業を進めつつ、一年間で新しい分野に挑戦して、次の一年で実績を作る。そして新事業に移行する。だが俺たちには、その新しい分野が分からない」

「そんなもの誰にも分からない。分かればみんなやっている」

「しかも、現在の東洋エレクトリックの一番の強みを生かした技術で勝負しなきゃならない。考えるとそんなものあるのかどうか」

「自分たちの会社だろ。音楽を捨ててまで入った会社だ」

「そんなに大げさに考えることはないよ。どうせ、大した才能なんてなかった。未練などない」

賢介がさらりと言ってのける。

送っていくという賢介の誘いを断り、相場は電車で帰った。

ひょっとして父親の見舞いというより、賢介の目的は工場を見せることだったのではないか。

◇

相場が取海の家を訪ねた次の日曜日、待ち合わせ場所に行くとまたしても取海はいなかった。

三十分待って、相場がアパートに迎えに行こうとしたとき、取海は現れた。

照れたような笑みを見せたが、無言で電車に乗った。電車の中でも取海は黙っていたし、相場も何も聞かなかった。

将棋クラブに着くと、沼津らクラブの常連たちが二人を迎えた。

「よろしくお願いします」

取海が深々と頭を下げた。沼津たちは驚いてお互いに顔を見合わせている。

「母ちゃんに言われてん。礼儀正しくせんといかんよって。俺は絶対に日本一強いプロ棋士になる」

すでに取海は奨励会に入ったつもりでいる。

「プロ棋士育成機関の奨励会の入会方法は知っているか」

「方法？　試験かなにかあるんですか」

沼津の言葉に、取海は驚いている。

「当たり前だろ。学校と一緒だ。それも特別難関校だ」

将棋界には、プロ棋士を統合する組織として日本将棋連盟がある。その付属機関としてプロを育てる「新進棋士奨励会」、通称、奨励会がある。東京の「関東奨励会」と大阪の「関西奨励会」だ。

「入会するにはプロ棋士の推薦をもらって、毎年八月にある奨励会入会試験に合格しなきゃならん」

「俺、プロの棋士なんて知らんで」

「心配ない。そういうことは俺たちが全部やってやる。おまえらは、ただ練習して強くなれ。そのために関東小学生リーグに出て優勝しろ」

名前は聞いたことがあるが、どんなリーグなのかは知らなかった。

「次の小学生リーグは来月だ。参加届は出しておいた」

そう言って、沼津は今日の対局相手を書いたメモを二人に渡した。

「トシ、おまえも一緒に受けるんだぞ」

相場は黙っていた。父親にどう話せばいいだろう。まず元治に言って、塾に行くのを条件に奨励会の試験を受けさせてもらおう。


「話が違うと思わんか。プロ棋士の推薦やとか、小学生リーグの優勝やなんて、聞いてへんで」

帰り道、取海が相場に言う。

「ソウちゃんなら問題ない。小学生リーグも優勝間違いない。八月の奨励会入会試験に間に合うよ」

「どっかの先生に弟子入りせんといかんって言うてたけど」

「僕らは何の心配もしないで強くなれって言ってた。そうすりゃいいんじゃないの」

二人はその日も、立ち食いソバ屋に寄って帰った。

「俺、プロになったら天ぷらソバ十杯食うわ」

ソバを食べながら取海が言う。

「まだ奨励会に入れるかどうかも決まってないのに」

「トシちゃんは入るん、嫌なんか」

「そんなことない。一緒に奨励会で将棋しよう」

「俺はトシちゃんが落ちても、一人でも奨励会に入ってプロ棋士になるで」

取海は相場から視線を外してそう言うと、ソバの汁《つゆ》を飲み干した。

2

「高野さんが来ていらっしゃいます」

相場が部屋に入ると、秘書が声をかけてくる。

「相変わらず遅い出勤だな。教授なんて楽な仕事だ」

高野はソファに座り込んで、タブレットを操作していた。相場が頼んでいた高野の会社の資料がデスクに置いてある。

「昨日、父の会社に行ってきた」

「驚いたな。あんなに毛嫌いしていたのに」

「そんなことはない。僕を何不自由なく育ててくれた会社だ」

「賢介くんが働いているんだろ。社長修業か」

高野と賢介は会ったことがある。賢介が音楽活動をしていたとき、一緒にライブに行った。

「株式会社だ。能力のあるものが継ぐべきだ」

「親戚で六十パーセントの株式を保有してるんだろ。おまえも持っていると聞いた」

「祖父が勝手に僕の名義にしたんだ。変更してくれない。配当はよけてあるが、迷惑してる」

「ありがたい話じゃないか。俺なら喜んで利用させてもらうがね」

相場は親の会社のことをほとんど誰にも明かしていないが、酔ったときに高野には話してしまった。

「おまえが東洋エレクトリックの御曹司だって聞いて驚いたよ。以降、その話が出ないので、何かあるとは思っていた」

「現在はそこそこ上手《うま》くいっているが、数年でピーク。その後はダウンとなる」

「おまえの経営判断なんて当てにならない。企業経営は素人だろう」

「弟の予測だ。彼は営業だが、新しい技術を求めている」

「体力のあるうちに下請け体質から抜け出して、自社製品を作るべきだね」

「それだけの技術力はない」

「技術より発想力だろ」

「そっちはさらにない」

「だったら絶望的だな。ヒントくらいは出してやれ。スタート地点がすべてだ。何を作り上げるか。大切なのは発想力。技術はあとからついてくると言うと、揚げ足を取られそうだな」

高野はかすかにため息をついた。高野自身が悩んでいることなのだろう。

「作る手段、手法より、何を作るか。僕だってそう思ってる」

「ウォークマンにしても、好きな音楽を歩きながら聞くという発想は当時画期的だった。今じゃ当たり前だが。アイフォーンもそうだ。二十年前には電話を持って歩くという発想がやっとだった。写真を撮ったり、ボイスレコーダーとして使用したり、カード代わりにも使えるなんて夢の世界だ。ところがそれが常識になり、小型コンピュータになり、さらに進化している」

「東洋エレクトリック工業が生き残る道を聞いている」

「あるよ。最初のアイデアさえ持ってくれれば」

高野は簡単に言ってのけた。

「レコードがカセットテープに変わり、次にCDになった。もうクリックひとつで音楽が空を飛んでくる時代だ。レコード屋が少なくなったように、親父さんの会社も消滅の危機に直面している」

「たまらんな。三年先の悲劇に今悩みたくない」

相場はデスクの資料に目を落とした。

「何か有意義な話はできたの。高野さんの会社の新しい事業の話でしょ」

その夜、相場がマンションに帰ると初美が聞いてきた。電話で高野が大学に来たことを話していた。

「一、二時間でできる話であれば世界中の誰もが新事業をやっている」

「確かにそうね。でも時間がないんでしょ」

「ICTの世界は進歩が速いことを、彼は十分に理解している。先を見越し、事業計画を立ててる」

「そんなに簡単にいくの。つぶれてる会社も多いんでしょ」

「確かにここ数年、名門と言われた日本を代表する大企業の業績が軒並み悪いね。それに代わって新興企業が伸びている。とくに情報通信技術に関係した分野だ」

「まさに、あなたのやってる分野じゃないの。アドバイスしてあげなさいよ」

初美は簡単に言うが、二年や三年で軌道に乗せることなど不可能に近い。

「僕のやっているのは研究開発だ。すぐには実用化できないものがほとんどだ」

「ほとんどってことは、できるものもあるということね」

初美はあくまで楽観的だ。相場は曖昧《あいまい》に答えて書斎に入った。

工場でのことを思い出した。帰るとき、長谷川は一冊の本を相場の前に置いた。

「先生の『人工知能の将来』です。本当にこんな世の中が来るんでしょうか」

学部二年生用の講義録を、初心者向けに再構成して書いた本だ。

自動運転車、人工知能が組み込まれた家電製品のある家や会社。交通や流通。医療や介護。そしてきわめつきは思考するヒト型ロボットだ。人工知能が作り出す社会を描いた。

「それは、きみたち企業人の努力次第だ。僕たち学者は入り口までしか導けない。それからドアを作り、内装を整え、住みやすい生活空間を作るのは、きみたち若い企業人の役割だ」

「我々には入り口が難解すぎてドアの形や大きさに戸惑うことがあります。誰かが一緒に考えてくれればと思うことが多くあります」

もし、と長谷川が相場の方を向く。

「先生が一緒にやってくれるなら心強いです」

有り得ない——相場は出かかった言葉を呑み込んだ。長谷川の顔を見ていると、口にはできなかった。

◇

ある土曜日、相場と取海は沼津に連れられて将棋クラブよりさらに遠い将棋道場を訪れた。集まる者の数もレベルもクラブより数段上のところで、奨励会を狙う小中学生と対局するためだった。

「あの人、静岡から新幹線で通ってるんだって」

中央で対局する少年を指さして、相場は言った。

自分たちとさほど変わらない何人もの少年が、大人と対等に渡り合っている。まさに実力の世界だ。

相場にはなかなか馴染めそうになかったが、取海はすぐに溶け込んでいったように思えた。

「どこから来てるかなんんか、関係あらへん。俺らは勝てばええんや」

「背が高いけど、中学生かな」

「小学六年生だ。金山信吾。未来の名人と言われてる」

いつのまにか沼津が背後に立っていて、二人に一枚の紙を見せた。

「金山くん、すごい成績じゃない。ここに来て二年らしい」

「俺らがコテンパンにやっつけたろうや」

取海が威勢よく言った。

金山との対局のチャンスは思った以上に早く訪れた。その日の午後、相場と取海が呼ばれて、まず取海、そして相場の順で対局することになったのだ。

取海が対局を始めて、十五分がすぎた。取海の顔色がいつもと違う。目が据わり、おでこに汗が光り始めた。膝の上で両拳を握り締めているが、小刻みに震えていた。

「何が起こってるんですか」

相場は横の高校生に聞いた。

「あの生意気なチビ、あと五手で負けるね」

五十分の対局時間で取海が負けた。取海は将棋盤を見つめたまま、動かない。

次に相場が指したが、三十分であっさり負けた。二人が小学生に負けたのは初めてだった。確かに今までの相手とは、レベルが違っている。

金山はプロを目指している。そうでなければ新幹線で一時間もかけて来ない。子供ながらすでに一手の大きさ、一局の厳しさ、一勝の難しさ、そしてプロの強さを知っているのだ。

その後の対局でも二人は敗れた。今度の相手は高校生だった。さすがの取海と相場も、初めて連敗という厳しさを味わった。

取海が将棋盤を睨んで、何やら呟いている。相場はじっと見ていた。

「彼らはただむやみに将棋を指しているんじゃない。定跡を知っていて、勝つための将棋をしているんだ。プロ棋士を目標に指している」

驚くほど落ち込んでいる取海に、沼津は慰めるように、また叱咤《しった》するように言う。

その日の帰り、二人は将棋クラブの近くの駅まで沼津に送ってもらった。

「強うなる方法はないんかな。絶対に金山に勝ちたいわ」

「練習しかないんじゃないの」

「トシちゃん、家で何しとるん。学校から帰って」

「将棋雑誌を読んでる」

相場は元治に買ってもらう「将棋世界」を一日で読んで、取海にあげていた。取海は何度も読み返す。ときどき、載っている詰め将棋の問題を二人で解いた。将棋クラブの本棚にあった将棋関係の本を、二人はひと月で読んでしまった。

「その他の時間は」

「パソコンかな。元治さんが買ってくれたんだ。ソウちゃんは」

「寝とる」

それがウソだと、相場には分かっていた。取海は将棋クラブから借りた名勝負の棋譜を見ている。以降の土曜と日曜、相場と取海は沼津に連れられ、将棋道場に通うことになる。日々、取海は強くなっていった。周囲の大人たちを驚かせるほどだ。相場は何とか取海についていった。

取海と指して負けたあとは、登下校中や風呂場で棋譜を思い浮かべて考えた。半分以上は一手の指し違いで大きく局面が変わっている。それはふっと力を抜いたときだ。外から子供の声が聞こえてきたり、バイクが走りすぎたとき。一瞬緊張が切れ、現実に引き戻される。そんなときの一手が局面を大きく変えていた。それに気づくと、なぜか勝ったような気分になった。


「おまえ、将来のことを考えているか」

ふらりとやってきた元治が相場に聞いてくる。

「僕はまだ小学生だよ。そんなことを考えるの早すぎると思わない」

「思わんね。ピアノやバイオリン、スケートなんかのスポーツだってもっと小さいころからプロを目標に練習している。プロ棋士になりたいなら、ギリギリの時期だ。これ以上遅いと難しい」

相場は考え込んだ。将棋は好きだが、プロという道を本気で考えたことはない。

「中学受験もあるし、その先のことは考えられない」

元治はそれ以上聞いてこなかった。

相場と取海の学校の成績はほぼ同じで、クラスでは一番だった。関東学力テスト以来、二人は学校のテストでも本気を出すようになっていた。

それに対して誰も何も言わない。教師も取り立てて意識することもなかった。二人は別格と見られるようになっていた。授業以外の時間、好きなだけ将棋を指すことができるようになった。

「ソウちゃん、大人になったら何になるの」

「決まっとるやん。プロの将棋指しや。お金もうけて、母ちゃんを楽にさせたる。毎日、天ぷらソバを十杯食べる。トシちゃんはどうするん」

相場はやはり答えることができない。プロの棋士という選択肢はなかった。ただ取海がプロ棋士になると聞くと、それもいいかなという気分になる。

一日中、取海と将棋を指していられたらどんなに楽しいか。

「一緒にプロ棋士になろうか」

相場の言葉に、取海の表情は輝いた。

3

相場が父親の見舞いをして、東洋エレクトリックを見学してからひと月がすぎていた。父親はすでに退院して、会社にも時折り出ているという。

また唐突に賢介から電話があった。これから、大学に来るというのだ。

「近くに仕事で用があったんだ」

相場の部屋に入ってきた賢介が言い訳のように言う。

「父さんの調子はどうだ」

「入院は貧血だ。それと小さな胃潰瘍《いかいよう》ができていた。胃がおかしくなるようなハードワークや心労はないはずなんだけどな。引退をすすめるか」

「六十四だ。まだ歳ってほどじゃない。それに人の話を聞くような人間じゃないだろ」

「まあ、そうだろうね」

「何の用だ。今度は母さんの具合が悪いというんじゃないだろうな。僕に見舞いに行けって」

賢介がデスクに一枚のメールの文面とファイルを置いた。どちらも英文だ。

「父さん宛てに来たものだ。現在会社では副社長の新井《あらい》さんと俺とで管理している」

相場はメールに目を通した。

「研究協力の話だ。相手のシグマトロンはアメリカ、シリコンバレーに本社のあるＩＣＴ企業だ」

「名前は知っている。ＩＣＴというよりＥＭＳ企業だ。ここ十年で急成長している。ＣＥＯはかなり強引な女性らしい」

「アメリカ人経営者は、女性であろうとみんな強引だ」

相場はデスクのファイルを手に取った。シグマトロンの資料だ。

電子機器を中心に、世界中の大手ブランド企業の製品設計から製造まで一貫して請け負っている。売上高は三百六十億ドル。従業員数二十二万人。業界第二位の規模だ。本社はアメリカだが、シンガポール、中国、マレーシア、スイス、ブラジルなど、世界中に工場を持っている。

現在、世界では自社の生産設備を保有せず、製品の設計・開発や宣伝・販売といった自らの得意分野に、経営資源を集中するビジネスモデルが広がりを見せている。

この流れの中で、電子機器の生産部門を請け負うのがＥＭＳ企業だ。医療分野、自動車、防衛、航空宇宙、携帯電話、スマートフォン、ノートパソコン、タブレット、ゲーム機、家電製品、通信インフラなど、あらゆる業種が顧客となっている。

最近、増産を急いだことによる品質の低下や、大量の人材確保のため人権問題も起こしているＥＭＳ企業もある。

「日本のもの作りの会社と研究協力しようなんて、アップルの次を狙っているのか」

アップル製品には日本の製造技術が多く組み込まれている。

「かもしれないな。しかし、アップルにしたって、実際の製品は日本以外に中国、韓国、台湾など、世界の工場で作っている。中国からは撤退を考えてるらしいが」

「なぜ僕に相談する。僕は部外者だ」

「大口株主の一人だし、技術に関しては俺よりも詳しい」

祖父が会社の株の十パーセントを相場と賢介に譲っている。現在、相場の一族だけで会社の株の六十パーセントを持っている。

これでは株式会社の意味がないと経済誌などでは叩かれたことがあるが、俊一郎は株式会社にして名刺に重みが出ただろうと笑って相手にしない。同族経営の中堅企業というイメージを払拭して、実体以上に膨らませることができるというのだ。聞いたとき、相場は父親らしい発想だと思った。

「最終決定はまだ先の話だ。俺は反対しようと思っている。社内に賛成する者はいないだろうがね。

このまま、日本国内の中小企業として生き残っていく分には、それでいいのかもしれない」

意見を促すように賢介が相場を見ている。

「長谷川くんには相談したのか」

思わず聞いた。賢介は驚いた顔をしている。

「若手のホープなんだろう。将来、会社を背負う者の意見を聞くのは当然じゃないのか」

「そうだな。十年もたてば彼らが主役だ。会社の将来に最も関係のある社員たちだ」

賢介が納得した顔で言う。

◇

相場と取海は沼津の車で関東小学生リーグの会場に向かっていた。助手席には元治が乗っている。

「ソウちゃん、どうしたの。気分でも悪いの」

「何でもあらへん」

「顔が青いよ。元気もないし」

「車酔いじゃないだろうな。やっぱり電車にしとけばよかったか」

元治が振り向いて言う。バックミラーに心配そうな沼津の顔が映っている。

相場はいつもと同じだが、取海の様子がおかしい。三度トイレに入っている。下痢だという。

「なんかおかしなもの食べたの」

「食べてへん。食うとトイレに行きたくなる」

食べなくても行っていると言いかけたが、青ざめた取海を前に冗談を口にする気にはなれなかった。

対局はまずグループ方式で行われる。今日の参加者九十人が十五グループに分かれる。六人の総当たりで各グループ上位二人だけが、午後のトーナメントに進むことができる。二位までが三人以上の場合は決戦対局が行われる。このリーグに出るのは、関東各地の将棋クラブや将棋道場で強いと言われている小学生たちだ。中にはアマ高段者に匹敵する者もいる。

取海の最初の相手は六年生だった。次も六年生。一人は関東では強豪と言われている将棋クラブのメンバーだ。二人目はすでにプロ棋士の弟子で、次の奨励会の入会試験を受けるという噂だった。

取海は二局続けて負けた。相場はまだ負けなしだ。

「おかしい。あの二人、ソウちゃんと比べればそんなに強くないよ。負けるなんて絶対におかしい」

元治や沼津も取海の不調には気づいていた。相場は二人に呼ばれた。

「ソウはどうしたんだ。指先が震えてたぞ」

「僕にも分からないよ。負けるはずのない相手に負けてる」

「あいつ、上の空だ。プレッシャーに弱いタイプなのか」

取海は次の対局のために将棋盤の前に座り駒を並べているが、相手を見ようともしない。相場は取海の背後にまわった。

「ソウちゃん、帰りに天ぷらソバ食べよう」

相場は取海の肩に手を置いて言う。

「今日は母ちゃんに、金もらってない」

「今日は僕がおごる」

相場はポケットから千円札を出した。取海の顔がわずかに明るくなり、頷いた。

相場の言葉で取海の肩の力が抜けたようだ。次の対局から勝ち始めた。

「ソウの奴、やっと勝ち出した。正気に戻ったということか」

沼津が元治にささやく。

「あいつが緊張するとは意外だな。生意気な自信家のようでやはり子供か。ここ一番というときに弱いタイプかもしれんな」

「僕もあんなソウちゃんは初めて見た」

「おまえはアガらないのか。こういう場所での将棋は初めてだろう」

相場は全勝だった。

「二番目の相手はずっと貧乏ゆすりをしてた。僕にもうつりそうで困った。太ももをツネって我慢したよ」

「おまえは大丈夫そうだな」

相場は楽しかった。同じ小学生でも、将棋クラブや道場に来る子供とは違っていた。金山のような強い相手と真剣に対局できることはめったにない。本気で指しても負けそうな相手もいた。取海は三勝二敗でグループ二位になり、午後のトーナメントに出ることができた。

そのトーナメントでは取海が優勝した。準優勝は相場だった。決勝で相場が取海に負けたのだ。いつもの放課後の対局で言えば次は相場の勝ちだった。

帰り道、二人は将棋クラブの近くの駅で降ろしてもらった。電車に乗る前に、駅前の立ち食いソバ屋に入る。二人は並んで天ぷらソバを食べた。

4

相場が大学からマンションに帰ると賢介がいた。

「シグマトロンから役員が来る。兄さんも一緒に会ってくれないか」

「僕が行っても仕方がない。話は研究協力と経営の話なんだろ」

「兄さんだって東洋エレクトリックの大株主の一人だ。同席してもおかしくはないよ。それが株式会社というものだ」

「僕は名前だけだ。それに僕より大株主はまだいるだろ」

「俺は技術の分かる者に一緒にいてほしい」

「長谷川くんがいる。彼に同席してもらえばいい」

「優秀だが、力不足だ。はっきり言うと兄さんの名前がほしいんだ。彼らも兄さんを知ってる」

「僕は研究者だ。企業とは関係ない」

「彼らはそうは思わないだろう。ビル・ゲイツもザッカーバーグも優秀なプログラマー、エンジニアであり経営者だ。兄さんが同席すれば彼らだって一目置く。アジアの中小企業でもね」

「そんな甘い世界じゃないと思うがね」

「考えておいてくれ」

一時間ほど話した。夕食を食べていったらという初美の誘いを断って、賢介は帰っていった。

「お義父《とう》さんの容態についてなの。真剣そうだったから」

コーヒーカップを片付けながら初美が聞いた。

「そうじゃないが、父さんは元気になってる。貧血と疲労からくる胃潰瘍だ。休めば治る」

「そんな簡単に言っていいの。私がお見舞いに行ったときは顔色も悪かったし、元気もなかった」

賢介が念のため肺がんの検査をすると言っていたのを、相場は思い出した。

「取海くんも大変みたいね」

テレビに目を向けた初美が言う。テレビでは名人戦について話されている。取海の名前も出た。

「何かあったのか」

「また女性問題。お昼のワイドショーが取り上げてた。この前あったばかりなのに」

「彼はそんなにもてるのか」

「あなたは興味がないことには、徹底的に無関心なんだから。ときどき、怖くなる」

初美は輝美を抱き上げて、相場の膝に座らせるとキッチンに行った。

「取海は将棋以外には興味がないのかと思っていた」

「私も。それだから一人の女性に夢中になれないんじゃないかしら。あの人の頭の中は将棋だけ。他のことが入り込む場所がない。ただ通りすぎるだけ」

「そうなのか」

「他人事《ひとごと》のように言わないで。あなたにもそういうところがある。でも、あなたは理性によって補っているんじゃないの」

「心理学のこじつけみたいだ。僕にも分からない」

相場は初美を見た。何でもない顔をしているが、確かに当たっている面はある。

取海の生活については耳にしたこともある。無意識のうちに深くは考えないようにしてきた。史上最強の名人、女性についても名人か、女泣かせの名人——スポーツ新聞の見出しだ。勝ち続けている間はいい。一度つまずくとマスコミは叩き、かつての栄光にまで泥を塗り始める。それに取海も気づいていて、自分を追い詰めているのかもしれない。彼にはそんなところがあった。

「一度、すべてのタイトルをなくしたことがあっただろ。僕がアメリカに行ってるとき」

相場は大学院博士課程修了と同時にマサチューセッツ工科大学に二年間留学した。日本から来た友人が持ってきた新聞に偶然出ていた。

「覚えてる。あれから長い空白。タイトルは一つも取れなかった。なにがあったんだろうって、マスコミに騒がれた。そしてここ数年での復活。どこかの山にでも籠もっていたのかしら」

「女優と結婚してたときもあった」

「半年で破局。ああいう派手で気の強い女性は合わないと思うのよね。取海くんには一般人がいい気がする。取海くんは損をしてる。前の名人が人格者なんて言われてたから。将棋って偉い人は年寄りが多いんでしょ。ああいう自由な人は老人社会には受け入れられないのよ」

初美が笑っている。取海は自由な人というのとは少し違う。彼はいつも何かに縛られ、追われていたのではないか。ふと、そう思うことがある。

「ただ強ければいいってもんじゃない、勝負ごとは。大相撲も品格にかけるとマスコミに叩かれたりしてるでしょ。それと同じようなことが将棋界にもあるんじゃないの」

「それでも取海は生き残ってる。彼はどんな状況でも、勝つ勝負をしている。それも実力のうちだ」

相場は立ち上がり、初美のところに行こうとする輝美を抱き上げた。ふと取海の妹を思い出した。

◇

沼津は任せろと言ったが、推薦してくれるプロ棋士はなかなか現れなかった。

相場と取海がいくら強いといっても、地方の将棋クラブでの話だ。

関東小学生リーグでは優勝、準優勝したが、アマチュア将棋戦の県代表にはまだほど遠い。奨励会入会には県のアマ三、四段の実力が必要だが、これはアマチュア将棋戦の県代表クラスだ。

「次の東日本小学生リーグ戦は七月だ。それまでにできることをやっておかなきゃな」

沼津の言葉に、二人を応援する常連たちも頷いている。

取海はこれまでにもまして、勝負にこだわるようになった。相場は楽しんでいたが、取海との対局だけは勝つことに真剣にならざるを得なかった。手を抜くと顔色が変わり、本気で怒る。

取海は急速に実力をつけていった。相場もそれに引きずられるように強くなっていく。同時に二人に対するまわりの期待も大きくなっていった。


六月に入った土曜日に、相場と取海は沼津に連れられて、東京の奨励会に行った。

七月の東日本小学生リーグに向けて、二人の気持ちを引き締める狙いもあったのだろう。奨励会に推薦してくれるプロ棋士が見つかっておらず、その紹介を頼むのがそもそもの目的だった。

「奨励会じゃほんまに、タダで将棋の勝負をさしてくれるんかな」

「そんなことは心配するな。まず、入ることだけを考えろ」

「入ったら、いつプロになれるん」

沼津に念を押すように、取海が聞く。

「おまえ、奨励会について書いてある将棋雑誌を読んだんだろ。渡したはずだ」

車に乗っている間中、取海は沼津に話しかけている。

いつもの取海とは明らかに違っていた。緊張で落ち着かない。絶えず話す。そんな取海を相場は不安な気分で見つめていた。

奨励会は千駄ヶ谷の将棋会館にある。駅から徒歩五分ほどの、鳩森八幡《はとのもりはちまん》神社の向かいにある赤茶色をした五階建ての建物だ。

中に入ると一階に販売部がある。二階は将棋道場で、指導対局が行われていた。休日には、プロ棋士が対局してアドバイスをする機会をもうけている。

相場は珍しげに辺りを見回した。横にはこわばった顔の取海がいる。

相場はそれが意外だったし、おかしかった。普段の取海にはどこか大人びたところがあった。すべてを成り行きに任せ、あえて自分では何もしない。一歩下がって自分の感情を殺すのだ。子供らしくないと言われればそれまでだが、取海が身につけた生き方だった。

その取海が緊張で硬くなっている。

「ソウちゃん、あの人、鷹山《たかやま》六段でしょ。次の名人はあの人だって。『将棋世界』に載ってた」

「いつか、俺が負かしたる。棋譜を見たけど、そんなに強いとは思わんかったで」

その日初めて、取海らしい発言を聞いた。鷹山が振り向いた。取海の声が聞こえたのだろう。表情の変わった鷹山と一緒にいた老人が二人のところにやってくる。

「元気がいいな、きみたち。歳はいくつだ」

「十二や。小学六年生。来年は中学や。俺ら今年、奨励会に入るんや」

「ウソはダメだよ。僕たち十歳です。小学四年生です」

「その歳で入れれば記録更新だな」

「2八金」

部屋の隅に置かれたモニター画面に映る棋譜に目を向けて、取海が言った。対局室で行われている
プロ同士の練習対局の様子を映している。老人が取海の視線を追った。

「3八歩……アホやな。3七桂じゃのうて7八金や」

「7六歩」

老人が取海の前に立って言う。

「5五角」

老人の手に取海が答える。

いつの間にか二人は向き合って、目隠し将棋をしている。これは口頭で指し手を言い合うことだ。

頭に進行中の盤面が浮かんでいなくてはならない。

十分ほどで老人の顔色が変わった。そのとき、二人から離れた所にいた沼津が戻ってきた。

「何やってる、ソウ」

沼津の声で二人の緊張が崩れた。老人が沼津に向き直った。

「この子は」

「柳沢《やなぎさわ》先生、何か失礼なことでも――」

「いや、ちょっと話していただけだ」

取海と相場は将棋盤を挟んで座り、駒のない盤面を見つめている。

「やっぱり、ソウちゃんの勝ちかな。あと六手で詰んでる」

「いや、負けや。あんなじいさんに負けとうなかった」

二人の頭には老人が最後に指した手が入っていた。

その老人が二人を無言で見つめている。


「おまえら、あの人が誰か知ってるのか」

帰りの車の中で沼津が聞いてくる。

「世話役さんちゃうの。お茶とか出してくれる」

「おじさんみたいな人でしょ。対戦相手を決める人」

「馬鹿野郎、あの人は柳沢永世名人や」

「ウソや、もっと若い人やろ。髪かて半分は黒かった。俺、写真で見たことあるで」

「それは若いときの写真だ。今は八十七歳。将棋界の重鎮だぞ。えらいことをしてくれたな。次の奨励会の入会試験を受けようってときに」

沼津は泣きそうな顔をしている。


翌日、二人が将棋クラブに行くと沼津が飛んできた。

「昨日の夜、電話があった。柳沢永世名人からだ。おまえらのことを聞かれた」

「ウソはつきませんでした。小学四年生だと言い直しています」

「奨励会の入会試験を受けさせたいが、弟子に取ってくれるプロ棋士がいないことを話したら、自分が引き受けようと申し出てくれた。おまえら一体何をしたんだ。こんな名誉なことはないんだ」

「あのじいさん、本当に名人やったんか。俺も絶対に名人になったる」

　取海が強い意志を込めて言う。「僕も」と相場もつられてしまった。

5

　若手棋士たちが将棋ソフトに挑戦、人対コンピュータの究極決戦──相場にメールで届いた新聞記事だ。高野が送ってきた。記事はコンピュータソフトが棋士を超えたと騒がれすぎるため、若手の棋士が立ち上がったという内容だった。彼らが新戦法で将棋ソフトと勝負するという、新しい大会が先日開かれた。

　相場は秋山らを呼んで、記事を見せた。

「この大会については知ってたのか」

「我々も出ました。非公式なもので、大会と呼べるものじゃなかったので報告しませんでした」

　秋山がこわばった顔で説明した。その表情を見れば結果は推測できた。

「結果はどうだった」

「将棋ソフトが負け続けました。五局行われて、一勝四敗です。相手はプロの四段と五段の若手です。彼らは将棋ソフトで練習した世代で、ソフトに偏見も抵抗もありません。自分たちの練習に評価値を取り入れているほどです。コンピュータの知識も十分あります」

コンピュータソフトはすべてを数字で判断する。そのため、局面の状況を計算する評価関数を作っている。その値が評価値だ。プラスに出れば先手優勢で、マイナスが先手劣勢。数字が大きいほどその度合いが高いと判断する。

「ソフトが弱すぎたということはないのか」

「関東将棋ソフトトーナメントで優勝したソフトも負けました。その他のソフトも、それなりの大会で成績を収めたものです。今後、この傾向は強まると思います。何とかしなくちゃな」

張間が秋山をかばうように言う。

「記事にある彼らの新戦法とはどんなものだ」

秋山たちは顔を見合わせている。

「将棋ソフトは膨大な過去の棋譜を記憶し、その中から勝ちにつながる最適な一手を瞬時に選択します。そのとき使うのが評価値です」

「だったら、意図的に評価値を下げる一手を入れたらいい。コンピュータを混乱させる」

「その通りです。そうした一手を入れることにより、その後の指し手を混乱させ始めたんです。勝ちにつながらない一手。コンピュータには迷いが生じ、意味のない計算を始めました。それに個々のソフトの癖というのがあります。棋士たちはそれを研究し、徹底的にそこを突いてくる戦法に出てきました。そのため、コンピュータの勝率が著しく落ちました」

将棋の勝負で、人間側が定跡外の戦法を使い始めたのだ。ストレートに勝負をしてこなくなったというのか。そんなものは将棋ではない。思わず出そうになった言葉を相場は呑み込んだ。だが、それでも勝ってやろうという思いも湧き上がってくる。

「やはり人間の方が一枚上手ですかね。機械の論理の上をいく。機械は一直線に勝ちを目指します」

「だったら、それを逆手に取ればいい。無意味か意味があるか、それを読み取るのが人工知能だ」

「僕もそう思って、新しいプログラムを組み込もうとしているんですが」

「新しく作り直した方が正確で早い」

「そうなると数週間ではムリです。数ヶ月、下手《へた》すると年単位の仕事です」

「間に合わなくても、人生が変わることはない。多少の遅れが生じるだけだ」

「そうですね。修了が一年くらい遅れても人生が百八十度変わるわけでもない」

秋山は肩の力が抜けたようだ。奨励会の厳しさと辛さを思い出したのか、腹をくくったらしい。

「大きな大会で優勝するソフトを絶対に作ります。もちろん人間にも負けません」

宣言するように言うと、秋山は頭を下げて部屋を出ていった。


将棋ソフトの限界、底が見えたコンピュータソフト、やはり人間の勝利――翌日の将棋新聞に見出しが躍っていた。記事の執筆者は花村勇次だ。高野ではなく花村自身が記事を送ってきた。

相場はなんとなく釈然としなかった。優れた人工知能とはこうした攪乱《かくらん》を含めて、最適な方法を選択する。この決め付けは正しくない。


その日の夕方、花村が突然部屋に入ってきた。デスクに新聞を置き、相場の反応を探るように視線を向けてくる。

「記事を読んだし、秋山くんたちからも話は聞いてる。僕は興味はないが」

　相場の言葉を無視して、花村は話し始めた。

「この流れは今後続くだろうね。将棋ソフトの弱点追究と攪乱だ。コンピュータウイルスを仕掛けるようなものだ。定跡に反する一手がコンピュータの思考を混乱させる。機械の限界じゃないのか」

「きみはなぜコンピュータをそんなに敵視するんだ」

「敵視なんてしていない。どっちが強いか白黒をつけてほしいだけだ」

「きみは、どっちを支持しているんだ。人かコンピュータか」

「どっちだっていい。強い方だ。たかが将棋だ」

「そういう言い方はないだろ。きみだって、人生をかけようとしたことがあるはずだ」

　花村の表情に動揺の色がわずかに見えた。だが早口で話を続ける。

「プロ棋士たちも、人間相手では通用しない手を使い始めたということだ。コンピュータには意味のある一手か、攪乱させるための一手か判断することは難しい。人であれば分かるだろうがね」

「真っ向勝負を期待したいがね。ウイルスもどきの手を使うより。人間同士の対局でも駆け引きというのはあるが僕は好きじゃない」

「あんたと取海名人の対局がそうだったというのかね」

　相場が動揺する番だった。花村には悟られたくない。

「小学生でも勝ちにこだわる者もいるし、純粋に将棋を楽しんでいる者もいる。そういう二人が対戦すれば、勝負は目に見えている」

　花村はあの対局の棋譜を読み、そう感じたのか。相場の脳裏を遠い過去がよぎる。

「僕には過去を懐かしんでいる時間はないんだ。今を乗り切るのに精一杯だ」

「そう言い切れるのかね。人間なんて過去があっての今の自分がある。忘れようたって忘れられるものでもない。過去と向き合うことも必要だ」

花村は明らかに相場を挑発している。

「あと十分で教授会だ。僕は失礼するよ」

相場はデスクの上の新聞を花村の方に押し戻し、ファイルを持って立ち上がった。

◇

相場と取海は新しい将棋道場でも頭角を現していった。

歯が立たなかった金山にも、三ヶ月で取海は勝つようになっていた。取海に隠れて目立たなかったが、相場も順調に力をつけていた。

将棋道場では最後に二人で指した。二回で終わることもあったし、五回、六回と続くこともあった。一勝一敗のときは三局で終わった。相場が連勝すると、取海はタイに持ち込むまでやめなかった。相場が三連勝すると、最低あと三局やらなければならない。

相場は帰り時間が気になり始め、将棋に身が入らなくなる。相場が手を抜こうものなら、勝負はやり直しになった。二時間を超えると、相場は真剣に指しても負けた。体力、精神力の差だった。相場は、どうしても勝ちたい取海の気持ちに負けるのだ。勝負には技量を超えた何かがある。

それでも二人はいつも一緒だった。

待ち合わせ場所に来て、相場は立ち止まった。早朝の駅前にはまだ人はほとんどいない。

取海の横に背の高いがっちりした髭面《ひげづら》の男が立っている。初めて見る顔だった。

「父ちゃんや」

取海の声は弾んでいた。今まで見たことがない笑顔をしている。

「大阪から俺に会いに来てくれたんや」

戸惑いながらも相場は頭を下げた。男は相場のまわりにいる大人とは違う雰囲気を漂わせている。

「今日、将棋道場休むわ。父ちゃんと映画に行くから」

「おまえの友達か」

「相場トシちゃんや。親友やで。将棋、教えてもろた」

「おまえにも友達ができたんか」

「当たり前やろ。父ちゃんの子やで」

「よっしゃ、ソウの友達なら、父ちゃんも友達や。なんか美味いものを食べさしたろ」

「そうしよ。ええやろ。ちょっとくらい遅れてもかまへんやろ」

取海は相場の腕をつかんで放さない。相場は思わず頷いていた。

男は二人を二十四時間営業の牛丼屋に連れていった。

二人が食べている間、男はビールを飲みながら、アルバイトの店員と話している。

用を思い出した、映画は今度にしようという取海の父親と別れて、二人は将棋道場に向かった。電車に乗ったとき、相場は取海が新しい靴を履いているのに気づいた。

「その靴すごいね」

「父ちゃんに買うてもろてん。ええやろ」

取海はスニーカーを脱ぐと、嬉しそうに高く掲げた。白とブルーの靴は陽を浴びて輝いて見えた。

「お父さんはどこに行ったの」

「知らん。仕事やろ。明日の朝、また来てくれるらしいわ」

「一緒に住んでないの」

「母ちゃんが家に入れへんねん。俺はずっと一緒にいたいんやけど」

「どうしてだろ。ソウちゃんのお父さんなのに」

「酒、飲まへんようになったら考えるて」

牛丼屋ではビールを飲んでいた。そういえば会ったときから酒臭かった。

「今度、ディズニーランドに一緒に行くねん」

「優しいお父さんだな。僕は父さんに靴を買ってもらったことなんてない」

「ええ父ちゃんやろ。母ちゃん、なんで嫌うんかな」

「お母さん、お父さんが嫌いなの」

「昨夜《ゆうべ》も、出ていけって。父ちゃんが俺を迎えに来たんや」

「それから？」

「知らん。俺、寝てしもたから」

取海は歩き出している。相場はあわてて後を追った。

第四章　家族

1

相場は大学近くの喫茶店で高野と会っていた。相場の話を聞いて、高野が考え込んでいる。

「問題はなぜシグマトロンが東洋エレクトリックの株式取得と共同研究を望んでいるのかということだ。絶対に何かあるね。心当たりはないのか」

株式取得については昨夜、賢介から電話があった。そのため、高野の意見を聞きたくて呼んだ。

「会社のことはほとんど知らない。考えないようにしている」

「公表されている数字を見る限り、東洋エレクトリックは健全経営の問題のない会社だ。ただし目玉となる技術もないし、製品もない。大手企業との昔からの取引が続いているだけだ。大きな損失もないが、目を見張る利益も見込めない。大手に切られると一気に経営は傾く」

「もう少し、調べてくれないか。忙しいのは分かっているが」

高野は相場と同じ理学部情報工学科の博士課程出身だが、ベンチャーを立ち上げてから、経営と業界の動向について、かなり勉強している。

「その代わり、資料をすべて見せてくれ。企業秘密と言われているものも」

「賢介に言ってみるよ。何とかするだろ」

次の日曜日、相場は高野を連れて会社に行った。応接室に入ると長谷川が来ていた。相場が付き合うように頼んだのだ。テーブルの上には数十冊のファイルが積んである。

「賢介はいないのか。せっかく高野を連れてきたのに」

「接待ゴルフに行ってます。副部長は嫌がってましたが、仕方ありません」

「これ以上に大切なことがあるのか。言い出した者がこれじゃ、前途多難だな」

相場が皮肉を込める。

一日かけて会社の状況を三人で調べたが、何も新しいことは出てこなかった。

「財務状況については悪くもないが、極端に良くもない。やはりアメリカの大手企業がわざわざ乗り出してくるほどではないと思うが。俺も経理についてはエキスパートじゃないがね」

高野も首をかしげている。

「技術力はないことはないが、ずば抜けてあるというものでもない。あと、考えられるのは特許だがそんなに目を引くものはない。俺の結論は目玉のない会社だ」

「はっきり言うんだな」

相場が長谷川を見ると、何も言わず特許の一覧表を確かめている。

「僕も高野の意見に賛成だ。シグマトロンがどうして東洋エレクトリックに目を付けたか分からない。これは把握しておかなきゃならないことだ」

相場はファイルをデスクに置いて軽いため息をついた。

翌日、相場が大学の部屋に行くと、すぐに花村が入ってきた。この記者は意図的に相場をイラつかせようとしているのか。相場が顔をしかめても、平気で椅子を引き寄せて座った。

「ここのところ、将棋ソフトは旗色が悪いな」

「人間と同じだ。マシンにだってスランプはある」

相場の言葉に、花村は声を上げて笑った。

「人工知能はまた一歩、人間に近づいたってわけか。棋士の連中は、完全にソフトに勝った気でいるぜ。ウイルスを進化させればソフトをかき回せる。そのための一手を考える。ソフトの思考の方向は限られているが、人間の思考は無限に広げられると言ってる。俺も人間に分があると思う」

相場はかすかに息を吐いた。

「きみはなぜ、僕に付きまとう。そんなことを言いたいためか。僕は二度と駒を手にしない」

花村の顔から笑みが消え、相場を睨むように見ている。

「俺は才能のある人間が、その才能を生かさないのが我慢できない」

「僕に将棋の才能があるというのか」

「俺は取海名人より、あんたの方を買ってる。その気になれば、名人に勝てる」

「買いかぶりだ。僕は昔、彼に負けた。以来、僕は将棋をやめ、彼は将棋の世界に生きている。将棋はそんなに甘い世界ではない。それに僕は絶対に取海に勝てないと言ったのはきみだ」

「その気にならないからだ。あのときの対局をもう一度思い出せ」

花村はポケットから財布を出し、そこから小さく折り畳んだ紙を出して広げた。それをデスクに置いて相場の方に向ける。

「どう見ても、あんたの方が勝っていた」

「もう、遅い。お互いに別々の道を歩んでいる」

「いや、遅くはない。もう一度、挑戦してみろ」

花村の顔は真剣だった。相場の目の前にあるのは、二十年前の取海との最後の対局の棋譜だった。

◇

父親が帰ってきて、取海の服装が変わった。いつもの擦り切れた服から真新しいものになった。将棋クラブの帰りに寄る店も、駅前の立ち食いソバ屋から駅ビルの食堂になった。取海が金を払っているときに見たが、ポケットには千円札が何枚か入っていた。

「天ぷらソバ食うてみ。美味《おい》しいで」

「ソウちゃんは天ぷらが好きだね」

「大好きや。家じゃ食うたことあらへんけどな」

言いながらエビ天の尻尾まで食べてしまう。相場もつられて食べたが、美味いとは思えなかった。

ある日曜日、待ち合わせ場所に行くと、取海が今日は将棋クラブを休んで、面白いところに行こうと言う。相場が躊躇していると腕をつかんで歩き出していた。二人は電車で四つ目の駅で降りた。

「どこに行くの」

「面白いとこや。せやけど内緒やで。言うと父ちゃんに怒られる。父ちゃんとの約束なんや。母ちゃんにも言うてへん」

取海は相場の手を引いて急ぎ足で歩いた。知っている場所らしく、迷う様子はない。

相場が初めて来る商店街だった。小さな店が並んでいる。開いていない店が多く、人通りもまばらだ。

　商店街の中ほどで裏通りに入った。明かりのついていない店の看板が並び、どこか胡散臭《うさん》さが漂う。

「ソウちゃん、僕、やっぱりやめとくわ」

「なんや、意気地《いくじ》ないな。大丈夫やから。何かあったら俺が護ったる」

　取海は相場の手をさらに強く握って、狭い階段を上がっていった。

　薄暗い部屋だった。相場は思わず顔をしかめた。タバコの煙と臭《にお》いが立ち込めている。窓から差し込む陽の光が唯一の救いだった。まだ昼前だったが、部屋には酒の臭いも漂っている。

　ガチャガチャと卓の上でパイを交ぜる音がする。麻雀《マージャン》をやっている。卓の上にはお札が何枚か無造作に置かれていた。千円札に交じって五千円札、一万円札もある。

　部屋の隅で将棋盤を囲んでいる者が数組いる。

「おう、坊主。今日はお父ちゃんはどうした。ここにはまだ来てないぜ」

「友達を連れてきたんや。俺が勝負してるとこ、見せよう思うて」

「こんなもの見せない方がいいぜ。ロクな大人にならねえよ」

　男は笑いながら言うと、将棋盤の横に五千円札を置いた。

「坊主の金は父ちゃんにツケとくぜ」

「ええよ。どうせ払う必要あらへん」

　取海は将棋盤の前に胡坐《あぐら》をかいた。

「これでいいか」

　男がそう言って取海の陣営から角と飛車を取った。

取海は角を戻す。男は千円札一枚を加えて取海を見たが、取海が黙っていると、さらに千円を追加した。取海は自分の陣営から角を男に返した。

麻雀卓の連中も取海のまわりに寄ってきた。

「今日は飛車角落ちか。いくらなんでも坊主の負けだろ」

男たちは額を言って、将棋盤の横の盆に金を置いていく。一分ほどで千円札の山ができた。中には一万円札も入っている。ここが危険なところで、よくないことをやっているのは相場にも分かった。

「僕、やっぱり帰る」

相場は立ち上がり、取海と目を合わせることなく部屋を出た。取海の相場を呼ぶ声と男たちの哄笑《こうしょう》が聞こえたが、そのまま階段を駆け降りた。

翌日、取海は何ごともなかったような顔で学校に来ていた。相場もあえて昨日の話はしなかったし、結果も聞かなかった。

次の土曜、取海は待ち合わせ場所に来なかった。相場は将棋クラブで沼津に呼ばれた。

「ソウは今日も休みか」

「三十分待ったけど来ませんでした」

「お父さんが帰ってきたというのは本当か」

「一度会いました」

「ソウは学校で変わったことはないか」

相場は黙った。服装、持ち物に加え、態度も変わっていた。どこか一歩引いた性格でもなくなっていた。

「八月の奨励会の試験まであまり時間がない。がんばれよ」

沼津が相場の肩を叩いた。

2

「すごいだろ。一株千五百円だ。現在の株価の二・八倍、約三倍だぜ」

大学近くの喫茶店で会った賢介は、英文メールの出力紙を渡してきた。シグマトロンが東洋エレクトリック工業に株の取得を具体的に相談してきたのだ。

「なぜ、こんな話になった」

「昨日突然送られてきた。来月、こっちに来るそうだ。副社長が。アメリカからわざわざね」

「アメリカの企業には、副社長というのは何人もいる。そんなに大騒ぎすることじゃない。来月というのは、こっちに考える余裕と準備を与えるということだな。返事を聞きに来るのだろう」

「俺はいい話だと思ってる。東洋エレクトリック工業が世界に飛躍するんだ」

「おまえは、反対じゃなかったのか」

「こんな株価でうちの会社を評価しているとは思わなかったんだ。正直、驚いている」

賢介は自嘲《じちょう》的な笑みをわずかに浮かべた。自分の心変わりを多少は恥じているのか。

「役員たちは知ってるのか」

「まだ伝えてない。この連絡は一定以上の株を持つ株主に来たんだ。大株主中心にな。兄さんのところには来なかったのか」

「僕の株はすべて父さんに渡してある。どうなってるかは知らないし、興味もない」

「そんな言い方はないだろ。兄さんだって東洋エレクトリック工業のおかげで、何不自由なく生きてこれたんだ。少しは恩義を感じろよ」

相場は言い返すことができなかった。事実には違いない。

「俺は増資をしようと思ってる。俺たちの株式を五十パーセント以上にしておけばいいんだろう。緊急の役員会議を開いて決めるつもりだ」

賢介が改まった顔で言った。

役員でもないのに勝手なことを言うと思ったが、言葉を呑み込んだ。役員会とは名ばかりで、すべては社長の鶴の一声で決まる。賢介は社長である父を説得する自信があるのだ。

「どのくらいだ」

「三十パーセント。これでシグマトロンは筆頭株主になるが、こっちは親戚中の持ち株を集めれば、五十パーセントを超える。おそらく、この辺の事情を知らないんだ。アメリカには同族企業って言葉はないのかな。何かあっても、決めるのは俺たちだ」

「もしシグマトロンが他の株式も集めていたらどうする。おじさんやおばさん、身内の株を」

「それはない。調べた」

賢介が自信ありげに言った。

「増資で集めた金は企画研究部の充実と設備投資に充《あ》てる。シグマトロンという新しい取引企業もできる。新生東洋エレクトリック工業の出発だ」

「この間までは、会社は自分たちの力で何とかしたいと言ってたじゃないか」

賢介が無言で一枚の紙を差し出した。主要株主の名と所有する株数が書いてある。

「了解は取ってある。兄さんには知っておいてもらいたいんだ」

「もっとゆっくり考えた方がいいんじゃないか。旨《うま》すぎる話だ」

「数字の上では、東洋エレクトリック工業は今のところ優良企業だからね。技術力もそこそこだし。ビッグチャンスかもしれないんだ」

「わざわざアメリカから買いに来るほどのものはない。きっと裏に何かある」

「日本に拠点を作りたがっているんじゃないのか。うちなんて手ごろだ」

「もっと手ごろなところはいくらでもある」

賢介が面倒臭そうに軽いため息をついて、相場から視線を逸らした。

「元治さんは知ってるのか」

「あの人の株は、ずい分前に父さんが買い戻してる。だから、折り合いがよくないんじゃないの。おじさんは取られたと思ってるようだ」

そんなことはない。二人の間にはもっと決定的な何かがあったのだろう。金銭トラブルではない。

賢介のスマホが鳴りだした。相場に背を向け、声を潜めて話す。電話を切ると、テーブルの上の書類をかき集めてカバンに入れた。

「とにかく、俺たちの方針は伝えた。後で何か言われると困るからね」

店を出ていく姿はすっかり有能なビジネスマンだ。後ろ姿が人混みにまぎれるまで相場は見ていた。

その日、相場は大学を早めに出て、元治の家に行った。東京と横浜の境にある2DKの古いマンシヨン。元治は一人で暮らしている。二度結婚したが、二度とも別れている。子供はいない。

離婚のたびに元治は相場の父、俊一郎のところに報告に来た。二人でリビングに入り、長い時間出てこなかった。その後は何日も家中がピリピリし、数ヶ月にわたって元治の姿を見ることはなかった。

元治は狭いベランダに椅子を出し、ぼんやり外を見ていた。相場は隣に立って町を眺めた。

「少しも変わってないね」

「すべてが変わっている。時代も変わったし、人も変わった。俺も歳を取った。もっとも変わったのはおまえじゃないのか。雑誌で見たよ」

「元治さんは変わってないよ。歳を取るってことと、変わるってことは違う」

「昔からひどかったってことか。それは俺も同じ意見だ」

「そういうところがね。皮肉ばかり言ってただろ」

「兄貴とは会ったか」

兄貴とは相場の父親のことだ。

「見舞いに行ったけど元気そうだった。もう退院したと聞いてる」

「賢介に聞いて行ったのか」

「いろいろと知らせてくれる。会社のこともね」

「おまえと賢介を見ていると、兄貴と俺の関係を思い出す。くそ真面目《まじめ》な兄といいかげんな弟。俺の大きな勘違いは、賢介が俺よりずっと賢かったってことだ。自分をよく知ってるし、自分を大切にしている。むしろ逆なのかもしれん。おまえが俺で、賢介は兄貴だ」

「元治さんと僕は自分を大切にしてないのか」

元治は答えず、相場に目を移す。

「今日来たのは、アメリカの企業からあった会社の株購入の話か」

「知ってたの」

「姉さんから相談されたんだ。彼女も五パーセントを持っている。賢介が来たそうだ。副社長と一緒にね」

「伯母さんはなんて言ってたの」

「現在の株価の二・五倍の買い取り額を提示しているらしい。俺にはもう関係ない話だけどな」

相場が賢介から聞いたのは二・八倍だが、元治に言わなかった。

「なぜそんな話が来るのかって、考える者はいないの。古臭い電子部品を作っている会社の株を倍以上の値で買うっていうんだから、何かあると考えるのが普通だろ」

「悪いことじゃない。先のない会社をてこ入れして、再生させようっていうんだ」

元治は先のない会社と言った。何か知っているのか。彼は経済学部四年の後期に大学を中退している。その後、何度か友人の企業にもかかわったようだから、相場よりは経営に詳しいはずだ。

「従業員はどうなる。相手企業から話はあったのか」

「シグマトロンは経営にだけ参加したいと言ってるらしい。それも技術協力を中心に据えて。従業員、経営陣は維持する。つまり株の一部だけを買って、あとは現状のまま」

「大切なのはそれがいつまで続くかだ。数年間でやはり問題だと言って、経営陣の総退陣、従業員の大幅カットを迫られたらどうする」

「シグマトロンがどれだけの株を持てるかによるね。賢介は増資を考えてる。シグマトロンは三十パーセントを上限として、自分たちは五十パーセント以上をキープする。ただ株主総会で迫られたら、はねつけるわけにはいかない。協議するしかない」

相場は一時間ほど話してマンションを出た。新しい情報はなかった。何か進展があれば知らせると約束した。

薄暗くなった通りに出てマンションを見上げると、部屋のベランダに椅子に座る元治の影が見えた。

◇

将棋クラブの日、相場はいつもの駅前で三十分待ってから取海のアパートに向かった。角を曲がったところで、相場の足が止まった。アパートの前で二人の男が睨み合っている。ひとりは沼津、もうひとりは取海の父親、達夫《たつお》だ。

部屋のドアの前には、取海が母親に腕をつかまれて立っている。父親が取海を連れに来たのを、母親と沼津が止めているのだろう。

「お父さん、自分のやっていることが分かっているのですか。子供の将来を潰《つぶ》そうとしているんだ」

沼津が達夫を睨んでいる。こんなに本気で怒っている沼津は見たことがない。

「俺の子や。どないしようと俺の勝手やろが」

「今さら勝手なこと言わんといて。ソウはもうあんたの子やあらへん。私の子や」

取海の母、弘江《ひろえ》の声が響く。母親の後ろに立っていた定子が泣き始めた。取海は両拳を握り締めて下を向いている。通行人が足を止めて彼らを見ている。アパートの他の住人も出てきた。

「賭け将棋なんてやってることが分かったら、奨励会には入れない。もう遅いかもしれないが」

「そんなことあるか。将棋言うたら賭け将棋やろが。ソウは強うなったで。それに知ってるやつなんかおらへん。ソウ、こっちに来い」

「私が知っているということは、すでにこの業界では噂になっているということだ」

沼津の言葉に母親の顔が蒼白《そうはく》になる。取海は弘江の手を振り切ると、父親の方に歩き始めた。弘江が取海の腕をつかんで引き戻し、その顔を殴りつけた。取海が倒れる。

「何をするんや。ソウ、こっちに来い」

達夫が叫んだ。弘江はアパートの部屋に駆け込み、すぐに出てきた。右手には包丁を持っている。

立ち上がろうとした取海の肩を左手でつかみ、引き倒した。

「やめとけ。わしかてソウのことを考えとる。俺たちの息子やろ」

「ソウは私の子や。あんたの子やあらへん」

近づいてきた達夫の首に、弘江が包丁を突きつけた。達夫は顔をしかめている。

「これ以上、ソウに近づくなら殺したる。私が必ず殺したるからな。それとも今ここで――」

弘江の目を見て、相場は本気だと思った。震えながら、立ち尽くしていた。

「お母さん、もう十分だ。やめよう」

沼津が近寄り、弘江の手から包丁を取った。

「お父さんもおもういいでしょう。自分の子がかわいいなら将来を考えるべきだ。子の将来を潰す親にはなりたくないでしょう」

沼津が諭す。取海は地面に尻をついたまま蒼白な顔をしている。定子の泣き声が大きくなった。

「とっとと大阪に帰れ。二度と私たちの前に現れんな」

弘江の絶叫に、達夫は一歩後ろに下がった。弘江と沼津を睨んでいる。ひきつった顔のまま取海に笑みを浮かべると、通りに向かって歩いていった。

相場と目が合った取海は、半泣きの顔に笑みを浮かべようとした。


以降、取海の父親の話を聞くことはなかった。

取海も忘れたようにふるまっている。時折り、スニーカーの汚れを一心に落としていることがあった。そんなときは声をかけるのがはばかられた。

取海の服装は以前に戻っていったが、前ほどひどくはならなかった。沼津が何かと理由をつけては弘江を援助しているようだった。

将棋クラブでも取海の賭け将棋が話題になったが、すぐに消えた。沼津の力が働いたのだ。

土日の将棋クラブと道場通いは続けられた。

帰りの立ち食いソバ屋通いも途切れなかった。金は沼津から出ているらしい。

「ソウはすごいぞ。あの調子なら、奨励会にも入会できる。奨励会は普通6級スタートだが、5級スタートにしようかと思っている。いや、4級の実力はある。この調子なら、二、三年で三段に昇進だ。三段リーグは一年で突破できる。つまり中学生プロの誕生だ」

沼津の声は弾んでいた。新しい将棋道場でも取海はずば抜けた成績を残している。相場は取海に続いていた。

奨励会に入会して三段になったら、東京と大阪の奨励会合同で半年ごとに行う三段リーグに参加する。その成績上位二名が四段、つまりプロになる。年に四人のプロ棋士が誕生する。奨励会員でプロになれる確率は五人に一人程度だ。

「あいつなら、七大タイトルを総なめだ。二十歳になる前にな」

「このクラブから名人が出るとは驚きだぜ。俺も息子の尻を叩こう」

「もっと大事に育てられないか」

まわりの過熱ぶりに対して、元治は沼津にポツリと言った。

「そのうちに潰される。まだ小学生だぞ。精神の方がついていかない」

「本物なら生き残っていく。あいつは今、波に乗っている。行けるところまで行かせてやりたい」

「それは昔の話だ。今はマスコミが騒ぎすぎる。調子のいいときはいいが、スランプになったときが心配だ。潰されかねない。あいつは俺たちと違って先が長い」

「あいつがそんなにヤワに見えるか。這《は》いつくばってでも先に進む奴だ」

それは半分当たっていて、半分は間違っている。取海は見かけより繊細で、崩れやすい。環境のちょっとした変化が微妙に気持ちに影響する。それを誤魔化すように、わざと威勢よく、無思慮にふるまっている。お調子者のソウと呼ばれていた。

相場には取海の心の動きが手に取るように分かった。難しいことではない。自分自身の感情に少し手を加えればいい。取海が自分を映す鏡のようだと、相場は無意識のうちに感じていた。取海の感情を把握できれば、対局をコントロールできると知ったのはいつだったたか。

取海は熱くなると、意味なく飛車を前に出す。周囲が見えていない。わざとそういう状況に持ち込めばいい。ただ相場はその手を使ったことはない。取海との対局では純粋に将棋を楽しみたい。取海も自分の弱点は少なからず分かっている。それでも抑えきれないのだ。

3

元治のマンションを訪ねた週の土曜日も、相場は長谷川に頼んで東洋エレクトリック工業に会社の実態を調べに行った。のめり込んだら抜けられない性格と誰かに言われたことがあるが、自分でも当たっていると思う。

昼になって相場は長谷川を誘って近くの食堂に行った。

「きみは将棋をやるのか」

相場は聞いた。長谷川のキーホルダーに王将の駒の飾りがついていたからだ。

「好きでした、子供のときは。ここ何年も忙しくてやっていません。これは子供にもらいました」

長谷川が相場の視線に気づいて言う。

「小学一年生の女の子ですが、最近、将棋を始めました。なかなか強いみたいです」

「そんなに大きな子がいるのか」

「結婚が早かったものですから。大学を出てすぐに結婚しました」

「子供の相手はしないのか。将棋のことだけど」

「そんな暇はありません」

将棋は暇なときにするのか――相場は声には出さなかった。

「それで、きみの意見はどうだ。会社の将来は」

「私には経営のことは分かりません。会社の幹部が決めることです」

「そんなことでいいのか。きみの将来がかかっている」

「そうですが――」

長谷川の言葉が続かない。日本人の悪い癖だ。終身雇用にこだわるくせに、会社の経営にはかかわろうとしない。会社がなくなるという危機感を持つ人は、こんな時代でも多くはいないのだろう。

「若いきみたちの将来に関係することじゃないか。スキルアップだけして転職するなら別だが」

「そんな気はないです。東洋エレクトリックは働きやすい職場です」

長谷川があわてて言う。

「社員の私たちの意見が生かされることは少ない。会社の方針に従うしかないでしょう。ただ、外資参入や買収ってことになれば、我々の何人かは首になったり、飛ばされたりするんでしょうね」

「そんなこと、させない。弟に約束させる」

「でも、アメリカにならら行ってもいいですかね」

長谷川が何気なく言った。半分は本音なのかもしれない。

「だったら、骨を埋《うず》める気はあるのか」

「いや、一年くらいです。子供の学校もあるし」

「じゃあ、やめた方がいい。海外に出るには、きみは歳を取りすぎている」

「まだ三十です」

「英語は？」

「人並みです。いや、それ以下かな。理系科目に力を入れましたから」

「やはりやめた方がいい。日本人の性格と英語のハンデは付きまといそうだ」

相場はアメリカに留学はしたが、骨を埋める覚悟はなかった。結局二年いたことになるが、日本の大学に准教授のポストが決まると帰ってきた。

「シグマトロン側を調べる必要がありそうだ。シグマトロンが東洋エレクトリック工業と共同研究をするとはどうしても思えない。規模が違いすぎる」

相場は話題を変えた。

「ウチの公になっている特許を調べましたが、大したものはありませんでした」

「自社の特許だぞ。そんな心細いことは言わない方がいい」

「シグマトロンの業務には一部重なるところはありますが、ウチとは事業内容が違います」

「相手のことをもっと詳しく知る必要があるな。何をやってきて、何をやっているのか。そして何がやりたいのか。過去、現在、未来だ。創業者は――」

「トーマス・ペイン。MIT三年のとき、中退してICTベンチャーを立ち上げました。その後、EMS企業で成功しています。二十年でこれだけの大企業に育てあげた。だから、技術にはかなり強いし、関心があります。アイデア勝負のベンチャーは難しいと悟ったのかもしれません」

CEOは女性ではないかと、相場は確かめた。

「姉のリサです。十一歳離れています。USエレクトリックのバイスプレジデントでしたが、弟に引き抜かれました。トーマスはほとんど表に出ません。もっと技術にかかわっていたいんでしょう」

「やはり問題は、なぜシグマトロンが東洋エレクトリック工業に興味を持ったかだな。なにか目玉がなきゃ、これほど執着するはずがない」

「単に日本を拠点にして、さらにアジアに進出するつもりなのでは」

「もっと日本の現状を勉強した方がいい。アジアの拠点はすでに日本じゃない。香港、シンガポールだ。かつて拠点を日本に置いていた外資系企業も、多くが移している。日本がアジアの中心だった時代は終わっている」

長谷川は驚いた表情で相場を見ている。東洋エレクトリック工業の五年後は危ない。相場は賢介の言葉を思い浮かべていた。

昼食の後、二人は会社に戻り、再び作業を始めた。相場はデスクの書類に視線を移した。東洋エレクトリック工業の財務内容、特許関係の書類が散乱している。

「ＩＣＴ企業は今じゃ世界の情勢を見極めて、十手も二十手もライバル企業の指す手を読まなくては生き残れない。将棋と一緒だ」

無意識のうちに出た言葉だった。長谷川は気に留める様子もなく、書類を手に取っている。

夕方になって賢介が戻ってきた。長谷川を見てわずかに意外そうな顔をしたが、何も言わなかった。

「兄さん、何か分かったか」

「先生に頼まれました。シグマトロンがウチに興味を持った理由を一緒に探してほしいと」

「何か分かりそうなのか」

「ここには目玉はないということが分かった」

「だったら、早いところ――」

長谷川の視線を感じてか、賢介は言葉を切った。

「我々が気づいていない超目玉があるということだ。このチャンスを逃すことはない。いっそのこと、シグマトロンに聞いてみるというのはどうかな。なぜ東洋エレクトリックに興味を持つのか。それなりの対価で手を打つことができるかもしれない」

「それがイヤだから会社ごと買い取ろうとしているってことだろ」

相場と賢介のやりとりに長谷川の目が点になっている。

◇

相場は母親の富子と歩いていた。

「どうしても行かなきゃならないんだ」

「今のうちからちゃんと勉強しておいた方がいいのよ。お父さんとも約束したでしょう。中学入試、落ちたりしたら、お母さん、恥ずかしくて外に出られなくなる。親戚やご近所の笑いものよ」

週二日、学習塾に通うという条件で、相場は将棋クラブに行き続けることが許されたのだ。今日は夕方から入塾テストがある。

「テストに落ちたらどうなるの」

「縁起でもないことを言うんじゃないの。大丈夫よ。そんなに難しいことはないはずよ。山中《やまなか》さんのぼっちゃんが通ってるし、先生に電話してもらってるから。山中さんの家は三人のお子さんが通って、二人は明陽中学よ。それにあなた、最近すごく成績が上がったんじゃないの。この前の関東学力テストもすごく良かったたって先生がわざわざ連絡をくれたし」

「勉強は学校でしてる」

「中学入試は学校の勉強だけじゃダメなの。お父さんに言われて、明陽中学の試験問題を見たけど算数や理科はお母さんもぜんぜんできなかった。こんなのができる小学生がいるのかって驚いたのよ」

開明塾《かいめい》は駅前のモダンなビルの中にあった。フロアの半分を占めている。

授業が始まる一時間前だったが、十人以上の小学生が来ていた。席で本やノートを広げている。

「ねっ、学校とは違うでしょ。みなさん、すごく真剣」

塾長兼講師の西村《にしむら》は長身で、精悍《せいかん》な顔つきの男だった。

三年時の成績表と相場の顔を交互に見ている。相場が学校の試験に本気になる前のもので、「3」ばかりが並んでいる。体育だけが「2」だった。

「お母さん、率直に申し上げるとこの成績ではウチではついてこれません」

「四年生になってかなり上がっていると思います。最近はほとんどのテストが百点ですし——」

「学校の勉強と難関中学対応の進学塾の勉強は全く違うものです。お子さんが混乱するだけです」

西村が相場の方を見た。思わず相場は顔を伏せた。

「うちは入塾試験があります。私立明陽中学に毎年、二十人以上を合格させています。きみは入塾が他の子供より一年遅れた。早い子だと、もう五年生の算数をやってる。他の教科も一学年上だ」

「じゃ、学校では何やるんですか」

相場が顔を上げて聞く。

「休憩時間だと思えばいい」

「でも授業中に将棋をしてると先生に叱られます」

「きみは休憩時間には将棋をするのか」

「そうです。友達のソウちゃんと」

「そうか。じゃあ寝ておけ」

西村が面倒くさそうに言う。

「これをやってくれ。その間、私は隣の部屋でお母さんと話している。できたら持ってくるんだ」

西村が算数のプリントを置いて、母親と部屋を出て行った。

「せっかくの山中さんのご紹介ですが、おたくのお子さんはウチの塾には向いていないように思います。もっと普通の学習塾に――」

十分ほどして相場が隣の部屋に行くと、西村の声が聞こえた。やんわりと断っているのだろう。西村の前では富子がうなだれている。

「どうした。何か質問があるのか」

「できました」

「プリントは三枚だ。三枚ともやるんだぞ」

相場は三枚を差し出した。ざっと目を通すと、西村が別のプリントを持ってきて相場に渡した。

「今度はここでやって」

相場が問題を解いている間、西村がじっと見ている。隣で富子が困惑した顔で座っていた。


「おかしな先生ね。ウチの塾では無理だって言ってたのよ。ついてこれないでしょうって。でもあなたが先生の前で算数の問題を解いたら、明日からでも来なさいって」

帰り道、富子が相場に言った。

「やっぱり塾には行かなきゃダメなの。あの先生、好きじゃない。怖そうだもの」

「開明塾は入るのがすごく難しいって評判なのよ。お母さん、不安だったのよ。正直、一度で入れるとは思ってなかった。入れただけでもありがたいと思って行くのよ。お母さんだってこれから大変なの。お弁当作らなきゃいけないんだから」

富子がまんざらでもない口調で言う。

翌日から相場は塾に通い始めた。

「算数は好きか」

西村が相場の席に来て聞いた。

「嫌いじゃありません。でも将棋の方が好きです。算数はすぐに終わるから……」

「学校の授業が易しすぎるというのか。国語でもまだ習ってない漢字や言葉を知っているようだが」

「将棋の雑誌をずっと読んできました。もっと難しい漢字も言葉も出てきます。分からないことは将棋クラブのおじさんたちが教えてくれます」

西村が考え込んでいる。

「ウチでは三十分授業をやって、一時間の問題の演習と三十分の解説。三十分の休憩時間をはさみ、これをもう一回繰り返して、その日の授業は終わり」

「四時間も勉強するんですか。学校でもしてるのに」

「五年からはこのパターンが週四回。勉強は嫌いか」

「嫌いじゃないけど、退屈です。将棋してる方が楽しいです」

「私も子供のころは退屈だった。でも勉強だってなかなか楽しいもんだ。算数も考え始めたら将棋やゲーム以上に難しいし、楽しいぞ。私が教えてやる」

西村が遠い昔を懐かしむように相場を見ている。

「世の中、頭を使うのは将棋だけじゃないんだ。世界に目を向けろ。パソコンだって、ゲームだって、学ぶことは多い。その気になればもっと世界が開ける。パソコンは持ってるか」

相場は頷いた。

「将棋以外で、おまえの好きなものは何だ」

相場は答えられない。パソコンはやっとプログラムが組めるようになったばかりだ。将棋に比べれば、費やしている時間が違う。

「算数は好きだろう。おまえなら飛び級だってできる。二年、いや三年だって軽いだろう。算数オリンピックだってある。出る気はないのか」

西村は相場の肩を叩いた。

相場の西村に対する印象は少しずつ変わっていった。そんなに怖い人ではなさそうだ。


相場が学習塾に通い始めたころ、賢介はピアノに熱を入れ始めた。自分から希望してレッスンを増やした。相場が学校から帰ると連日、居間からピアノの音が聞こえてくるようになった。

「ケンちゃん、ピアノを弾く人になるのかな。すごくうまいよ。間違わずに弾いている」

相場は元治に言った。

「俺には音楽は分からない。ただプロになるには、ピアノでも将棋でもすごい壁があるのだろう。努力だけじゃ越えられない、高くて険しい壁だ。どんなに望んでも努力しても、越えられない者の方が多い。神さまに選ばれた者だけだ。非情な話だがな。おまえにも分かる時が来る」

元治はしみじみとした口調で話した。

4

相場が部屋に入ろうとしたとき、秋山が通りかかった。

「ウイルス対策はできたか」

相場は呼び止めた。

「ウイルスですか。確かにウイルスですね。評価値を惑わす手で、コンピュータを混乱させる。その一手が以後の思考に影響を与えています」

「それを見抜くプログラムができればプロ棋士なんて恐れることはない。コンピュータの記憶量とスピードは人間とは比較にならない。そのプログラムは、人工知能としても汎用性が高い。十分に修士論文になる」

「人間ならその一手に意味があるかどうか、計算しなくても多少の判断は付きますが、機械は冗談が通じませんからね。以後の手を計算します。この時間が馬鹿になりません。棋士たちはそこまで計算に入れたウイルスを作っています。プログラムを混乱させる、進歩した新種のウイルスです」

「冗談が通じないか。より人間に近づけようとするなら、冗談を受け流すことも重要な要素だ」

機械の「遊び」は、人間の「余裕」とも言うべきものだろう。「余裕」や「冗談」にまで本気で対応すると、疲れ果ててしまうということだ。この曖昧さをプログラムで認知し、処理するのは難しい。

より進化した人工知能を考えるとき、重要な課題になる分野かもしれない。人工知能の最終的な課題は、人の人たる強みと弱点が共存している部分の扱いだろう。どう人間に近づけるか。それとも機械として正攻法で強引に対処するしかないのか。

「ただの意味がない手であれば、数手あとで局面を見れば、それを新しい局面と認識して進めることができます。計算時間がかかり、コンピュータの性能が重要ということになります」

「そうなるとすでに棋士の仕掛けるウイルスは意味のない一手ではないのだろう。無意味な一手なんて、プロが指すはずがない。何十手先まで読んでいる。コンピュータソフトの迷いを誘い出すために指された意味ある一手だ」

「実は僕もそう思い始めました。ただ対抗するには、こっちもかなり将棋について知ってないとダメです。今のところ、マシンの性能頼みです」

「寂しいことを言うな。きみも奨励会にいたんだろう。ハードに頼ることは避けたいね。相手が頭でくるからにはこちらも頭、ソフトで応えなければ。だから——」

いつの間にかのめり込んでいる自分に気づいて、相場は一度言葉を止めた。

「勝敗より、人との違いを認識させることでも十分修士論文にはなる。初心に戻ることも大切だ」

「僕もそう思っています。でもやはり彼らに負けたくはありません」

「無理はしないように。もっと肩の力を抜いて」

相場は秋山の肩を叩いて部屋に入った。

自分を排除した奨励会を駆け抜けた者たちを見返す——そんな思いも秋山にはあるのだろう。

デスクに座り、秋山の話を再考した。

現在のウイルス対策はさほど難しいものではないように思えた。無意味なものを無意味と認識するだけだ。だが人間側も馬鹿ではない。次の手を考えてくるだろう。実際のコンピュータウイルスがそうだ。ウイルスを仕掛けてくるハッカーと、それに対抗するアンチウイルスソフトのいたちごっこ。それがコンピュータソフトの進歩を促しているとも言えるし、ハッカーに対抗する時間と資金を無駄に必要として、進歩を妨げているとも言える。

ウイルスとは気づかれない爆弾を盤上に仕掛ける。一手がソフトの思考を止めるのだ。ソフトがいかに認識して対抗策を取るか。

考え始めると、頭の中がそれ一色になる。

将棋の最高の一手ではなく、コンピュータの思考を阻害する手。将棋の個々の対局とは別に思考過程を模索し、勝利に結びつける。プロ棋士にしてみれば邪道なのだろうが、相場には新鮮だった。

〈高野さんがお見えです〉

秘書から連絡があった。

「将棋に戻るのか」

入ってきた高野が、ホワイトボードに書いてある棋譜を見て言う。

「学生が書いていったものだ。今の僕はアマ四段にも負ける」

「プロの世界、しかもトップクラスとは、そういう世界なんだろうな。常に針の先に立っている。少しでもバランスを崩すと転がり落ちる。俺には分からんが」

「将棋をやっていたときは、常に自分の持つ最高の能力を引き出していなければダメだった。敵は最高の状態での対戦相手を研究し、勝負を挑んでくる。そのためには生活のすべてを将棋に捧《ささ》げる。一歩退けば、レベルが何段階か下がる。もうプロとは言えないレベルにまで落ちる」

「言うことは分かるが、納得はできないね。特殊な分野の能力は努力や練習では補えない部分が多い。

最先端で勝負している者はなおさらだ」

「能力は努力に勝ると言いたいのか。そのとおりだ。恵まれた能力を持つ者たちが最大の努力をしてトップを競い合い、地位を維持できる世界だ。それを怠れば転がり落ちる。科学、技術、スポーツ、芸術、どんな世界でもトップを目指すなら同じことだ」

だから、自分はここで将棋にかかわっているわけにはいかない、相場はその言葉を呑み込んだ。

「俺が言いたいのは持って生まれた才能が九割で、日ごろの努力で生み出せるのは残りの一割くらいだということだ」

相場は黙っていた。否定のしようがない。だが、その才能を持つ者たちがトップを狙って懸命に努力している。それを高野も悟って大学を去ったようなところがある。彼が真に望んだのはビジネスでの成功ではなかったはずだ。

「今日は何の用だ」

「シグマトロンと東洋エレクトリックの話だ。何か分かったのか。東洋エレクトリックが新しい特許を持っていたとか、独自の技術があるとか」

「目立った特許はなかった。技術もトップレベルではあるがトップではない」

「相手側の製品を調べてみる必要がある。知らないうちに東洋エレクトリックの特許を使った製品があったとか。東洋エレクトリックがそれに気づく前に吸収しようとしているのか。特許使用料より、吸収の方がずっと安くつくと考えたのかもしれない」

「シグマトロンの製品については、長谷川くんが調べている」

「彼の所属はどこだ」

「企画研究部にいる。新しい技術開発と、会社全体から上がってくる技術的な問題に対して解決方法を考えている。会社の規模として独自の新技術開発は難しい」

「そういう部門があるだけましだ。彼を俺のところに連れてこないか。お互いにいい刺激になる」

「引き抜きは困るよ。でも彼の方から移りたいと言い出すと、余計に困るな」

「うちにも人材はいる。これからは、ライバルといえども交流は必要だ。視点の違いは新たな発想を生む。過度の競争は潰し合うだけで、落ち着いた技術開発はできない」

長谷川がやりたいのは技術開発だろう。彼の経歴と言動から考えれば、それを希望して入社したはずだ。今の部署は彼の望みに十分に応えているとは言えない。

高野は人工知能の新たな方向性を一時間ほど語ると、ホワイトボードに書かれた棋譜に目を移し、大きく頷いて帰っていった。

◇

相場の塾通いは続いていた。

週に二日、学校が終わると急いで家に帰り、富子が作った弁当を持って塾に行く。午後五時から二時間勉強して、三十分の休憩。そしてさらに二時間の勉強。終わって塾を出ると富子が車で迎えに来ている。家に帰るのは十時。風呂に入って寝る。小学生にしてはかなりハードだ。

開明塾には、小学三年から六年まで、各学年に三十人が在籍していた。中学生のクラスもある。個別授業はなく、すべて一斉授業だ。全員が試験に受かって入塾している。

塾に通い始めて四回目、最初の二時間の授業が終わった後、相場が弁当を食べようとしたときだ。

「相場くんちょっと来てくれ」

西村が相場を隣の部屋に呼んだ。

「これを解いてみろ」

渡されたのは一枚のプリントで三題の算数の問題がある。数字は少なく、文章が大部分を占めていた。

「意味の分からない言葉はないか。小数や分数は知ってるよな」

「整数と自然数というのは習っていませんん。これはソスウと読むんですか」

「数字というものはな――」

西村の説明を相場は無言で聞いた。十分ほどで終わり、相場はプリントを手に持って、考え始めた。

「できたら、持ってこい。俺は教室で授業をやってるから」

先生、と部屋から出ようとする西村を呼び止めた。

「弁当食べながらやってもいいですか。お母さんが作ってくれました」

「好きにやれ。とにかく、解いてみろ」

三十分ほどして相場が窓から教室をのぞくと、西村が出てきた。

「お茶、飲んでもいいですか」

自分の席のカバンを指した。

西村が取ってくると、コレと言ってプリントを渡す。プリントには問題の下に答えだけが書いてある。西村が相場の腕をつかみ、慌てた様子で隣の部屋に連れていった。

「どうやって解いた」

机の上には半分ほど空になった弁当箱と、数行の計算と図形が書かれた紙が一枚置いてあった。

「去年の算数オリンピックの問題だ。中学生でも二、三時間かかる。おまえ、他の塾に行ってたか」

「将棋クラブだけです。塾じゃないけど」

他の講師もやってきて、プリントを見ている。

「三問中三問正解。しかも三十分でだ。こいつは本物かもしれん」

プリントと計算用紙を見ながら西村が低い声で言う。

塾は最初戸惑ったが、慣れると楽しいものに変わっていった。


翌日も来るよう、西村に言われていた。

二日続けて、相場は取海と神社で宿題と将棋をするのをすっぽかしていた。三日連続は気が引けて、なかなか言い出せないまま放課後になった。

「今日も早く帰らなきゃいけないんだ」

ランドセルに教科書を入れながら相場は告げた。出口に走りかけた取海が立ち止まり、振り返る。

「また、誰かの誕生日なん。祖父ちゃんのは済んだやろ」

「塾に行くことになったんだ。中学受験があるから」

「中学に入るのに試験なんてあんのか」

「試験のある私立の中学に行かなきゃならないんだ」

「トシちゃんは俺と一緒にプロ棋士になるんとちゃうんか」

「なるよ。でも、その前に中学入試を受けなきゃならない」

「がんばりや」

戸惑った表情を一瞬浮かべたが、取海は走って教室を出ていった。

5

相場は高野と大学の自室にいた。最近、高野は頻繁にやってきて話し込んでいく。

「何か新しいことは分かったか。東洋エレクトリックの隠し玉だ」

「そういうのがあればいいんだがね」

「だったらジグマトロンと腹を割って話し合うんだな。なぜ東洋エレクトリックなのか」

「僕もそれが最良だと考えている」

賢介が先走らないうちに、はっきりさせた方がいい。

「先生、入っていいですか」

ノックと同時に声が聞こえる。秋山や張間をはじめ、数人の学生たちが入ってきた。

週に一回は、将棋ソフトの開発状況を報告に来るように伝えていた。将棋ソフトと若手プロ棋士との対局は何度か行われ、プロ棋士の勝利が続いているらしい。まだウイルス対策、意図的に評価値を下げる一手に対応するソフトができていないということだ。

秋山がデスクに何枚かの紙を置いた。

「若手のプロ棋士たちの間に出回っているものです」

〈将棋ソフトとの戦い方〉とタイトルがついている。

「すでにナンバー68まで出ています。全国の若手プロ棋士が各自思いついたソフト攻略法を載せているんです。千日手に誘い込む方法とか、各有力ソフトの弱点について、意味のない一手、ウイルスも載っています。しかもより進化した形です。今では一般の将棋ファンまでが投稿しています」

「ゲーム感覚でやり始めたということか。将棋ソフト攻略本というわけだな」

「すべてそれなりに的を射ています。これじゃ、勝つのは難しくなる」

「だったら、きみたちも同じ方法で戦えばいい」

「将棋ソフトウイルス攻略法を募集するってことですか」

「自分たちだけでは勝てないというのであればね」

「勝つためには手段を選ばず、なりふり構わずということですか」

「それとは違う。情報とアイデアは多い方がいい。それらをまとめて、よりよい結果を出すことにも意味がある。これからは、そういう手法が科学技術の中にも取り入れられるようになるかもしれない。一人が直線的に考えるのではなく、複数で分担して考える。並列型のコンピュータだ」

話しながら相場は考えていた。シグマトロンも同じ戦略なのかもしれない。毛色の違ういくつかの会社が異なる方法で一つのことに取り組む。たまたまそこに東洋エレクトリックが選ばれた……。

「確かにスーパーコンピュータも最近は並列型が多いです。直列よりリスクは少ないし、楽です。アイデアの集積化。いいかもしれません。考えてみます」

隣で聞いている高野も頷いている。

学生たちが出ていくと相場は椅子に深く座り込んだ。将棋について考えると疲れが大きい。

「いいアイデアがあれば俺のところにも回してくれ」

高野が冗談とも本気とも判断しかねる口調で言う。

「学生たちが公募したら、彼らに直接聞けばいい。将棋ソフトについては僕よりきみの方が詳しい」

「おまえは参加しないのか」

もう参加しているという言葉を呑み込んだ。これ以上踏み込むことはない。

取海の顔が脳裏に浮かんだが、それはまだ小学生のソウちゃんのままだ。過去に戻って苦い思いを蒸し返すこともない。

◇

相場は開明塾に通いながら、土曜と日曜日は沼津の車で近くの将棋道場に行った。

相場にとってはちょうどいい息抜きになった。

取海の勝負にこだわる姿勢はますます強く、激しくなっていった。一局一局に対して真剣になりすぎる。相手のわずかなミスも見逃さない。相手が甘い手を指してくると、ほとんど同時に取海が駒を指す音が響いた。それは相手が中高生でも大人でも変わらなかった。

奨励会の入会試験までひと月を切った日のことだ。

東京から来たという小学六年生と対局した。彼も奨励会の試験を受けるらしい。取海は喧嘩を売るように相手を睨みつけて駒を並べた。三局指して三局とも取海が圧勝した。相手の小学生はほとんど半泣きで落ち込んでいた。

「二度と将棋すんのが嫌になるくらい、やっつけたる」

相場は取海がつぶやくのを聞いた。

相場は自分の部屋で、塾から出された算数の問題を解いていた。解けないだろうが考えてみろ、と西村に言われたのだ。

階段を上がってくる足音が聞こえた。

「おまえ、学習塾に行ってるのか」

部屋に入ってくるなり、元治が聞いてきた。

「開明塾っていう駅前にある塾」

「先生は」

「西村先生。元治さんくらいの歳の人」

「俺の友達だ。幼稚園から大学までずっと一緒だった。違うのはその後の人生だけか。いや二人とも同じようなものか」

「怖そうな人だと、最初は思ったよ。学校では授業中寝ておけって」

「あいつらしいな。だが西村は質問ばかりしてた。教師を困らせるための質問だ。よく女の教師を泣かせていた」

はるか昔を懐かしむような口調で、元治は言う。

「じゃ、やっぱり悪い人なの」

「見かけは怖いが根はいい奴だ。学校では寝てろなんて子供に言うことじゃないな」

「意地悪で命令ばかりしてくる。あれやれ、これやれって。昔からそうだったの」

「自分が一番だと常に信じていた馬鹿な奴だ。そうじゃないってことを知ったときのショックは大きかった。ショックからいまだに抜け出せていない。おまえは何を命令されてる」

元治が机の上のものに目を留めた。

「僕に算数の問題ばかりやらせてる。僕はもう飽きたのに」

元治がプリントを手に取り、考え込んでいる。


奨励会試験が近づいてきた。

奨励会の入会試験は八月半ばごろ、一次と二次試験が三日間かけて行われる。受験者は学生が多いので、夏休みにしたのだろう。

一次は筆記試験の後、受験者同士で二日間で五局対戦して、三勝以上で二次に進める。二次では奨励会の会員と三局対戦して一勝する必要がある。さらに面接試験があり、通れば合格だ。

棋力としてはアマ三段以上の力、つまりアマチュアの全国大会出場者のレベルが必要になる。

取海はますます勝敗にこだわり、将棋盤の前に座ると小学生ながら、人を寄せ付けない迫力を感じさせた。その傲慢《ごうまん》ともいえる態度は、ときに多くの敵を作ることになる。

第五章　奨励会

1

ついにコンピュータが囲碁のプロ棋士に勝利！――張間が新聞の見出しを読み上げた。

グーグルのコンピュータソフトが、韓国の世界トップクラスの若手プロ棋士を四勝一敗で負かしたのだ。囲碁は将棋よりマス目が多く、コンピュータが人間に勝つのは難しいと言われていた。

「まずいですね。将棋だけが人間に翻弄《ほんろう》されていては。コンピュータはチェスにも勝っている」

「囲碁はマス目が多いから将棋より複雑だというのは間違ってる。マスの数だけの問題じゃない。将棋の方がややこしい。駒の動きはそれぞれ違うし、敵陣に入り込めば駒の働きも変わってくる。相手の駒を取って、それを使うこともできる。囲碁やチェスにはこれほど複雑な駒の変化はない」

全員が無言で聞いている。中には頷いている者もいる。

「駒の動きの複雑さや変化を組み入れなくてはならない将棋ソフトの開発が、難しいのは当然だ」

「将棋でも一時はコンピュータが圧勝してました。一勝すれば評価は逆転です」

「それができないから困っているんだろ」

張間が秋山にムキになって言う。

相場の部屋に学生たちが集まり、秋山の修士論文について話し合っていた。相場が棋譜の書かれたホワイトボードの前に立った。

「プロ棋士たちは相変わらず、ソフトの弱点攻撃とウイルス作戦か」

「最近、驚くほど進化しています。まるでコンピュータが混乱するのを面白がっているようです。手玉に取られてるって感じです」

「実際、その通りなんだろう。ソフトの弱点を突き、混乱させるための一手をウイルスとして盤上に配置する。だったら、それを認識して回避するソフトを開発すればいい」

「ウイルスかどうか、リアルタイムで判断できません。ソフトは通常の一手と認識して、次を考えます」

「人間だったらその一手をウイルスだと判断できるのか」

「何度か指した上では。はっきりとは分かりませんが、何となく認識します」

「だったら、ソフトにもその認識プログラムを入れればいい」

提案したが、そう簡単でないことは相場も分かっていた。将棋ソフトは目くらましの一手を計算済みだと聞いたことがある。プロ棋士の方が進化して、さらに巧妙なウイルスを見つけたのだろう。

「先生が言うほど、簡単じゃありません。相手も日々進化しています。何せ全国の将棋ファンは、コンピュータには絶対に負けてくれるなと、人間側を応援していますから。次々にアイデアも出してきます」

それにおそらく、と相場は思った。プロ棋士には優秀なコンピュータのプロも味方している。人間対マシン、やはり人間に勝たせたいと思う者は多い。

「先生がアメリカの学会で発表した人工知能は使えませんか。自らの学習能力を飛躍的に上げています。かなり汎用性もあると思います」

秋山が聞いた。

「今研究されているのは、学習能力を持つ人工知能の次世代に来るものですよね。自ら目的を持って考える」

張間が付け加える。

「使えることは間違いないが、僕は参加する気はないよ。きみたちがやるのなら協力はするが」

現在開発中の人工知能は、アメリカの学会で発表したものよりさらに進化している。しかし、まだ開発途上で概念設計程度しかできていない。

「考え方のアドバイスだけでも、かなり有利になります」

学生たちの顔は輝いている。


学生が出ていくと、ソファで聞いていた高野が立ち上がった。ホワイトボードに書かれた、棋譜とコンピュータプログラムのフローチャートを眺める。

高野は今日も相場の研究室に来ている。東洋エレクトリックとシグマトロンの提携について相場から相談を受けていることもあるが、学生の話を聞き、最新の人工知能研究の様子を把握しておきたいのだろう。

「将棋と囲碁、そしてチェスか。似て非なるものなんだろうな。その三つのプレーヤーがコンピュータと戦うのか。素人には想像もできない世界だ」

「将棋や囲碁の棋士たちも、我々のやってることを知り、同じようなことを言ってるだろう」

「唯一、おまえが将棋とコンピュータの両方を経験している。決着をつけなきゃ収まらないだろ」

「そんなことはない。研究の役に立つとしても間接的だ」

「この問題に対しては、いやに消極的だね。おまえらしくない」

相場は答えることができなかった。確かにかかわるのを意識的に避けている。

「学生たちも言っていたように人工知能の汎用性は高い。生活に直結しているものは、企業にとっては何としても手に入れたいと思うだろう。製品につながり、利益になるからな。特許についてはしっかり管理すべきだね。大学の体制は整っているのか」

「他の大学よりは管理されているが、企業ほどじゃない」

「今後、大学の特許は世界から狙われるだろう。基礎研究だ。幅広く、汎用性がある」

「特に日本ではそうだろうな。知的財産に無頓着すぎる」

「世界じゃ、優秀なエンジニアはどんどん大学を出てベンチャーを立ち上げる。その分、リスクは大きいが。大学にしがみついているのは日本だけだ」

高野がいくばくかの感慨を込めて言った。自分自身のことを思っているのだろう。


次の日、相場は大学の研究室で賢介と会った。昨夜、シグマトロンの副社長と会うときの相談をしたいと、賢介から連絡が来たのだ。

「やはり、もう少し待った方がいい気がする」

相場は迷いながら言った。

「彼らが来るのは来月だぜ。契約がまとまれば、一気に数倍規模の受注も夢じゃない。おまけに世界的な信用が得られる。今さらどうしたんだ。やっと父さんを説得したんだ」

賢介の口調はうんざりしたものだ。

「何かが気になる。少なくとも、東洋エレクトリック工業の魅力は何かを確かめてからだ。シグマトロンがウチのような会社の株をなぜ買うんだ」

「投資だろ。将来を見越した」

「東洋エレクトリック工業に将来はないと言ったのはおまえだ」

以前、賢介は技術が目的、高野は特許権侵害をカバーするためだと言っていた。どうやら、どちらでもなさそうだ。

「伯母さんの意思は決まってるよ。株を売りたいって。金がいるんだろう。息子の事業がヤバいらしい」

「あと一週間、時間をくれないか。もう一度調べてみる」

「何も出なかったら、もう止めないでくれ」

◇

夏休み中盤の日曜日、朝方から小雨が降り始め、蒸し暑かった。奨励会入会試験の日だった。

相場と取海は沼津が運転する車で、東京千駄ヶ谷にある将棋会館に向かった。助手席には元治が座っていた。

会場には八十名あまりの受験者が集まっていた。入会できるのは三割程度。さらにプロになれるのは合格者の約五人に一人だ。

取海はいつもより口数が多く、言うことも大きい。関東小学生リーグのときよりも緊張していた。

筆記試験の後で相場と取海は、沼津と元治のところに行った。

「バカみたいな問題やで。俺ら、将棋しに来とるのに」

相変わらず取海の威勢がいい。周りの視線が集中するが、取海は睨み返す。

「今日は他の受験生と二局、明日三局指す。五局中、三局勝つ必要がある」

沼津が取海の頭に手を置いて言う。

「ソウ、トイレは大丈夫か。おまえは、緊張すると近くなるからな」

「ここの奴らとやるんやろ。小便我慢してても勝てるやろ」

取海は答えながら、目は周囲をしきりに気にしている。

「バカ言ってないで、さっさとトイレに行ってこい」

「ソウちゃん、僕も行きたい」

相場は取海を誘った。

トイレから戻ると、沼津と元治が額を寄せて一枚のプリントを見ている。

対局表だった。相場も確かめると驚いた。相手は相場が中学生と高校生、取海が中学生と小学生だ。

「なんや、俺の相手はトシちゃんのより格下やな」

取海は不満そうだったが、声は掠《かす》れ、目は泳いでいる。

取海は第一局で中学生に勝った。

「関東小学生リーグの悪夢がよぎったが、今度は大丈夫そうだな」

沼津がほっとした表情で言う。相場も中学生に勝っている。

あれほど硬くなっていた取海は、初戦に勝つと力みも取れてリラックスした様子だ。

「驚いたな。ソウの野郎、ガチガチだったのに余裕が出てる」

「初めてで怖かったんじゃないですか。昨日も眠れなかったようだし」

「おまえも初めてだろ。緊張しないのか」

「ソウちゃんのことが心配だったから、僕の対局はよく分からなかった」

「それでよく勝てたな。おまえ、そんなにソウのことが心配か」

「ソウちゃんに名人になってもらいたい」

「おまえは名人になりたくはないのか」

「なりたいよ。ソウちゃんと二人で」

「欲がないのは無心につながるか。そして無心は勝ちを呼び込む。まあ、頑張ってくれ」

沼津が相場の肩を叩いて、タバコを吸っている元治のところに行った。

相場は取海の棋譜を見て、不安になった。取海はリラックスなどしていない。ミスだらけで、そのミスを突かれなかったのは相手の中学生も緊張していたからだろう。

相場の心配通り二局目で番狂わせが起こった。取海が小学六年生に負けたのだ。彼とは相場がある道場で指したことがあり、勝っている。そのとき取海は自称アマ三段と指していた。相場が取海に相手を代わってくれと頼まれたのだ。

平静を装ってはいるが、取海が動揺しているのが相場には分かった。

沼津が真剣な表情をして、第二局にも勝った相場に寄ってくる。

「強い相手か。おまえ、指したことがあったよな。ソウがあんなに簡単に負けるとはな」

相場は首を横に振った。

「ソウの野郎、また悪いクセか。今回の相手でいちばん弱い奴だぞ。星を取り逃がした」

沼津は悔しそうだった。


将棋クラブに帰ってから、相場と取海は数本のビデオと棋譜を見せられた。その日の受験者数人の対局だった。沼津がどこからか持ってきたのだ。

「この人たちと当たるとは限らないでしょ」

「もし当たれば有利だろ。俺は藁《わら》にもすがる思いだ」

相場は気乗りしなかったが、取海は強ばった表情で画面を見ている。

「あと二局。二局勝たなきゃならないんだ。頼むよ、トシ。これで相手のクセが分からないか」

沼津が相場の前で手を合わせる。取海を見ると額には脂汗が浮かんでいる。完全に赤信号だ。

「トシ、おまえは緊張するということはないのか」

「ある。父さんに呼ばれたときなんか。私立中学に行け、将棋クラブを休めとかろくなことがない」

「将棋ではないだろ」

「だって、負けても誰にも叱られない」

「負けると悔しくはないのか」

「次に勝てばいいから」

相場は画面に視線を向けたまま言った。

「そういや、おまえは二回目以降の対戦は九十パーセント以上の勝率だな。三回目はほぼ百パーセント。何かやってるのか」

「負けた棋譜を研究してます」

「そんなところ見たことないぞ」

「学校の行き帰りや、トイレや風呂に入ってるとき。それに寝る前。すぐに寝てしまうけど」

「目隠し将棋か。それもトイレや風呂で。睡眠薬代わりにもなっている。いつも驚かされるな」

沼津がしみじみと言う。

「ソウとトシとでは将棋に賭けてるものが違うからだろう。トシは遊びだが、ソウにとっては、人生を賭けたものなんだ」

隣にいた元治が口を挟む。

「だから俺は、何としてもソウをプロ棋士にしてやりたい」

沼津が取海を見て言う。取海は追い詰められたような目をテレビに向けたままだ。

「何ですか。人生を賭けるって」

「おまえには関係ない。忘れろ。それにしてもソウはガチガチだぜ。何とかしてくれよ」

沼津が相場に対し、再度拝むように手を合わせた。

2

〈昨日、副部長がシグマトロンのＣＥＯと会ったのはご存知ですか〉

電話の向こうで、挨拶もなく長谷川が話し始める。

「賢介とリサ・ペインが。どこでだ。会社に来たのか。会うのは副社長だと言っていたが」

〈東京のホテルです。近く、部下を連れて会社にも乗り込んでくるそうです〉

「そんなこと聞いてない。賢介は営業部の副部長にすぎんだろう。勝手なことはできないはずだ」

長谷川の声が途絶えた。考え込んでいるようだ。

〈社内では色んな話が飛び交っています。新聞社から電話もありました。シグマトロンに関する問い合わせです〉

「マスコミまで動き出しているのか」

様々な話があるが、すべては噂の域を出ていなかった。

〈日本の技術の流出などと言われてます。日本企業に外資系の参入が最近続いていますから〉

「東洋エレクトリック工業は国内の業界ではそこそこに知られているが、海外の大手企業の食指が動くほどの独自技術はない。だから悩んでいるのではないのか」

〈私だって、そう思っていますが――〉

「いっそ、隠された技術を持っていると思わせた方がいいのかな」

〈副部長もそう言って、笑っていたこともありました。とにかく今回の話で動揺している社員は少なくありません〉

「のんきでいいな、あいつは」

〈私が連絡したことは言わないでください〉

電話が切れた。相場はそのまま賢介に電話をした。

「おまえ、シグマトロンのCEOと会ったのか」

〈なんだ、耳が早いな。今日にでも報告に行こうと思ってた〉

賢介がいつもの調子で言う。

「来月じゃなかったのか」

〈たまたまリサCEOが中国に行く途中で日本に寄ったんだ。俺だって、電話をもらったのは昨日だ。本人からで、いきなり、東京駅のホテルにいるけど会えないかと〉

社長や副社長ではなく、なぜ賢介なのか聞きたかったが、相場は黙っていた。

「なにを話した。なぜ東洋エレクトリックをそんなに欲しがるか、聞いたか」

一瞬の間があって賢介の声が返ってくる。

〈なんなら、これから行ってもいいか。ちょうど、打ち合わせで東京駅にいる〉

相場は大学前の喫茶店で会うことにした。

賢介は三十分遅れてきた。最近は約束通りに来たことがない。

「ホテルを出ようとしたところで日星《にっせい》電機の会長に会って引き止められていた」

遅れたことを詫《わ》びるより先に賢介は言う。日星電機は東洋エレクトリック工業の一番の取引相手だ。主要部品の大半を作っている。

「俺がCEOと会ったって、誰に聞いた。極秘でってことになってるのに。まさかマスコミじゃないだろうな。どうも動き出しているらしい」

賢介が座るなり、少し嬉しそうに言う。

「社員が不安がってるだろう。せめて役員には話した方がいいんじゃないか。安心するだろう」

「ウチがマスコミの注目を浴びるなんて、初めてじゃないのか」

「最近、大手家電が海外企業に呑まれたからじゃないのか」

「日本中が騒ぎ立てている。悪くないよ。相手にされないよりいい」

「何の話で会ったんだ」

相場は改まった顔で聞いた。

「会社については興味なかったんじゃないのか」

「社員の生活がかかってる。心配している者もいるだろう」

「長谷川だな。兄さんがウチに顧問としてかかわってくれると嬉しいって言ってた。そうしてくれると俺もありがたい。会社の格も上がる」

「僕は大学教員だ。規定にひっかかるね。興味もないし」

「だったら何か共同研究はできないか。名前だけでもいいんだ」

「今のところは無理だ。時間がない」

相場の即答に、賢介が肩をすくめる。

「アジアにおける技術拠点が欲しいそうだ。ＣＥＯはこれから中国に行く。その途中に俺に会った」

「そんな話をおまえは信じるのか」

「非常に友好的だと感じたね。今度はぜひ、アメリカにシグマトロンを見に来てくれと誘われた」

「他に話したことは」

違和感がずっと消えなかった。ＣＥＯがわざわざ来て、世間話だけということはないだろう。賢介のみに会うのもおかしい。

「親父のこと、入院しているのか聞かれた。すでに退院して復帰していると答えておいた。どこから耳に入ったんだ。外部には社長の体調のことは話さないようにしている。あくまで検査入院だ。会社の株についても聞かれた。持ち株比率なんか」

「何と答えた」

「俺は役員でもないので、よく知らないと言っておいた。すでに調べているだろ。確かめているんだ。兄さんのことも知ってたぞ。人工知能の権威だってこと。会社のアドバイザーだって言っておいた。CEOはUSエレクトリックのバイスプレジデントを五年やっている。次期社長と言われていたが、弟の会社に移った人だ。経営経験は十分すぎるほどある」

「その人が規模的には十分の一にも満たない東洋エレクトリックと資本提携しようというんだ。何かあると考えるのが普通じゃないか」

「あのおばさん、俺は好きだね。大企業のトップらしくない。気さくで、きれいな人だった。五十二歳には見えない。今度、家族で食事に招待したいとも言われた」

「おまえはひとり者だろ」

「親父やお袋を連れてこいって。このあたり、なんか胡散臭いんだけど。兄さん家族も来ればいい」

「遠慮するよ。興味がない」

相場自身、そろそろ手を引くべきだった。これ以上、問題を抱えると身動きできなくなる。

相場が大学に戻ると、部屋の前で秋山と秘書が話している。部屋の中で秋山が将棋ソフト開発の進み具合を報告した。

「やはりソフトに学習能力をつけさせるのに苦労しています」

「ボビー・フィッシャーを知っているか」

相場の問いに秋山は頷いた。フィッシャーは「アメリカの英雄」とも呼ばれたチェスの名手だ。チェスは将棋と違って取った駒を使えない。試合が進むにつれて盤上は駒が減り、シンプルになる。

「フィッシャーの名勝負は数限りなくある。彼の特技はクイーンなどをわざと取らせて、相手を自分の戦法に乗せ、最後には勝つというものだ」

「まさにその方法をプロ棋士たちは取り始めたんです。つまり、今までの定跡にはない方法を。自分の得意な局面を作り上げるために駒を動かす。十手、二十手先から、その局面に引き込むように駒を指していきます。コンピュータはすべてを処理しますが、各局面の最適の判断しかできない。落とし穴や時限爆弾は読みきれません。その手をプロ棋士は読んでいる」

「そしてプロ棋士の描いた局面にひきずり込まれる」

「じゃ、コンピュータは人間に勝てないってことですか」

「それを打開するのが人工知能だ。相手の意図までも読み取る。ソフト固有の弱点をなくして、学習能力を強化するしか方法はないと思うが。危機管理能力の増強だ」

秋山が黙った。そんなことは分かっていると言いたいのだろう。問題はその能力をいかにしてソフトに組み込むかということだ。

「チェス、囲碁のソフトを調べてみるということも有益かもしれない」

相場の提案に秋山は頷いた。

「来月、もう一度大会があります。それまでに新しいプログラムを完成させます。そのときは、先生も見に来て下さい」

◇

奨励会入会一次試験の二日目だった。この日は受験者同士の対局で、一人が三局を指す。

対局表を見た沼津と元治が固まっている。取海も対局表を見つめたままだ。最後の三局目の相手が相場になっている。

「二人とも必ず通るんだぞ。自信を持ってやればいい。今日は強くない相手ばかりだ。おまえたちなら、三戦全勝だ。目標は名人位だからな」

「そうや名人や。名人になるんや」

取海の大声に周囲の視線が集中する。沼津はあわてて取海の口をふさいだ。

「全勝なんて。それはムリです」

「やる前から負けてたらダメだろう。勝つ気で行け」

「トシちゃんの言う通りや。ムリやわ。俺とトシちゃんで一局やらんとあかん。どっちかは負けるやろ。俺やないけど」

取海は威勢がいい。しかし、表情には明らかに虚勢が見てとれる。

「そうだな。どちらかが負ける。将棋連盟も酷なことをするな。二人を戦わせるなんて」

「クジじゃないの。だったら仕方がないでしょ」

相場がのんきに答える。対局が近づくと、取海の表情が強ばってくる。沼津が相場のところに来て耳元でささやく。

「トシ、頼むぜ。何とかしてくれ。ソウの野郎、また神経質になってやがる」

「前ほどじゃないと思います。前は駒を並べる手が震えるほどアガってたから」

「俺にはそうは見えんよ。前より口数が多いし。言うことも威勢が良すぎる。これは絶対にヤバい」

沼津の危惧《きぐ》通り、取海は初戦の中学生に負けた。後はなかった。残る二局を連勝しなければ二次試験には進めない。相場は第一局の高校生に勝って三勝し、すでに一次試験合格が確実になった。

見た目にも取海は落ち込んでいた。

「トシ、なんとかできないのか。前のように」

関東小学生リーグのときは、相場が「帰りに天ぷらソバ食べよう」と話しかけた。この一言で力みが消えたのか、取海は勝ち続け、相場も倒して優勝した。

「次の対戦相手は渡邊《わたなべ》さんです。渡邊さんとは昨日の第二局でやりました」

「そうだ。勝ってたな。そいつにクセはなかったか。俺に、いや、ソウに教えてやってくれ。インチキをやろうっていうんじゃ決してないんだ。情報提供しちゃダメだなんて規則はないからな」

沼津が相場にささやく。

ある程度将棋が上手くなると、指し方の特徴が出てくる。序盤、中盤、終盤の戦い方。得意な戦法、こだわりの駒と進め方。それらを知っていると戦い方が全く違ってくる。力の差がない場合は特に有効だ。

相場は無意識のうちに、それらを読むことができた。取海と指すときも、その日の本人の体調や気分で微妙な違いを感じた。それは相場自身の指し方にも影響した。取海も分かるはずだが、彼は相手を見るより、力で押すタイプだ。それを相手に悟られ、利用されるともろくなる。

「渡邊さんは強いですよ。どうしてもっと早く、奨励会のテストを受けなかったんだろ」

「そんなことはどうでもいいから、どうやったら勝てるかを教えるんだ」

「絶対に勝つ方法なんてないです。あの人の序盤は自分の態勢を整える定跡通りです。それを崩せばあとは普通に指せばいい。桂馬《けいま》の使い方が下手。好きじゃないのかな。時々、そんな人がいます」

「しっかり分かってるじゃないか」

沼津が取海のところに行って相場の指摘を伝えた。

取海は第四局にかろうじて勝つことができた。

五局目は相場との対局だった。沼津は何かを訴えるような視線を向けてくるが、相場は無視した。


一次試験の最終局で相場と取海は対戦した。将棋盤を挟んで相対したとき、取海は挑むような目を相場に向けてくる。その気迫を相場も受け止めた。

お互い持ち時間の一時間を一杯に使って対局を終えた。

取海が相場に勝った。二人はそろって一次試験に合格した。

二次試験は奨励会員との対局と面接試験だ。奨励会員と三局指すが、会員にとっては公式戦として扱われるので手を抜くことはない。一局勝てば合格ラインだ。

相場と取海は二勝一敗で通過した。


相場と取海は沼津と元治に連れられて奨励会に来ていた。二人は元治たちが入会手続きをするのを待っている。

元治はあまりお金を持っていない。その元治が一万円札を十枚以上出した。相場は言った。

「奨励会はお金がいるんだ。あんなにたくさん」

「受験料と入会金と奨励会費、全部で二十万五千三百五十円や。知らんかったんか。母ちゃんが沼津さんに相談してたで。沼津さんはまかしとけて。自分が出してもいいけど、後援会がついとるて」

将棋クラブの人たちがお金を出し合って、取海を応援しているのだ。

「僕のも将棋クラブのおじさんたちが出してくれたの」

「知らん。でも、トシちゃんのうちは金持ちだろ」

父親が入会に反対していると、相場は言えなかった。昨夜も元治と父親が遅くまで話し合っていた。

「元治さん、僕の分を払ってくれたの」

帰りの車の中で相場は元治に小声で聞いた。

「おまえは、そんな心配しなくていいんだ。ここで思い切り自分の才能を伸ばすんだ」

「大人になったら、必ず返すからね」

元治のかかとの磨り減った靴を見ながら、相場は言った。

3

〈今朝のニュースを見たか。シグマトロンがいよいよ自社ブランドのロボットを製作する。世界的にも画期的なロボットらしい。これが東洋エレクトリックの買収に結びつくのか〉

受話器から高野の多少興奮した声が聞こえてくる。相場は即答できなかった。そんな話は初めて聞いたが、やはりという思いもある。シグマトロン、創業者トーマス・ペインの名を聞いてから、そんな気がしていたのだ。

「長谷川くんに聞いておくよ。彼はシグマトロンの動きについて調べている。でも唐突だな。単独では難しいと思う。特にソフトに関しては。シグマトロンは主にハードの企業だ」

〈現在、世界中の企業がより高度な能力を持つロボットの開発を競い合っている。日本は製造機器ロボット、ヒト型ロボットには強いが、他の技術においては怪しいもんだ〉

日本では癒し系のヒト型ロボットばかりが表面に出がちだが、欧米ではロボットは軍事技術として発展した。コンピュータは砲弾の弾道計算、インターネットも軍事通信が出発点だった。無人機のドローン、パワースーツなどもすべて軍事技術がらみだ。

〈世界展開するICT企業の大半は生産と企画研究が別会社だ。互いに専門に特化し、リスクを減らすことができる。アップルも安心して企画と研究に専念できるからこそ、ここまで発展した。俺はしばらく、この流れが続くと思っていたんだが。やはり企業にとって独自ブランドを持つのは夢なんだろうな〉

高野は夢という言葉を使った。それは相場もよく分かる。

製品の企画立案に始まり、自社製品を作り上げるまでが従来の企業のあり方だった。そのため製品生産だけでは、あくまで縁の下の力持ちにすぎないと考えるのだろう。シグマトロンの創業者はMIT出身の優秀なエンジニアだ。彼はシグマトロンで何を作りたかったのか。ロボット製作はリスクを伴う決断には違いない。

「シグマトロンはどんなロボットを作るつもりなんだ」

〈ソフトバンクのロボットは人の問いに答える。ソニーのロボットは二足歩行、村田製作所は自転車乗り、グーグルは自動運転車、これだってロボットだ。シグマトロンは――〉

しばらく沈黙が続いた。

〈分からん。おまえの方こそ、情報はないのか。シグマトロンの現状と特許関係は調べたんだろ〉

「ロボット製作については初めて聞くことだ。求めていたのは製品製作段階の特許だと思っていた」

〈シグマトロンはアップルとグーグル、鴻海《ホンハイ》の中間のような企業を目指しているのか。それとも、さらに新しい企業形態か〉

高野が困惑した声を出している。

彼にしてみれば大いに興味のあるところだが、先を越されたという思いも強いのだろう。彼のベンチャーも小さいながら夢を形にすることを望んでいる。そして、いずれ世界に羽ばたきたいと。

相場は賢介を大学の研究室に呼んで、シグマトロンの動向について話し合った。

東洋エレクトリック工業とシグマトロンの提携の進捗を知りたかった。高野にも同席してもらった。

高野と賢介とは何となく気が合うようだ。二人とも派手好き、目立ちたがりという共通点からか。

「シグマトロンが人工知能搭載のロボット製作を続けていたのを知っているか」

「何かで読んだことはある。もの作りは世界的な傾向なのかな。賛成はできないけど、熱意は買う。ただ宣伝効果を狙うつもりだったら二番煎じだ」

高野の問いに賢介は首をかしげている。

「その中に東洋エレクトリックの特許や部品が関係しているってことはないか」

「ないと思うよ。社内からも社外からも聞いていない」

二人は賢介に話を聞いたが、大きな進展はないようだった。

話し終わった後、ピアノバーに行った。照明を落とした店の奥にはピアノが置いてある。二十代の女性が演奏していた。

賢介は酒に酔っていた。彼は父親に似て酒には強かったはずだ。疲れているのだろう。

「何か弾いてみろよ。ライブで聞いたきみのピアノソロはなかなか良かった」

高野が賢介に言う。

「バンドをやめて会社に入ったとき、二度と他人の前でピアノは弾かないと決心したんだ」

「音大を出てるんだ。作曲にピアノは欠かせないだろう。ピアノは水泳や自転車と同じだというぜ。一度覚えたものは身体が忘れないって」

「素人の領域ではね。プロは違う。コンサートのないときでも、一日に五時間は練習する。そうしなければ指が動かなくなる」

「やはり、賢介くんはプロを目指していたんだ」

高野の質問に賢介は答えない。そのとき若い男がピアノを弾き始めた。拍手が湧く。賢介が立ち上がるとピアノの前に行った。

演奏を中断させ、男と短い言葉を交わした後、ピアノの前に座った。流れるように弾き始める。ラヴェルだ。店内の話し声が止んだ。賢介のクラシックは初めてだった。耳にしたことがあるのはジャズか自作の曲だった。

相場の耳にも確かに上手い演奏だった。旋律の流れに音の強弱、音質は派手めで、ジャズとクラシックの融合とも言うべきか。演奏が終わると、店中に拍手が鳴り響いた。

戻ってきた賢介は、青い顔をしている。上着を手にして、何も言わずに店を出ていく。

高野が相場を見た。行ってやれと言っている。

店を出たところの電柱の陰で賢介が壁に手をついて下を向いている。吐いていた。

「大丈夫か」

相場は賢介の肩に手を置いた。肩が細かく震えている。

「送っていこう」

相場の言葉を振り払うように賢介はふらつきながら歩き始めた。腕を支えようと賢介に近づいた相場は足を止めた。そのままバーに戻った。賢介は確かに泣いていた。

「何か話したのか」

相場は首を振った。

「ピアノを聞いて分かった気がする。あいつにも悩みと挫折はあった。音楽からすんなり離れたわけでもない」

「上手い演奏だと思ったが、素人目にはということなんだろうな」

高野が言う。彼もかつて同様の苦しみを味わっている。

取海もそうかもしれない、という思いがなぜかふっと相場の脳裏に浮かんだ。生きることに必死だったのだ。取海には選択の余地がなかった。悩みや挫折なんか関係ない。当時の状況から抜け出す道は、将棋以外になかった。音楽、科学、将棋——相通じるものはあるのだろう。

果たして自分はどうなのか。考えるのが怖くなった。

相場は日曜日に再度東洋エレクトリック工業に行った。企画研究部の部屋を借りて資料を調べ直すつもりだった。助手を長谷川に頼んだ。

「山本《やまもと》さんを呼んでくれ」

前日、相場は賢介に電話している。山本は相場が子供時代から会社にいた経理と財務の専門家だ。

〈二年前に山本さんは定年で退社してる〉

「でも元気だろ。年賀状を毎年もらってる。相変わらずの達筆だ」

〈電話してみる。でも、ウチも山本さんのいたころとは変わっているし――〉

「財務の仕事に大きな変化はないだろう。山本さんは当時からパソコンを自在に使ってた」

相場が小学生時代に会社に出向くと、山本が将棋の相手をしてくれた。まだ三十代だったが、頭は半分禿《は》げていて、もっと年上に見えた。

部屋には長谷川と山本がすでに来ていた。挨拶もそこそこに、相場は二人に経理の見直しと最近の財務状況の変化について調べるように言った。

「顧客リストや財務について僕は分からない。ここで最もよく知っているのは山本さんです。特許関係もやってたんでしょう」

「特許の資料を集めてください」

山本が長谷川に言った。二時間ほどして、山本がファイルを見ながら話し始めた。

「シグマトロンの次の新製品に使われるタブレット端末に、東洋エレクトリック工業の特許が使われている可能性があります」

ファイルを相場の前に置いた。驚いた表情で長谷川がファイルをのぞき込んでくる。

「意外だな。世界的大企業がそんなミスをするのか」

「おそらく、製品開発の終盤に来て気がついたんでしょう。特許使用料の交渉より、会社ごと買ってしまえということになったんだと思いますね。まずは業務提携から資本提携へと」

「どうすればいい」

「使用料を取るのがベストです。会社としてはかなりの利益になります」

「共同開発というのはどうだろう。その方が将来的な利益を見込める」

「相手は世界規模の企業です。呑み込まれませんか」

相場の言葉に、長谷川が疑問を投げかける。

「きみたちがしっかりしていればいいことです。だが、もっと調べる必要があります」

曖昧に頷く長谷川の背を山本が叩いた。

◇

始終苦労（４１９）せよ――奨励会例会の日を意味する言葉と言われている。

会員は月に二回、四日と十九日の例会に出て、他の会員と一日に三局を指さなければならない。ひと月に六局、一年で七十二局だ。

九時に始まるミーティングの後、その日の対局に入る。すべての対局が終わり、またミーティングが夕方六時ごろまで行われる。この会員同士の対局で昇級、昇段が決まる。

昇級は六連勝、九勝三敗、十一勝四敗、十三勝五敗、十五勝六敗のどれかの成績で決まる。昇段は八連勝、十二勝四敗、十四勝五敗、十六勝六敗、十八勝七敗のいずれかだ。

逆に二勝八敗で降段級点一つとなり、二つで降段級する。三勝三敗すれば降段級点は消える。

奨励会に入会した取海は人が変わったように将棋に取り組み始めた。賭け将棋に勝つことが金に結びつくことを知ってから、取海の将棋には楽しみよりも厳しさが出てきたが、より強くなった。負けた相手にはとことん食い下がった。

「俺は名人になる。誰よりも強い名人に」

取海のつぶやきを、相場は何度か聞いた。取海に引きずられるようにして、相場も棋力を上げていった。


取海は月二回の奨励会の対局で全勝を続けていた。

学校の授業中はぼんやりしていることが多くなった。目は黒板を向いているが何も見ていない。相場は知っている。取海の頭には棋譜があり、次の相手と対局していることを。

取海は確実に変わっていった。顔には険しさがあらわれ、相場と話すときに時折り見られた、心からの笑みをほとんど浮かべなくなっている。毎週ある奨励会の練習では、取海は自分より下と思える相手とは指さなくなった。すべての練習を自分の棋力向上に充てている。

それでも、相場といる時間は唯一ホッとするようで、学校ではいつも一緒にいた。

「ソウちゃん、今日は神社に行かないの」

放課後、ランドセルを持って飛び出そうとする取海に、相場が言った。

「トシちゃんこそ、塾とちゃうんか」

「週二日だけって言っただろ。今日はない日。だから――」

「俺、約束があるんや」

取海は相場の話が終わらないうちに教室をかけ出していく。

「どうしたの。あんたたち二人、いつも一緒じゃないの」

相場が無言で立っていると、初美が声をかけてくる。

「二人で将棋の塾に入ったんでしょ」

「将棋の塾って」

「奨励会っていうんでしょ。お父さんが将棋のプロになるための塾だって言ってた。あんたたち、プロになるのよね」

いつもなら、何の抵抗もなくそうだと答えるが、相場はできなかった。

相場は奨励会に入ってから、純粋に将棋を楽しむという気分が薄くなっている気がしていた。

「ねえ、一緒に帰ろうか」

声をかけてくる初美を残し、相場は教室を後にした。

取海が放課後に沼津と将棋クラブに通っていると相場が知ったのは、数日後だった。校門の前で待っている沼津の車に、ランドセルを持ったままの取海が乗り込むのを見た。

「将棋クラブ、僕も誘ってくれればいいのに」

翌日、相場は学校で会った取海に言った。

「トシちゃんは忙しいやろ。塾に行ってるし。俺んちは母ちゃんも帰ってくるんが遅いから」

最近は妹の定子と一緒に沼津の家で食事をしていると聞いた。仕事を終えた弘江が二人を迎えに来る。そのまま沼津の家に泊まることもある。

相場は学校で、将棋より西村に出された算数の問題を解く時間の方が長くなった。西村にもらったノートには、計算や図形が書き散らされている。

ときどき取海がそれを横目で見ていたが、何も言わなかった。

4

〈これからお会いできませんか〉

相場に長谷川から電話が入った。

「午後から授業があるので大学を抜けられない」

〈私が行きます。昼前までに着けると思います〉

一時間ほどで長谷川は相場の研究室に来た。かなり急いで来たらしく顔が紅潮している。カバンからペットボトルを出して水を飲んだ。

「そんなに急ぐ用件なのか」

長谷川はデスクにファイルを置いた。

「先生に言われたように、シグマトロンがかかわった製品リストを手に入れて、山本さんと調べていました。何点か気になる製品が出てきました」

長谷川はファイルを広げて、相場の方に向ける。

「あからさまな特許権侵害ではありませんが、訴訟問題になる可能性があると思われます」

シグマトロンが製造しているメモリーの絶縁体成分とスマートフォン製造に関する特許だった。それぞれ、アメリカと日本企業の代理生産だ。

「ウチの持っている特許に抵触している可能性があります」

長谷川の言葉通り、どちらも特許権侵害になるかどうか微妙なところだ。ただ損害賠償を求めて訴訟を起こせば生産にストップをかけるのに十分なものだ。

「こちらから提訴すれば、裁判は日本で行えます。訴訟を起こせそうなものはまだ数件ありますが、難しいところです。さしあたってはこれだと、山本さんとも意見が一致しました」

「シグマトロンはそれに気づき、東洋エレクトリックを呑み込むことで一掃しようということか」

「可能性はあります。訴訟自体は微妙ですが、その間の生産ストップによる損害と世間に対するイメージを考えれば、多少の金をつぎ込んでもメリットはあります」

「このことは賢介に話したか」

「先生の依頼で調べたんです。まず先生に、と思いました。今日中に部長に報告しなければなりません。すぐに副部長にも連絡がいきます」

「待つことはできないんだろうな」

長谷川は答えない。会社に帰って、その足で部長のところに行くつもりだろう。

「知的財産部にはすでにこの件の調査を頼んでいます。同じような答えのはずです。私たちだって何度もチェックしましたから」

その点は専門家ではない相場にも分かった。

「これが公になって、製造を止めるようなことになれば、シグマトロンはどの程度の損失になる」

「山本さんの試算だと数百億規模です。ただし、操業停止の場合です。特許料と過去のロイヤルティだと数十億。それでも大した金額です」

「東洋エレクトリックとの業務提携、あるいは資本提携は損ではないということか」

「他の技術協力も受けられますからね。将来的に見れば私は賛成なんですが」

「僕と話したことは伏せておいた方がいい。あくまで、僕は社外の人間だからね」

長谷川が帰って行った。相場はしばらく考え続けた。

東洋エレクトリック工業が単独で結論を出すべきだ。

現在進められている国内大手企業の外資導入も、日本国内では技術の流出と騒がれている。それほどの技術力はないとしても、東洋エレクトリック工業の現在の顧客は危惧するだろう。外資と提携すれば流出する可能性もある。それでも、相場はシグマトロンとの提携は魅力的だと思う。

国境を越えた企業の技術提携——世界を市場に持つ企業の、今後のあり方かもしれない。

◇

学校では相変わらず相場と取海の席は隣同士だった。

奨励会に入会してからは、二人で一冊の将棋本を読むことはなくなった。取海は将棋クラブから借りてきた雑誌や過去の名勝負と言われている棋譜を見ていた。

「これが塾でやっとる算数の問題か」

取海が相場のプリントを手に取った。一枚のプリントに問題が五問と図形が書いてある。

「算数は学校のとはぜんぜん違ってる」

「俺にはさっぱり分からんわ」

プリントを眺めていた取海が言う。

「練習しないと解けないって、西村先生が言ってた。教えてあげるよ」

「ええわ。俺は将棋が強うなるだけでええ。余分なことはやりとうない」

相場がノートを開くと、取海はプリントを返して自分の席に座り、将棋の本を取り出した。


「相場、なにやってる」

授業に入ってすぐ教師の声が響き渡った。国語の時間だった。

「ごめんなさい。ちょっと考えごとしてました」

「最近、授業に集中してないぞ。そんなんじゃ、いくら成績が良くてもダメだよ」

「相場くんは算数の問題を考えてたんです」

相場のところに教師がやってくると、後ろの席の女子が言う。

国語の教科書の隅からプリントが見えている。教師がプリントと計算用紙を摘《つ》まみだした。

「そんなに算数が好きなら、後ろで立って考えててもいいぞ。その方が集中できるだろう」

教室に笑い声が広がった。

「少し勝手がすぎるぞ。何とかという将棋の会に入ってから、学校の勉強に力が入ってないのではないか」

教師の目は取海の方を向いている。取海にも言っているのだ。

「さあ、プリントを持って後ろで立ってなさい」

「もうしません。ごめんなさい」

相場は座ったまま謝る。

「さあ立つんだ」

教師が相場の腕をつかんで立たせようとした。

取海が突然立ち上がった。相場の机からプリントを取って、黒板の前に行く。チョークを持ち、黒板にプリントの問題を書き始めた。

「相場くんが考えてた問題です。先生、教えてくれますか」

取海が挑戦的な目で教師を見ている。教室は一瞬ざわめいたが、すぐに静かになった。

「算数オリンピックの問題って書いてます。俺もよう分からんわ。誰か分かる奴おるか」

取海はクラスを見回した。

「先生、教えてくれますか。先生ならこんな問題、朝飯前やろ」

教師は引くに引けない様子で戸惑っている。取海は一歩下がって問題を読み上げた。

「小学生の問題やで。それも初級って書いとる。易しい問題らしい。俺はぜんぜん分からんけど」

言いながら、取海は再度挑戦的に教師を見た。教師は黒板の問題を睨む。動く気配はない。

「こんな問題が五問あって、二時間かけて解くらしいで」

教室にざわめきが広がり始めた。

問題を睨んでいた取海が、やがて図形を書き始めた。十分ほどかけて計算式、最後に答えを記した。

「どや、トシちゃん、合っとるか」

取海が相場に問いかける。

相場は頷いた。クラスは再び静まり返った。

取海は教師をじろりと見ると、黒板の計算式を消して机に戻った。

「今度からは授業もしっかり聞くんだぞ」

教師はそう言うと授業に戻った。


放課後、教室を出ていこうとする取海に相場は言った。

「ソウちゃん、ありがとう。でも、先生何も言わなかったけど怒ってるよ」

「ほっとけ。別に迷惑かけとらんのに、ゴチャゴチャ言うからや」

「ソウちゃんは分からないって言ってたのに、すらすら解いた」

「面倒くさかったからや。それに将棋以外のことは考えとうない言うたやろ」

相場には分かっていた。取海が興味を持ち始めていることが。

相場の持ってきたプリントを横目で眺めていたし、取海のノートの最後のページには計算と図形が書かれているのを知っていた。


月二回の奨励会の例会には沼津に送ってもらい、相場と取海は通った。

級位の者は一日三局指すことになっている。持ち時間は一人六十分だが、二人とも一時間程度で一局を終えた。取海は三局全勝、相場は一局を高校生に負けただけで勝ち進んでいった。

二人とも午後三時には一日の対局を終えて練習相手を探していた。

「取海くん、僕と一局やらないか」

北村《きたむら》が声をかけた。関東奨励会の1級まででは最年長の二十歳だ。

「俺、今日はもう相手は決まっとる。ゴメンやけど」

そうか、と言って北村は部屋を出ていった。

「まだ相手は決まってないでしょ。やってみればよかったのに」

「あんなオッサン、やるだけムダや。来年二十一歳なんやろ。まだ1級やし、もうアカンな」

アカンというのは、来年初段になれなければ退会ということだ。それは全員が分かっている。口にする者はいない。数年後の自分自身の姿かもしれないからだ。相場は首をかしげた。

「でも、練習になるだろ。1級だから僕らより強い」

「1級やいうてもあんなオッサンに俺は絶対に負けへんで。自信がある。それに俺が三段リーグに挑戦するときにはおらんやろ。退会しとるわ。そんなんと指してもムダや」

取海の目標はすでに三段リーグに移っている。一年で初段になり、五年生で三段まで上がって中学になるまでに三段リーグを勝ち抜いてプロになる。

小学生プロの誕生だ。話題性十分。たとえ小学生プロにはなれなくても、中学生プロは夢じゃない
――取海への沼津の言葉を思い出した。

「トシちゃん、やろうや」

取海は将棋盤の前に座り、駒を並べ始めている。相場も仕方なく座った。

「ソウちゃんは、どうして僕とするの。ソウちゃんの方が絶対に強いのに」

最近は相場と取海は三度に二度は取海が勝っている。取海の三連勝はなかった。二度続けて取海が

勝つと、三度目は必ず相場が勝った。

それは取海も意識しているようで、三連勝がかかる勝負には特別気合を入れてくる。しかし、序盤を有利に進めても、中盤以降は当然のように相場が巻き返す。そのことが取海の神経を苛立《いらだ》たせた。

「トシちゃん、ほんまに本気でやっとんのか」

聞いてきたことがある。

「いつも本気だよ。でもソウちゃんには負けてしまう。ソウちゃんは強いよ」

相場が真剣な表情で返すと、取海も納得せざるを得ないようだった。

取海が強くなり、級を上げるに従って、それに引きずられるように相場も上がっていく。

その年の十一月には二人は４級に上がっていた。取海は年内にさらに級を上げると公言していた。

「二人は面白いように一心同体だな」

沼津が相場と取海の背中を叩いた。

第六章　それぞれの道

1

〈特許権侵害の可能性については、しばらく様子を見ることに決まりました。もう少し状況を見極めてから対応します。その間にも特許問題についての調査は続けるのが会社の方針です〉

　相場が大学に着いた時間に長谷川から連絡が入った。

　電話を切った途端、ノックの音がして高野が部屋に入ってくる。相場は長谷川の話を高野に伝えた。高野が頷きながら聞いている。

「特許問題は解決に時間がかかる。大抵は裁判で泥沼化だ。勝っても負けても、多額の費用と時間をムダにする。弁護士を喜ばせるだけだ。シグマトロンがそう考えて、少々金がかかっても東洋エレクトリックが気づく前に吸収してしまえと考えたのかもしれない。だが失敗してこじれると、よけい面倒な事態に陥る可能性もある。ここは慎重にことを進めた方がいい」

　長谷川が置いていったシグマトロンの製品と製造過程に関するファイルを、高野は見ていた。

「アメリカの大手企業が日本の中堅企業相手に、そんなに手の込んだことをするかね。おまえの言うように、提携が失敗したときのことを考えると、東洋エレクトリック側に気づかれたら最低限の和解金で終わりにした方が得なような気がする。いずれにしても、シグマトロンにとっては、今回の問題は大したことはない」

「僕も同意見だ。いずれのケースも特許権侵害に当たるかどうか、微妙なところだ。アメリカで裁判をすることになれば、負ける可能性が高い。そこまで考えると裁判なんて危険な賭けだ。相手側の弁護士も十分に考慮して対応しているはずだ」

高野がファイルをデスクに戻した。相場のスマホが鳴り始めた。賢介からだ。

〈中国の陽光《ようこう》精密機器も技術提携を持ちかけてきた〉

賢介の声が興奮している。名前だけは相場も知っている企業だ。

「陽光精密機器か」

相場が声に出すと、高野がタブレットを操作し、ディスプレイを相場に向ける。

正式名は「陽光精密機器工業有限公司」。上海に本社を置く精密機器大手メーカーだ。一九九五年創業で、社長は謝台波《しゃだいは》。従業員数は約三十万人で昨年の売上高は三百七十億ドルに達する。

かつての主力製品は携帯端末用アンテナや無線通信付属品、衛星通信装置、ＰＨＳ、携帯電話などだった。研究開発にも熱心で昨年の特許申請数は二千件を超え、中国ではトップを独走している。

研究対象はＩＴにとどまらず、自動車や医療、食品と幅広い。今年に入ってカーネギーメロン大学との共同研究にも着手し、ペンシルバニアに産業用ロボットの開発拠点を設立するとも発表している。

〈こっちは、共同出資で中国に工場を立ち上げようという話だ〉

声が困惑を含んだものに変わった。

「それで、どうするつもりだ」

〈分からないから兄さんに相談している。こんなに突然、人気者になるとは思わなかった〉

「やはり、直接会って聞いてみるのが一番じゃないか。なぜわが社なんですか。わが社のどこにその価値があるんですか。そのつもりだったんだろ」

〈それじゃ、安売りすることになるんじゃないか。相手が正直に言うわけないよ。自社の価値にも気づいていない、愚かな企業ということになる〉

「考えていても埒《らち》が明かないんだろう」

〈兄さんも同席してくれないか〉

賢介が頼りない声を出す。

「長谷川くんを連れていけばいい。彼だけじゃない、他にも優秀なエンジニアはいるはずだ」

〈兄さんほどじゃない〉

一営業副部長のおまえが心配することもない、という言葉を呑み込んだ。それは事実だ。

「僕が同席するなんてムリだ。おまえがとやかく言うことでもない。役員会で協議する事案だ」

賢介が一瞬黙り込んだ。

〈父さんの側にいると否応なく情報が入ってくるんだ。父さんから相談も受けてる〉

父が賢介に相談するなんて考えられなかった。よほど体調が悪いのか、賢介を後継者と認めたのか。

「だったら、社内の人間にも納得のいく方法を取った方がいい」

〈俺もそう思ってる。父さんにも話してみる〉

歯切れが悪いまま、また連絡すると言って電話は切れた。

相場を差し置いて、自分が会社を継ぐというのはやはり言いづらいのか。相場はしばらく考えていたが、自分には関係ないことだと思い込んで座り直した。

「また寄るよ」

事情を察したのか、高野が何も聞かず立ち上がった。

◇

取海が将棋にのめり込み、将棋クラブと奨励会に生活の基盤を移していく一方で、相場には新たな興味が生まれていた。

開明塾は入るまで思っていた場所とはまったく違った。相場は西村に特別に扱われ、講師控え室の机で難解な問題を解いた。西村の趣味的要素も多分に含まれていたが、相場の知的好奇心を十分に満足させた。

「来年の算数オリンピックに出場しよう。おまえなら、かなりのところまで行ける。中学に入ったら数学オリンピックだ。俺が絶対に金メダルを取らせてやる。世界一になるんだ。そしてフィールズ賞だ」

相場が解いたプリントを見ながら西村が満足そうに言う。

「なんですか、それ」

「世界中の数学者が目指す数学界のノーベル賞だ。四年に一度、四十歳以下の数学者に与えられる。最年少は二十八歳で受賞したジャン＝ピエール・セールだ。おまえなら、記録を塗り替えられるかもしれない」

「将棋の名人と同じくらい偉いんですか」

「まあ、同じようなものだ。とにかく、この問題が解けたら俺のところに持ってこい」

机のデイパックをおろし、新しいプリントを置いた。相場は目をプリントに向けたまま、弁当と水筒を出す。将棋同様、数学の考える面白さに相場は目覚めた。

開明塾のない日の夜は、西村に渡されたプリントの数学の問題を解くようになった。これまでは将棋雑誌を読んだり棋譜を眺めていた時間だ。夢中になっていると、富子が入ってきて早く寝るようにと言い、電気を消してしまうことがあった。


開明塾のあった翌日の夜、相場の部屋に元治が入ってきた。机の上のプリントを手に取って見ている。

「また、あいつの悪いクセが出たか」

「あいつって西村先生でしょ。何かあったの。悪いクセって」

「これを書いたのはおまえか」

元治がプリントと一緒にあった計算用紙を手に取った。

「難しすぎて僕には解けない」

「当たり前だ。数学オリンピックの問題だ。進学校の高校生でも難しい。文系の大学生じゃ解けない。もう整数や素数も知ってるのか」

「西村先生に教えてもらった。素数って面白いね。2、3、5、7、11、13、17……」

「五問中二問は解けている」

「その二問は易しかった。でも他のはよく分からない」

「どれくらいの時間、問題に向かってる」

「お風呂にも入ったから、三十分くらいかな」

元治が考え込んでから口を開く。

「心配なんだ。西村は性格破綻《はたん》者だからな」

「なに、その性格破綻――」

「あいつは大学までは、自分が天才だと思っていたんだ。大学一年の夏休みになる前に気づいた。自分はただのちょっと頭のいい学生にすぎなかったって」

「元治さんはどうして知ってるの」

「友達だと言っただろ。おまえとソウと同じだ。途中までだが、大学も同じだった」

「西村先生も落ちこぼれなの。元治さんと同じように」

「落ちこぼれか。誰が言った」

「父さん――」

言ってからしまったと思ったが、元治は怒っているようには見えない。

「せっかく、神様から授かったものを自分でぶち壊したって」

「確かに人生に落ちこぼれたんだろうな。ただ神様からは大したものは授からなかった」

「よく分からないな」

「同級生の大半はどこかの大学の教授か大企業の幹部になってる。西村と俺はドロップアウトした。あいつに言わせれば、大学に残って数学者面してる連中は、自分に数学の才能がないのに気がつかないくらいバカな奴らだって言ってる」

「よけい、分からなくなった」

「それでいい。おまえには、早すぎる話だ。それに分かる必要はないかもな」

元治の話は本当によく分からなかった。ただ西村のどこか人生を投げたような雰囲気や、相場にかける尋常でない意気込みから感じ取れるものはあった。西村と同じ空気を元治にも感じる。

「焦らずゆっくりだ。だが大したもんだ。西村が入れ込むのも分かる。俺が身近にいて気づかなかったモノを、あいつは見つけ出したんだ」

元治はもう一度プリントを見て、相場の頭に手をやると部屋を出ていった。


相場は学校、塾、将棋クラブ、奨励会に通う日々が続いていた。

その日は奨励会の日だった。午前中の対局を終えて、相場は昼食の前にトイレに行った。トイレの個室から出ようとしたときだった。ドアが開き、二人連れの声が聞こえてくる。

「取海の野郎、最近、生意気に磨きがかかってきたんじゃないか」

「俺もそろそろ堪忍袋の緒が切れかかってる。あの野郎、北村さんになんて態度をとるんだ」

「あれは、百叩きだな」

二人の高校生だ。地元では天才少年と騒がれたのだろうが、まだ初段だった。いずれ相場にも取海にも抜かれるのは目に見えていた。相場には気づかずしゃべり続けている。

「北村さんは黙っていたが、はらわたが煮えくり返ってたはずだ。俺は殴りつけてやろうかと思ったよ」

「ちょっと昇級が早いと思って調子に乗ってるんだ。目を覚まさせてやろうぜ」

「トイレに閉じ込めてやるか」

二人は笑いながら出ていった。

相場はそっとトイレを出た。弁当を食べ始めている取海を見て、口まで出かかった言葉を封じ込めた。確かに今の取海は調子に乗りすぎているところがある。

「トシちゃん、遅かったやん。腹の具合でも悪いんか」

トイレで聞いた話を伝えれば、取海は何をするか分からない。相場は笑ってごまかした。

2

研究室で行われる各々の研究進度の発表後、秋山と張間が相場のところにやってきた。

「最難関と言われていた囲碁の対局でもコンピュータが人間に勝っています。足踏みしているのは我々だけです」

「いずれまた、人間が抜き返す。根拠を問われれば、根性と歴史としか言えないが」

根性と歴史――自分で口にしながら、相場の心に重く響いた。何の意味もないと思っていた二つの言葉が、大きく膨れ上がってくる。

「我々のソフトにもディープラーニングはとっくに使ってるんですが、まだ学習が足りないのですかね。それとも囲碁棋士に勝ったグーグルのグループは、ディープラーニングの新しい考え方を試したのでしょうか」

「将棋の場合、人間側の進歩だ。いっときはコンピュータソフトが勝っていた。人間がコンピュータの弱点をつかんで勝利を得た。今度はコンピュータ側が人間の意図と弱点を探って勝つ」

「来月の対局には新しいソフトで臨みます。ディープラーニングに加えて、バグの脅威の一手を見出《みいだ》すソフトを組み込みました」

「対局者の性格や好みも組み込めないか。難しいことじゃない。でも情報を得るのが難しいか」

「思いつきませんでした。癖も各自あるし、駒の好みも。情報収集はそんなに難しくないです」

二人は顔を見合わせ、頷き合っている。


賢介から電話があったのは、昼をすぎたころだった。

〈これから行ってもいいか〉

「夕方から授業がある。それまでの間なら大丈夫だ」

一時間後、賢介は相場の研究室にいた。

「俺は取締役になる。一応、兄さんには断っておこうと思って」

「なると言ってなれるものじゃないだろう。東洋エレクトリック工業は相場家の私有物じゃない」

「株主の過半数の同意は取り付けてある。父さんにも話したが、異議はないそうだ。次の取締役会で決定する。副社長以下、役員は父さんの決定には反対しない」

「強引すぎないか。他の役員たちは社長の手前、反対はしなくても内心は快く思わないだろう」

「会社は今が正念場だ。うちに会社をひっぱっていく人材は育っていない」

「おまえがその人材だというのか」

「兄さんは跡を継ぐ気はないんだろ。だったら人事には口を挟まないでくれ」

賢介の口調が変わった。昔から感情がすぐに表に出る。

「文句を言ってるわけじゃない」

「俺には文句に聞こえる」

賢介が強い口調のまま言う。

「外資との提携は、やはり慎重に進めた方がいい。外国資本が入ることを取引先は嫌がるぞ」

「迷惑はかけない。機密保持には万全の対策をとる」

それで納得できるのか。日本人は外国企業にはまだ慣れていない。島国根性が抜け切っていないのだ。相場は喉元まで出かかった言葉を呑み込んだ。今の賢介に何を言っても納得しないだろう。

賢介がカバンを持って立ち上がった。

「それだけを伝えたくて寄ったんだ。俺は会社が世界に羽ばたけるように、全力を尽くすよ」

相場の目を見つめて言うと、部屋を出ていった。

その日の帰り、相場は高野の会社に寄った。高野の会社が開発したブレイン・マシン・インターフェース搭載のロボットの試作機ができ上がったのだ。人間の脳の信号を読み取って、代わりに動くヒト型ロボット。開発には相場もアドバイザーとして初期段階から関わっている。

試作機を動かして簡単な議論をした後、二人で近くのレストランに入った。

相場は賢介が取締役になる話を高野に伝えた。

「賢介くんは中国企業と手を組むつもりか。シグマトロンを捨てて」

「分からない。だが焦っている」

「危険だな。でも東洋エレクトリックの人気がこれほど出てくるとはね。おまけにマスコミは気づいていない。何かあるんだろうな」

高野が考え込んでいる。相場も何かあると思うが、調べても特許権侵害の可能性の他には何も出てこない。

「少なくとも、現在の経営状況にはまったく魅力はない」

「するとやはり特許か。俺が調べた限りでは、断定できる特許権侵害はなかったんだがな。持っている特許も、騒ぎ立てるほどのものではない」

「率直に聞いてみるのが最良の方法か」

「なぜ御社はそれほど、東洋エレクトリック工業に魅力を感じるのですか」

「それも間が抜けてるし、すんなり答えるとは思えない」

「だったら、断わるんだな。無謀な投資は止めた方がいいと言って」

高野が笑った。その目は好奇心に満ちている。

◇

「今日は早く帰ろうよ。練習はまた神社ですればいいし」

夕方、最後のミーティングを終え、ぐずぐずしている取海に相場は言った。

奨励会例会の日は、すべての予定が終わっても沼津が迎えに来るまで、二人は一時間余り会館ですごす。プロ棋士の対局のビデオを見たり、名勝負と言われる棋譜を眺めて意見を言い合う。

「俺はここの方がええ。早《はよ》う帰っても母ちゃんはまだ帰ってこんし。ここにおると落ち着くんや」

「僕は落ち着かない。大人ばかりでなんか怖い」

　相場は取海に言って、例の二人の高校生を見た。二人は談笑しているが、相場たちの方をチラチラ見ているような気がする。

「あいつら、どないかしたんか」

「何もしない。でも、意地悪そうな顔をしてる」

「なんか言われたんか。いじめられたら俺に言うんやで。ぶっ飛ばしてやる」

「ケンカなんかしない方がいい。あいつら大きいし」

「殴られたら、殴り返したる」

「沼津さんに電話して、早く来てもらおう」

　高校生を睨み付ける取海の腕をつかんで、ロビーに出た。


　うーんと唸《うな》りながら西村はプリントを見ている。隣の机で相場は弁当を食べている。

　塾に行くと相場は講師控え室の隅の机で、西村に渡されたプリントを解いた。一時間ごとに西村が見に来る。最近は他の講師も、覗きに来るようになった。

「今日のは難しかった。五問中三問しか自信がありません。他の一問は答えは何となく分かったけど、やり方が説明できません。最後の一問はぜんぜん分からなかった」

　西村が唸るのを止めたが、視線はプリントに向かい続けている。

　相場は箸《はし》をくわえたまま鉛筆を持つと、数行の計算をして答えを書いた。

「先生、できなかった最後の問題、分かりました」

「おまえ、弁当を食べてるんじゃなかったのか」

「食べながら考えてました」

「数学だぞ。計算したり図形を描いたりしなきゃならんだろう」

「目隠し将棋と一緒です。頭の中に将棋盤を置いて、駒を動かしていきます」

「何でも将棋に結びつけるんだな。俺も将棋をやってればよかったのか」

「あと、三十分で母さんが迎えに来ます。弁当を残すと叱られます」

再び弁当を食べ始めた。

「答えの出てる問題はすべて合ってる。答えが分かってて、やり方が分からないのはだな——」

西村が図形に補助線を一本書き加えた。

「あっ、分かった。やっぱり先生ですね」

「これだけで分かるのか」

「僕は補助線なしで考えてました。これからは補助線も使います。これでいいんですね」

相場はまた箸を口にくわえて計算式を書いていく。

「それでいい。驚かされることばかりだ。他におまえのことをほめる人はいなかったか」

「学校の先生は頑張ればもっと成績は上がるはずだって言ってます」

「じゃ、もっと頑張ってみるか」

相場は答えなかった。何を頑張ればいいか分からない。今までどおり、言われたことをやるだけだ。

「まず、次の算数オリンピックを受けてみよう。おまえにはちょっと易しすぎるかもしれんが」

相場の顔が曇る。

「オリンピックって言葉、好きじゃありません。走ったり、跳んだりさせられる気分になって。運動は苦手です。ドッジボールもぶつけられてばかりで、受けようとしても弾《はじ》いてしまいます」

「まあ、人には得手不得手があるんだ。神は二つの才能を与えてくれなかっただけ。与えてくれたものは最高だ。おまえは神様に愛されてる」

言ってから、西村が少し寂しそうに笑う。

「だから、その才能は思いっきり磨いて使わなきゃならない」

食べ終わった相場は弁当箱をデイパックにしまい、水筒のお茶を飲んだ。

「日曜日も特訓をやりたいから、おまえは――」

「日曜は将棋があります。ソウちゃんと約束してるから。一緒に三段リーグに参加するって」

「奨励会ってやつか。おまえより強い奴がいるのか」

「僕とソウちゃんはまだ2級だから。三段リーグに挑戦するには、あと一年はかかるって。ソウちゃんは半年でやるって言ってるけど」

「他の奴らはそんなに強いのか」

「先生は将棋はやらないんですか」

「大昔、おまえくらいのときに親父と何度かやった」

「面白いでしょ。強かったんですか。今度、僕とやりませんか」

「やめとこう。教師が負けると威厳がなくなる。この問題も、おまえのやり方を追いかけて、感心するところばかりだ。ひらめきというか、センスが違う」

西村が相場の肩を軽く叩き、教室に戻っていく。

3

大学の研究室で書類を整理していた相場はノックの音に顔をあげた。秋山と張間が飛び込んでくる。

「やっと勝ちました。二連勝です。先生にアドバイスされた、対局者の性格や駒の好みを導入したソフトです」

相場の前で、秋山は深々と頭を下げた。彼としては格別の感慨があるのだろう。

「将棋連盟はかなり慌てているようです。対局相手が若手ナンバーワンですから」

「いずれは名人との対局です。取海名人を引っ張り出せれば、絶対に勝ってみせます」

「将棋連盟が許さないだろう」

「マスコミが黙ってませんよ。囲碁もチェスも第一人者を出してきました。将棋も名人と対戦させなきゃ」

「それはない。名人は最後の砦《とりで》だ。今ごろはきみたちのソフトを研究して、対策を練るのに必死だ」

そのとき突然ドアが開き、男が入ってきた。週刊誌記者の花村だ。秋山と張間を一瞬睨み、そのまま相場の前に来る。

「おめでとうございます」

慇懃《いんぎん》に言うと、花村は相場を見ながら頭を下げた。

「きみに祝ってもらうようなことはないはずだが」

「学生さんたちもその話ですよね。コンピュータが勝った。対局時間は予想より長かったですね」

　花村は再度、秋山と張間に目を移すと、いつものように椅子を引き寄せて相場の前に座った。二人を無視するように話し始める。これまでとは打って変わり、冷静な口調だ。

「チェス、囲碁、将棋と、すべてコンピュータソフトが人間を制し始めている。人の頭脳より、コンピュータが抜きん出たわけだ。人間は謙虚に負けを認めるべきでしょうね」

「僕はそうだとは思えない。すべては発展途上の出来事だ。お互いのせめぎ合いで、技術は発展していく」

「コンピュータは計算速度もプログラム技術も、人工知能の考え方自体も加速度的に発展している。先生側はますます有利になると思いますがね」

「人の脳だって進歩している。プロ棋士だって他分野の考え方をどんどん取り入れれば、指し方が変わる可能性が大きい。人間の最大の利点は反省し、改善することだ。僕は人間の可能性を信じるね」

　花村が意外そうな顔をした。秋山と張間も同じ表情を浮かべている。

「先生の口からその言葉が聞けるとはね。ますます頼もしいです。先生と取海名人との対局を望みますよ」

「僕が駒を持つことはないと言ったはずだ。あくまで一般的な意見だ。それに将棋の世界で二十年のブランクを埋めるのは無理だと言ったのはきみだ」

「もちろん今の先生と取海名人とでは勝負にならない。しかし先生にはコンピュータがある。人工知能がある。それらを自在に使いこなす能力がある。俺が見たいのは現在の相場対取海の勝負です」

　花村は相場を焚《た》き付けるように挑発的な言葉を使う。

「先生がやると言ってくれれば、名人側は何とでもします。将棋連盟なんて、このさい関係ない」

花村の顔は自信にあふれている。

「先生、僕らも見てみたいです。もし先生が勝ったら――」

秋山が一歩前に出た。

「学生さんたちも賛成だ。ためらうことはない。宿命の対決の再現。週刊誌の見出しが頭に浮かびますよ」

うっとりと、何かに魅入られたように花村が呟く。

「それは絶対にない。帰ってくれ、僕は忙しい」

相場は断固とした口調で言う。

「分かりましたよ。いずれ先生は再び、取海名人と盤を挟んで向き合う。それが運命というものです」

「僕は負けたんだ。きみも知ってるだろう」

「いや、俺はそうは思わない」

突然、花村が強く言って、相場を見据えている。

「あのときの棋譜を何百回も何千回も見直した。あなたが全力を出し切ったとは思えない。少なくとも三回は先生に勝つ機会があった。一度目は先生の三十五手。7八金、3五桂、9六角――」

「きみの戯言《たわごと》を聞いている時間はない。帰ってくれないか」

相場がさえぎった。花村は頷いて素直に立ち上がると、一礼して部屋を出ていく。

「どうして、やらないんですか。相手は取海名人ですよ。近年で最強の名人と言われている棋士です。対局するだけで名誉なことです。でもやるなら先生には必ず勝ってほしい」

秋山の声には長年の思いが詰まっている。

「ブレイン」と新しく名付けられた将棋ソフトは、相場のさらなるアドバイスにより驚異的に勝率を上げた。同時に改良を加えられた他の将棋ソフトもプロ棋士を圧倒するようになった。棋士たちのウイルスに対抗できるようになったのだ。

◇

休み時間、相場が読んでいた本が突然消えた。顔を上げると、取海がページをめくっている。

「『プログラム言語入門』か。なんの本や」

「コンピュータ。おじさんがくれたんだ。自分でプログラムを作ってみろって」

「プログラムって、なんや」

「コンピュータを動かす脳みたいなもの。コンピュータもプログラムがなきゃただの箱だって。人間が何年もかかる複雑な計算もあっという間にできるって」

「難しそうやな。数字と英語ばかりや」

「英語じゃない。アルファベット。初めは面倒だけど、慣れるとそうでもない。一緒にやろうか」

相場は説明した。声が弾んでいる。

「俺、パソコン持ってへんし、将棋やるんで精一杯や。トシちゃんは余裕あるなあ」

「毎日、忙しいよ。五年生になって急に忙しくなった」

「夏までには初段に上がろうな。夏休みが終わったら二段や。今年中に三段。来年は三段リーグに突入や。約束やで」

取海はかすかに微笑《ほほえ》むと本を相場に返し、自分の席で将棋雑誌を読み始めた。相場はしばらく取海を見ていたが、本に向き直った。


取海の思い通りにはいかなかった。

五年の夏前、取海に負けが目立つようになった。序盤は取海が優勢だが、ちょっとしたミス、ミスとも言えない一手でたちまち自滅していく。

「相手がソウを研究し始めた。おまえもしゃにむに勝とうとするだけじゃなくて、相手によって作戦を立てること、自分のスタイルを生み出せ。そこに相手を取り込めば必ず勝てるってスタイルだ」

分かるかと言って、沼津が取海を見つめた。取海は頷いている。反抗的な言動が目立ち始めた取海も、沼津には素直に従った。負けが続いて弱気になっているときでもあった。

取海が落ち込んでいるときは必ず相場に声がかかった。

「トシ、ソウと一局やってくれ」

将棋クラブには相場と取海の相手がいなくなった。飛車角落ちでも、二人が勝ってしまう。

沼津の取海への入れ込みようはとどまるところを知らない。大人たちの会話が相場の耳に入ることもあった。

「最近の沼津の態度は異常だ。ソウが可哀そうだ。半分以上押し付けだぞ」

「ソウがこの先、人並みの生活を送るためには将棋しかない。二人ともそれをよく分かっている」

「沼津は自分の夢をソウに託してるんじゃないか」

「沼津さん、奥さんが出ていったって本当ですか」

声が急に小さくなる。

「沼津と取海の母親ができてるって噂だ。あくまで噂だがな」

「まあ、あれだけ面倒を見てればどうにかなってもおかしくはない」

取海も一心不乱に将棋に取り組んだ。

相場は取海と対局するとき、第一局は取海の押しに逃げ一方になる。次は何とか跳ね返そうとするが、上手く逃げられる。三局目は無心になれた。そうするといつの間にか追い詰めて勝っている。

4

賢介から名刺を渡された。肩書きに取締役とある。

「正式に決まったわけじゃないが内定している。対外的にはもうこれを使っている」

「相変わらず強引なんだな。僕が口をはさむ権利はないが」

相場は社外の人間だ。その立ち位置を守ると決めているものの、賢介の行動はやはり危なっかしく映る。社内では反感を持たれるだろう。

「今夜は何の用だ。名刺を見せに来ただけではないだろう」

夕飯を食べていると突然電話があって、三十分後にはマンションに来た。

「俺の取締役就任の報告と、あとはお願いだ」

初美がコーヒーを持って入ってきた。賢介は言葉を切った。初美が出ていくとまた話し始める。

「うちの会社の顧問になってくれないか。相談役でもいい。会社の公式ウェブサイトに兄さんの名前を載せたいんだ。絶対に迷惑はかけない」

　突然の依頼に、相場はどう答えていいか分からなかった。

「それなりの報酬は払うよ。研究助成金の名目でもいい。大学の方も文句は言わないだろう」

「そういう問題じゃない。僕が会社に何をするというんだ」

「技術的なアドバイスをしてほしい。世界的な人工知能研究者の忠告だ。父さんも望んでいる」

　賢介が懇願するような目で相場を見ている。

　相場は子供時代の賢介を思い出した。何かをねだったり頼んだりするときの目だ。ほとんどの場合、相場はそれに応えてきた。

「即答はムリだ。待ってほしい」

「前向きに考えてくれ。早い方がいいんだ。対外関係用に英文のパンフレットを作り直している。その中に兄さんの名前を入れることができないかな」

「来週中に返事をする」

　賢介は何かを言いかけたが、諦めて帰っていった。

「賢介さん、随分変わったわね。なんだか別人みたい」

　少し驚いた様子の初美に、相場はどうしてそう思うのか聞いた。

「前はもっと、大らかだった。いつも楽しそうで、優しかったような気がする。それに今日もこの家に上がったとき、電話があったでしょう。以前の賢介さんならどこであろうと大声で話しだしていたと思う」

「慌てて切った電話か」

「あのあと隠すように電話を覗いてた。メールを見てたのよ。あなたは気づいてなかったけど」

「会社を経営するってことは、いろいろあるんだろう。彼は取締役になる」

「用って何だったの。突然電話がかかってきて、あなたとこそこそ話すとそのまま帰っていって」

相場は迷ったが、会社の顧問になるよう求められていることを初美に話した。

「なってあげればいいのに。名前だけなんでしょ。実際は今のままの大学の先生」

相場は考え込んだ。賢介のあの様子では、名前を貸すだけでは済みそうにない。

「高野さんに相談したら。あの人は大学と企業の両方を経験してる。あなたより詳しいはず」

「大学のいい加減さと企業のあくどさについてか」

「大学の大らかさと企業の厳格さよ」

初美が笑いながら言う。


翌日、大学に着くと相場は高野に電話した。高野が考え込んでいる気配がする。

〈企業に箔《はく》を付けるためか。なかなか難しいところだな。企業というのはそんなに甘いものじゃない。ただ、利用の仕方によっては魅力的ではある〉

「僕にそんな力はないよ。一介の大学教授だ」

〈研究費に苦労しない教授だ。今どき、大したもんだよ。賢介くんが取締役になることは決して悪いことじゃない。歴史のある企業に新風を吹き込む。それができなかった企業の行く末は現在証明されている〉

賢介がそこまで見越して、相場にアドバイスを求めているとは思えなかった。

五年の秋には相場と取海は二段になった。昇段以降、二人の生活は別々になることが多くなっていた。

相場は週に四日、西村の塾に通うようになっていた。理科と国語の授業は教室で受けたが、大半の時間は講師の控え室の隅で数学の問題を解く。他の講師も面白がって、相場に新しい問題を持ってきた。相場もそれに応えて没頭した。

取海の生活は将棋一色だった。住んでいたアパートから、沼津が用意したマンションに引っ越した。取海の部屋があり、将棋盤が置いてあった。取海はその上に相場から勝ち取ったツゲの駒を載せた。二人で将棋を指したり、宿題をした神社の境内に行くこともなくなった。それでも奨励会だけは待ち合わせて行った。

◇

五年生の終わりにまず取海、一週間遅れで相場が三段に昇格した。

四月、小学六年に上がると同時に、二人は三段リーグに参加した。プロ棋士への最後の関門だ。リーグには各期三十人前後参戦する。四月から九月、十月から翌年の三月までの年二回行われる。一期につき十八戦、上位二名が四段に昇格し、晴れてプロ棋士となる。三段リーグ三位の者には次点が与えられ、次点を二度取った者は、プロではあるが順位戦に参加できないフリークラスの四段に昇段する権利を得る。

プロ棋士になると、まず順位戦C級2組に入る。収入として将棋連盟から支給される基本給の他、棋士ごとに対局の賞金や指導料、講演料が入ってくる。

二人の天才小学生のプロ棋士挑戦――このころから、マスコミが騒ぎ始めた。


相場は三段に昇格した日、取海とともに将棋クラブに行った。取海の母親の弘江と妹の定子がいた。沼津が呼んだのだろう。二人を応援してくれているクラブの常連たちも集まって、お祝いしてくれた。

「ついに三段リーグに参戦だな。プロ棋士への挑戦だ。どうせなら最年少プロ棋士、小学生棋士を目指せ。チャンスは二度しかないぞ。次は中学生になっている」

沼津が相場と取海を前にして言った。

今までの最年少プロ棋士は十四歳七ヶ月で中学二年生だ。過去に中学生棋士は三人しかいない。

「二人同時に四段になると、どっちが最年少だ。二人の誕生日はいつだ」

「ソウの方が七日早い。だから、トシが最年少プロ棋士になる」

沼津は残念そうだ。彼は取海を全面的に応援している。

「どっちでもええやん、そんなこと。でも名人は俺や。絶対に名人になったる」

「僕だって名人になる」

相場は反射的に口にしていた。自分も名人になりたいと、なぜかそのとき無性に思った。

「そうだ。二人で競争しろ」

「交代でなればいい。最初はソウちゃんでいいよ」

無意識のうちに相場は言った。

「いやや。俺は生きてる限り名人でいる。俺は将棋の王様になるんや」

取海は強い口調で言い切った。今度は相場は黙っていた。

相場には将棋以外にも大きな変化があった。

塾の授業が終わってから、相場は西村のところに行った。

「母さんが受験勉強はどうなのか聞いてくるようにって。受験科目は算数だけじゃないでしょって」

「心配するな。明陽中学の校長は俺の大学時代の同級生だ。元治だってそうだ。三バカトリオなんて呼ぶ奴がいた……。任しておけって。いざとなったら――。それより、次はこれだ」

西村が新しいプリントを机に置いた。

「おまえには数学の才能がある。それも並の才能じゃない。フィールズ賞も夢じゃない」

西村の言葉は威勢がいいが、表情にはどこか寂しさが感じられる。

「日本数学オリンピックに挑戦しよう。算数オリンピックはパスだ。六年の一月に予選、二月が本戦。どこまでいけるか、特訓だ。やらなきゃならないことは山ほどあるぞ」

相場が教室を出ようとしたとき、西村が言う。

「参加者はほとんどが高校生だ。全国クラスとなればおまえのライバルになりそうな者もいる。早めに彼らを知っておくのもいいだろう」

「先生もそれを受けたんですか」

「俺はそんなものがあることも知らなかった。知っていたら、どれだけよかったかと今なら思う」

「どうしても受けなきゃダメですか。競争はしたくありません」

「世の中、競争社会だぞ。勝つ者もいれば、負ける者もいる。負けることも知っておかなきゃな。勝ってばかりだと、負けたときに立ち上がれなくなる」

西村は遠い昔を思い出しているようだ。

「まだ時間はある。よく考えろ。相手は世界。数学は世界共通の公平な言語だ。おまえは神様に選ばれてる。なのに参加しないでどうする」

西村は自分自身に言い聞かせるようだった。


「数学オリンピックに出るのか」

ノックもなく部屋に入ってきた元治が聞いた。相場は部屋で西村から渡されたプリントを見ていた。

「西村先生が母さんに電話した。母さんも父さんも出てみろって」

「乗り気でない顔だな。出たくないのか」

「どっちでもいい。でも将棋の勝負より、まだいいかな。勝ち負けなし。問題ができるかできないかが重要なんでしょ」

元治が拍子抜けした顔で相場を見た。

「そうだな。自分の点数で順位が決まる。相手は自分だ。自分が納得のいく点数を取ればいい。だがオリンピックというからには、金、銀、銅という順位がつくんだ。日本中の猛者《もさ》が金メダルを狙っている」

「将棋とは違うでしょ。相手はいない。勝負はどれだけできたかというだけ」

「確かに将棋よりおまえに向いている。面と向かって対戦するわけじゃない。だが孤独な戦いだ」

元治が声を上げて笑い、相場もつられて笑った。

「数学と将棋とどっちが好きだ」

「どっちも面白い。今のところ、五分五分」

「いずれ、どちらかを選ばなきゃならない。将棋を選んで、神様に梯子《はしご》を外されたら惨めなもんだ。数学を選んでも、世界に通用するのは極々わずかだ」

「西村先生は数学を選んで、梯子を外されたの」

元治の動きが止まり、プリントを机に置いた。相場を見つめている。元治は首を振った。

「子供に自分の夢を託すなんて惨めな奴だ」

元治が吐き捨てるように言う。

「それにしても、ずっとあの調子なのか」

元治が探るように視線をドアに向けた。

居間から聞こえてくる賢介のピアノのことを言っている。最近は学校から帰って、数時間は弾く。近所からの苦情で防音マットを敷いたり、二重窓にしたが家の中にはよけい響くようになった。

「すごいでしょ。ケンちゃん、すごく上手くなった」

「そうだが、トシはうるさくないのか」

「僕は数学の問題を解いている。聞いてる時間はないよ」

「集中力が並じゃないんだろうな。いずれにしても、プロへの道は険しいぞ」

呟くように言うと、元治は出ていった。

〈日本通信がうちとの取引を断わってきました。社内は大騒ぎです。昨日から役員会議で徹夜です。おそらく、まだご存知じゃないだろうと思って電話しました〉

　長谷川は声を潜めるようにして話している。

〈日本通信の部品生産の割合は、うちの総売り上げの二十六パーセントです。それが止まったんです。ダメージはかなり大きいです〉

「いつの話だ」

〈昨日の午後だと思います。極秘だったようですが、工場の生産ラインが急に止められ、役員の招集です。そのうちに噂が流れて――。こういう話はすぐに広まりますよね。日本通信の社員からの情報もあったようです。今まで問題なかったので、向こうの社員も驚いてます〉

「ラインが止まったってどういうことだ。そんなに急なら、日本通信だって困るだろう」

　長谷川の言葉が途切れた。何かを考えているようだ。

〈確かにそうですね。日本通信だって部品の多くが不足する。じゃあ、もっと前からうちとの契約を打ち切る準備をしていたということですか〉

　驚きを含んだ声が返ってくる。

〈シグマトロンとの提携話の影響ですかね〉

「やはり外資が入るとなると、部品とはいえ、自社の製品製造を任しておけないというのが本音じゃないか。特に陽光精密機器は過去に顧客の製品コピーと特許権侵害でトラブルを起こした企業だ」

背後で長谷川を呼ぶ声が聞こえる。

〈とりあえず、それだけをお伝えしておこうと思いました〉

電話が切れた。相場はスマホを持ったまま考え込んだ。

日本通信は大阪に本社のある、コンピュータ周辺機器メーカーだ。従業員数は約千名。一九八〇年の創業時は家電量販店を販路とするOA家具メーカーだったが、現在はマウスやキーボードといったパソコンのユーザーインターフェース機器の他、液晶モニター、シンクライアント端末やAV機器の開発など幅広く手がけている。昨年度の連結売上高は五百二十五億円。

陽光精密機器はシグマトロンと同様に世界のメーカーからの受託生産を一手に引き受けている。ただ、シグマトロンとは客筋が違い、対象企業が業界三、四番手になっている。トップ企業は機密保持に危惧を持っているのだろう。そのため最近は、受注企業の拡大に力を入れている。

相場は賢介に電話しようとスマホに目を落としたが、思い直してポケットにしまった。下手に自分が口出ししない方がいい。賢介が自分たちで解決すべきだ。

相場は落ち着かない午前中をすごした後、高野に電話した。

〈電話しようと思っていた。日本通信の話だろ。東洋エレクトリックへの委託生産を一時的に見合わせた〉

スマホのタッチパネルに触れたとたん、声が返ってくる。

「どこで聞いた。僕は今朝知った。放っておこうかとも思ったが、やはり気になってね」

〈日本通信の友人に問い合わせた。色んな怪情報が飛び交っているそうだ。東洋エレクトリックが中

国企業に吸収合併される話もある。陽光精密機器との技術提携話が問題だな。特にこの時期だ〉

ここ数ヶ月の間に、日本を代表するいくつかの企業に外資が入っている。国外への技術、人材流出など、日本中が敏感になっているのだ。

「東洋エレクトリックと日本通信は今まで問題なかった。信頼関係があった。それが突然打ち切りだ。慌てもするだろう。日本通信とは売り上げの四分の一以上の取引がある」

〈生産をストップする企業は今後も出てくるぞ。早急に手を打った方がいい〉

「手を打つと言っても、どう打つというのだ」

〈それを考えるのが役員の仕事だ。賢介くんの手腕が問われるときだな〉

「なんだか、面白がっているようだな」

〈面白がるは言いすぎだ。だが興味は大いにある。下手すると東洋エレクトリックが潰れる事態だからな。日本企業の甘さを絵に描いたような事件だ〉

企業のグローバル化が加速する中、日本流の企業経営が成り立たなくなっていることは確かなのだろう。できる限り力になるよ、という言葉を残して電話は切れた。

◇

相場と取海が参加する三段リーグが始まった。過去の実績から、半年間にわたって行われる十八局のうち、十五勝から十六勝すれば上位二人に残る可能性が高い。三敗以上すれば厳しい。もちろん、そのときの状況による。十一勝七敗で四段に上がった者もいる。

二人とも順当に勝ちを重ねていった。波に乗るという時期が人生にはあるのかもしれない。二人はまさに乗っていた。

取海は相変わらず強引な勝ちを目指す将棋だった。対局者の出方をことごとく封じながら、自分の手を有利に進める。相場は欲のない自然体の将棋だった。序盤は相手に合わせて指しているが、強引な攻めを受けると引きながら要所を押さえ、優勢に持ち込む。相手は長考がかさみ、焦り出して自滅する。

三段リーグ開始から数ヶ月後のある日。午前の対局で二人とも勝ち星を挙げていた。

「どうしたのソウちゃん」

午後の対局前、取海の様子がおかしい。顔色が悪く口数が極端に少ない。声は小さく、震えている。

「我慢できん。腹が痛いんや。トシちゃんは何ともあらへんか。午前から同じもんしか食うとらんよな」

「朝は沼津さんが作ってくれたサンドイッチと牛乳。昼は会館地下の食堂だよ。ソウちゃんと一緒」

「腹が痛くて痛くて、下痢や。ずっとトイレに座ってたいわ。昔、母ちゃんに下剤飲まされたときみたいや」

取海は腹を押さえてトイレに駆け込んでいく。例の二人の高校生が相場の方を見て笑っている。

「あいつら、俺が苦しんでるのを見て笑ってる」

トイレから出てきた取海が二人を見た。彼らの方に行こうとする取海の腕を相場がつかんだ。

「それより、どうすればいいか考えよう」

妙案が浮かばないまま対局が始まった。すでに取海は十回近くトイレに駆け込んでいる。

三段リーグの対局は二段以下とは別の部屋で行われ、マスコミの取材撮影が許されるのは開始のときだけだ。対局者にとっては人生の節目とも言える時間だからだ。注目の対局は別室のモニターに映されることもあった。

　この日の午後は取海の対局が中継され、部屋は人で溢れていた。

「トシ、なんでおまえがここにいる。対局中じゃないのか」

　モニターに見入っている相場の背後から声がかかる。振り向くと沼津が割り込んできた。

「対局相手が来られなくなったんです。今朝、盲腸で入院したそうです。僕は不戦勝だって」

「運も実力のうちというが、まさにおまえのことだな」

　沼津が呟いて、相場の隣でモニター画面を食い入るように見つめ始めた。

　対局が始まり五分、取海の顔が歪《ゆが》み始める。対局相手の青年が怪訝《けげん》そうな顔をして見ている。

「ソウの奴、大丈夫か」

　取海の異変を感じ取った沼津が相場に聞いてくる。

「大丈夫じゃないと思います。ひどい下痢です。さっきまで五分置きにトイレに行ってました」

　相場に付き添ってきた元治と沼津が顔を見合わせる。

「ソウらしいと言えば、その通りなんだが」

　対局の席から取海が立ち上がり、出口に向かってつま先で歩き始める。

「ソウちゃん、今日はやめとけ。死んでしまう」

　相場はトイレに向かう取海に寄り添い、小さな声で提案した。取海は脂汗を流している。これでは
おそらく何も考えられない。

「俺、死んでもええ」

震えながらの細い声が聞こえる。

「早く、トイレに行ってこい」

沼津が思いつめた顔で言う。

「あかん、動いたら出てしまう」

周りは凍り付いたように取海を見つめている。

便のにおいが広がった。

「ウンコをちびりながらの対局か。奨励会始まって以来だな」

聞こえよがしな声がする。取海をよく思っていない会員は多い。

「周期があるだろう。少しは我慢できると思ったら行くんだ」

「腹、少々腐ってても平気やったのに。よりによってこんなときに――」

相場はトイレに付いていってドアを開けた。

特例が認められ、三十分後の再開となった。取海は沼津が買ってきた新しい下着と服に着替えた。

部屋中の視線がモニター画面に集中していた。対局相手の青年は複雑な表情をしている。初めは笑いをこらえていたが、次第に真剣な顔になっていく。一局にすべてをかける取海の執念を感じたのかもしれない。

結局、取海は負けた。

対局は次もある、と沼津が棄権を勧めたが、取海は応じなかった。

その後一時間、取海はトイレにこもり切りだった。相場はトイレの戸の前に立っていた。

「ソウちゃん、大丈夫か」

「俺、いつもは便秘気味なんや。よりによってこんな日に。控え室にあった饅頭《まんじゅう》を食うたんが悪かったんかな」

「饅頭って？」

「駅前の和菓子屋の饅頭があったんや。前から一回、食うてみたかったんや。誰のか分からんかったけど、ぎょうさんあったから一個くらい分からんやろ思うて、袋から出てたんを一個。天罰かな」

取海にしては殊勝な言葉だ。

相場は例の二人の高校生がその店の袋を持っていたのを思い出した。あの二人だ。饅頭に下剤を入れたのは。以前トイレで聞いた話をしようと思ったが、やめた。取海の反応が怖かった。

「出すだけ出せば大丈夫。あとは体力を付けるために何か食べて――」

相場の背後にいた沼津の言葉には、諦めと呆れが混じっている。

トイレから出たとき、相場は玄関ホールに歩いていく二人の高校生を見た。相場は追いかける。

「おまえら、ソウちゃんに下剤入りの饅頭食わしたのか」

相場は高校生の前に回り込んで睨み付けた。

「知らんよ。でも控え室に置いてた饅頭が一個なくなってた」

背の高い方が笑いをこらえて言う。相場は拳を握り締めた。

「やめとけ。取海にガンバレと言っておいてくれ」

もう一人の高校生が促しながら出口に向かう。会館を出るとき相場の方を振り返って、口を動かした。声は届かなかったが、確かにゴメンと言っていた。

この日の対局は相場が不戦勝を含む二勝、取海は一勝一敗だった。

帰り、今日は止めようという相場の言葉を振り切って、取海は駅前のソバ屋に入った。

「僕は二学期から将棋クラブに行けなくなる」

ソバを食べながら相場は取海にポツリと言った。

「来年は中学入試なんで塾に行く日が増えるんだ。土日も行かなきゃならない」

取海は一瞬、箸を止めたように思えたが、そのまま食べ続ける。しばらくして、相場の決断を予想していたような冷静な声が返ってきた。

「最近、忙しそうやもんな。将棋以外にやることが、ぎょうさんあるらしいし」

西村に渡された数学の問題を相場が奨励会で解いていたのを、取海に見つかったこともあった。

「将棋は大好きだ。だからずっとやっていきたい」

「俺は命を賭けとる。いい加減な気持ちやあらへんで」

「僕だって――」

次の言葉が相場には見つからない。以後、二人は無言で食べ続けた。


六年生の九月がやってきた。その日は三段リーグの最終戦が行なわれた。

一局を終えて相場は十五勝二敗、取海は十四勝三敗だった。二人の上には十六勝をあげている高校生がいた。彼の四段昇段は決定だった。取海にはもう後がない。

対局相手を見て相場は思わず声を出した。

「なんで僕がソウちゃんとやらなきゃならないの。こんな大事な一局を」

「わざと負けたりしたら、承知せえへんからな」

取海も対局表を持って、相場を睨んでいる。

対局の様子が控え室のモニターに映されている。始まってからすでに四時間が経過していた。

「やはり取海は硬くなってる。いつもの迫力がない」

「分からないよ。取海はいつもと指し方を変えている気がする。強引にいかず、相場の出方を見ている」

対局室の空気が、そのまま控え室に流れ込んできたような緊張感に溢れていた。対局は終盤までもつれ込んでいた。

「これは相場の勝ちか。取海は投了した方がいい。これ以上指してもムダだ」

「そうだろうな。でも取海の顔を見ろよ。あれが小学生か。まさに餓鬼だぜ」

取海の顔には脂汗が滲《にじ》み、目は血走っている。握り締めた拳は震えているようにも見える。

「まだ勝負はついとらん」

低い呟きのような声が聞こえる。

「あれは柳沢先生じゃないか」

目で指す方を見ると、老人がモニター画面を食い入るように見つめている。

「この対局、柳沢先生が事務局に組ませたというぜ。あの二人は友達なんだろ」

「柳沢先生は二人が奨励会に入るときの推薦者だ」

「本当だとしたら、酷だな。取海を鬼にしたわけか」

見守る会員から、あっと言う声が上がった。全員の視線がモニターに集中した。相場が将棋盤にかがみ込んでいる。それを見下ろす取海がいた。一手の奇跡を証明する対局だった。一時間後、相場が投了した。


「十六勝二敗が一人。相場と取海が十五勝三敗。同率だ」

奨励会事務局から発表された三段リーグの勝敗表を見て沼津が言う。

「どうなるんだ」

「四段になれるのは上位二人。同率の場合は二人昇段か、過去の成績が考慮される。三段リーグの」

「三段リーグの成績といっても、二人とも初参加だ」

「相場が有力じゃないか。あいつは問題行動なんてない。他の会員や棋士たちにも受けがいい。それにひきかえ、取海は問題が多すぎる」

「どっちが四段に昇格しても、史上初の小学生プロ棋士の誕生だぞ」

ざわめきが広まっていく。

「僕は退会する。奨励会をやめる」

部屋中の視線が相場に集中した。取海が相場を睨んで鋭い声を出す。

「やめとけや、そんなこと言うんは。俺はお情けなんかいらん」

「ソウちゃんのためじゃない」

相場は強い口調で言い切った。

「僕は塾に行かなきゃならない。塾の先生からは毎日来いと言われている。来年、数学オリンピックに出るんだ」

「トシちゃんもプロ棋士になりたかったんやないんか」

「ソウちゃんの方がもっとプロになりたいんでしょ。だったら、なるべきだ。僕の一勝は不戦勝だ。それに僕はソウちゃんに負けた。ソウちゃんの方が強い。強い方が先に進むべきだ」

父、俊一郎との約束だった。三段リーグが終わった段階で奨励会を退会して、中学入試に専心する。しかし、本当にこれでいいのか。疑問が浮かぶ。自分から将棋を取ったら――。取海との関係はどうなる。様々な思いが一気に相場の心に押し寄せた。

相場は拳を握り締めた。涙がこぼれてくる。こんな気持ちは初めてだった。もう一度取海に視線を向けると、部屋を出た。

第七章　新しい道

1

賢介から連絡はなかった。長谷川によれば、社内では、役員、従業員ともにかなり動揺しているという。我慢できずに相場はついに賢介に電話をした。

「日本通信から取引の中止があったというのは本当か」

〈あとで連絡する〉

返事をする間もなく電話は切れた。会議中か、誰かの話し声が混ざっていた。考えた末、元治に電話をかける。

〈会社の話だったら、俺は何も知らんぞ。数人の友人から連絡があったが、会社からは何も言ってこない。俺はもう外部の人間だ。株も持ってないし、なんの関係もないからな〉

「元治さんからは、誰にも問い合わせてないの」

〈誰に聞くんだ。相談役と言っても名前だけだ。誰も何も言ってこない。明日の株価を見れば真偽のほどが分かる〉

確かにその通りだ。元治は社長である兄にさんざん迷惑をかけている。

夕方になって、やっと賢介から連絡があった。

〈どこまで知ってる。兄さんも大体の情報はつかんでるんだろ〉

「日本通信が取引を断ってきたので、工場のラインを止めざるを得なかった。その程度だ。ラインを突然止めるのは、会社の内外に関係なく影響が大きい」

〈それで一日飛び回っていた。日本通信にも行ったし、マスコミに対して説明もした〉

賢介の声には疲れが滲んでいる。

「陽光精密機器との技術提携話の影響か。まだ話が来たばかりで、具体的に進んでいないんだろ」

〈実は話は三ヶ月ほど前からあった。保留にしていたんだ〉

だから賢介は取締役就任を急いでいたのか。

「そんな話は聞いてないぞ。それが日本通信に漏れたということか」

〈社内のほんの限られた者しか知らない。シグマトロンの話が進んでいたところでもあったから、秘密厳守は徹底させていた〉

「そうだな。僕も知らなかった」

〈悪いとは思っていた〉

「日本通信の方は具体的にはどうなっている。ただ知りたいだけだ。口を出すつもりはない」

〈在庫の引き取りはなんとか了承してもらった。でも以後の発注は待ってほしいとの一点張りだ。やはり中国企業と技術提携を進めようとしたのが影響したのか。誰がリークしたんだ〉

「相手が中国の企業であれ、アメリカの企業であれ、どこかの時点で公式発表しなきゃならない。そこまでに契約内容と他社への説明をもっと明確に、誠実に行なうべきだった」

声にわずかながら苛立ちが混ざった。賢介は先を急ぎすぎる。もっと慎重さがほしい。

〈分かってる。これは完全にうちのミスだ。今、現場の人間を集めて発表資料の草案を作っている〉

「中国の方に向けてか、それともアメリカか」

〈これ以上聞かないでくれよ。正直、どうしていいか分からない。経営陣もアタフタするだけだ。いかにうちの会社が脆弱《ぜいじゃく》かということを思い知った。もう二度とこんな経験したくないね〉

「ここを乗り切らなければ二度目はない」

　倒産という言葉が脳裏をかすめたが、口には出せなかった。

「他の取引先には連絡を入れたのか。取引先は日本通信だけじゃないだろう」

〈今、必死にやっている〉

「つなぎ止めることはできそうか」

　声が途切れた。

〈日本の企業は想像以上に中国企業に不信感を持っている。これでグローバル企業を目指していると言うんだから呆れるよ〉

「どの企業も生き残りに必死だ。グローバル企業を目指しているからこそ、自社の技術保護には神経質になる。世界での生き残りの厳しさを知っているんだ」

　賢介に何度目かの沈黙が訪れた。

「慎重に事を運ぶんだな。東洋エレクトリックが目指しているのは世界だろう。明日はしんどいぞ。株価が下がると、いろんな問題が湧き上がる」

〈うちは株価には影響されない。創業家で半分以上、親戚を含めると六十パーセントを保有している。経営陣も株式の一定数を持っている。我々の中で対立なんて有り得ない〉

その説明には少々無理がある。

〈今日も徹夜になりそうだ〉

電話は切れた。相場はしばらくスマホを握ったままだった。

翌日の東洋エレクトリック工業の株価は前日比三分の二近くにまで下がった。

◇

史上最年少、小学六年生のプロ棋士誕生――三段リーグの最終戦があった翌日の新聞の見出しだった。取海は一躍、有名人になった。

年が明けると同時に取海は正式にプロ棋士となった。将棋会館で記者会見が開かれた。

取海は紺のブレザーとネクタイに半ズボンという小奇麗な恰好《かっこう》で現れた。横には沼津が座っている。

にわか仕込みの標準語で、正式に自分をプロ棋士として受け入れてくれた日本将棋連盟と、今まで自分を支えてくれた将棋クラブのメンバーたちにお礼の言葉を述べた。プロとしての抱負や将棋に対する思いも口にする。

「今後、技と心を磨いて、伝統ある日本将棋連盟の棋士としてふさわしい大人になります」

緊張でこわばった顔と声で、何度か言葉をつまらせた。取海はマスコミと将棋連盟の役員たちに深々と頭を下げた。

「きみはまだ小学生、四月からは中学生ですが、今後まず何をしたいか聞かせて下さい」

半分上の空だった取海が、視線を記者に留めた。

「俺、中学なんて行かへんで。将棋、強うなるんや」

「中学に通いながらのプロ生活となると思いますが――」

「俺は強うなって金を稼ぐ。プロになったら給料もらえるんやろ。タイトル戦には賞金も出るし」

会場の空気が一瞬にして変わる。沼津が慌ててマイクを取海から取り上げた。

「ちょっと、待ってくれ。こいつはまだ子供だ。自分が何を言ってるか分かってない。プロ棋士には品格も必要だってことも」

「強けりゃええんとちゃうんか。俺は誰にも負けへん」

取海は身体を伸ばしてマイクに向かって怒鳴るように言う。プロ棋士になった高揚と、初めて大勢のマスコミを相手にして、取海は完全にパニックを起こしていた。

「次の目標はなんですか」

「名人になる。来年は絶対に名人になったるで」

取海は拳を握り締め、挑戦的な視線を記者たちに向けた。会場では失笑が起きている。

「彼はまだ子供です。将棋以外はまったくの無知です。将棋界の仕組みについて、まだ分かっていません」

「取海くん、名人に挑戦するにはC級、B級、A級と順位戦を勝ち抜いて、初めて挑戦権を得るんだ。きみはC級2組。これから最低五年かかる」

取海は記者を睨み付ける。

「取海が言うのは気持ちの問題であって、それは本人も十分に承知しています。なんせ、彼はまだ十二歳、小学六年生です」

沼津が額に脂汗を滲ませ、必死で取海を弁護している。

「ところで、あなたと取海くんとの関係はどういったものなんです」

「私は彼の後見人というような立場で――」

取海の生活は大きく変わっていった。

奨励会で三段リーグを勝ち抜き、四段に昇格してプロ棋士になると、順位戦のC級2組に入る。将棋連盟から給料が出るとともに様々な収入の道が開ける。

給料はC級2組クラスで約十五万円、それに指導料、対局による賞金などが加わる。


二月に入って相場は明陽学園中等部の入学試験を受けた。中高一貫校で、卒業生も含め東都大学に毎年五十名以上の合格者を出す進学校だ。

「トシ、おめでとう。中学入試に通ったんだって。まあ、落ちることはないと分かっていたが」

合格発表の夜にやってきた元治が相場に言う。

「ドキドキした。算数は全部できたけど、国語と社会が難しかった。社会の勉強は半分も終わってなかった。西村先生のヤマも外れたし」

「西村はヤマをかけておまえに入試勉強をさせたのか。いつもながら呆れた奴だな」

「落ちてもいいと思ってた。ソウちゃんと同じ中学に行けるでしょ」

「知らなかったのか。取海は一年もすれば東京に引っ越す。もうプロ棋士なんだからな。中学生といっても給料も入るし、対局料も出る。それに、あいつならすべての順位戦を一期で通過して、最短でA級に入るかもしれん。そうなれば十代で名人位に挑戦できる」

「ソウちゃん、名人になれるといいね」

「俺はおまえになってほしかった」

元治がぼそりと言った。

「ソウちゃんの方が強かった」

「三段リーグ最終戦は勝てた将棋だった」

「でも僕は負けた。精一杯やった。父さんとの約束通り将棋はやめるよ」

「そうだな。おまえは勝負師に向いていない。優しすぎるんだ」

「将棋は好きだよ」

「分かってる。だったら、これからも続けたらどうだ。趣味として」

相場は答えることができなかった。将棋は趣味などではなかった。もっと大切なもの――。相場のすべてだった。プロ棋士、名人。数年間、この言葉が頭をしめていた。取海と毎日話し、考え続けてきたことだ。しかし、この爽やかさはどうだろう。相場の心の奥には自分でも表現しがたい、なにかが芽生え始めているのも感じていた。未知への憧れ、未来への希望ともいうべきものだ。

「元治さんにも迷惑をかけました。ごめんなさい。お金は大人になったら、必ず返します。奨励会の試験料と入会費は高かったんでしょう」

相場は丁寧に頭を下げた。元治が目を一瞬逸らした。

「あれは、おまえの父さんが出してくれた」

相場は返す言葉がなかった。元治が支払っていたとずっと思っていたのだ。

「情けない話だが、俺は金のことになるとからきし、だらしないんだ。あればあるだけ使ってしまう。だからいつも金欠だ。あのときも金なんてなかった」

「なんで父さんが――」

「奨励会のことを調べたそうだ。入会は難しいし、入っても過酷な競争が待っている。小学生のおまえに耐えられるかと聞いてきた」

「なんて答えたの」

「分からないと言っておいた。兄貴の子だから、なんとかやるだろうとも。そしたら、おまえと同じ血も流れてるから心配なんだと言われたよ。反論できなかった」

　元治はかすかに笑った。相場には初めて聞く話だった。

「兄貴には口止めされていたんだ。将棋を許したと受け取られたら困ると言っていた。兄貴としては、長男のおまえに会社を継いでもらいたい。祖父さんが創業して以来、そうしてきた」

　初めは冗談めかして言っていた元治も、次第に真剣味を帯びてくる。相場は奨励会をやめると告げたときの父親の顔を思い浮かべた。そして今日、中学入試の合格を報告したときの父親の顔も。

「おまえはまだ十二歳だ。なんにでもなれる。数学もあるしな。数学オリンピックは出なかったな」

「将棋の練習があったから、待ってもらった」

「西村がいいと言ったのか」

「僕が数学オリンピックはイヤだと言った。人と競争するのは好きじゃないから」

「西村は納得したのか」

「そういう人間がいてもいいかなって。でも中学生になって余裕ができれば数学オリンピックに出場する。西村先生が金メダルを狙えるように特訓してくれるんだって」

　相場は他人事のように淡々と話した。話すにつれて将棋への思いが、算数へと置き換わっていくのが自分にも分かってくる。

「そうだな。おまえにはそっちの道があった。今度は逃げられないぞ」

相場は受験が終わってからも毎日、開明塾に通っていた。西村が出す問題に相変わらず没頭した。

2

東京に用があったという賢介が大学の研究室に来ていた。賢介は疲れた顔をしている。すでに一時間近く話しているが、議論はかみ合わない。賢介は相場と対話するというより、身内に思いをぶつけたかっただけかもしれない。

「俺としては陽光精密機器と交渉を続けたい」

賢介が断固とした口調で言い切る。

「なぜ、陽光精密機器にこだわる」

「将来性と販路ということを考えると、中国の十三億人の市場に勝るものはない。世界の工場としての魅力は失ったが、市場としての魅力はますます増している。中国に国家としての危険性がいくらあってもね」

「シグマトロンからの話は断わるということか」

「まだ、具体的には何も動いてはいなかった。我々が勝手に騒いでいただけだ」

「シグマトロンのリサCEOとも会ったんだろ。本当にそれでいいのか」

賢介は黙った。日本で会って以来、何も言ってこないのも、東洋エレクトリックが陽光精密機器に傾いた理由だろう。

　賢介が何度も額に手をやって汗をぬぐった。気分が落ち着かないときの癖だ。かなり自信をなくしている。会社存亡の瀬戸際だ。舵取《かじと》りを誤まれば取り返しのつかないことになる。長谷川によると社長の俊一郎の体調はすぐれず、賢介が社長の代弁者的な立場になっているという。同族経営企業の弱点だろう。

　賢介が帰っていくと、入れ替わるように花村が入ってきた。

「今のは弟だな。実家の東洋エレクトリック工業が大変だと聞いてる。先生も関係してるのか」

「今日はなんの用です。無駄話をするだけなら、他のところでお願いしたい」

「ここでする話は一貫している。初めて来たときから」

「僕はもう将棋はやらないと決めている。何と言われてもね」

　花村は顔を上げて相場を見すえる。最近、花村の出入りが多くなった。表情に焦りが感じられる。口調は荒くなっている。

「人間対コンピュータ、これだけ騒がれているんだ。やらない方がおかしいだろう」

「古い考え方だろうが、将棋は人間同士で全力をつくすことに意義があると思っている」

「いずれは完全にコンピュータが勝つと分かっているからか」

　違う。相場は心の中で叫んだ。しかし、それを口には出せなかった。花村はさらに畳みかけるように聞いてくる。

「人間とオートバイの走力対決に等しいということか。勝者は決まっている。コンピュータは記憶容量、計算速度、プログラミング、日々進歩している。そして何より、人工知能の進歩だ。思考回路がますます人間に近づき、やがては追い抜いていくだろう。これは純然たる事実だ」

「それを可能にするのも人間の力だ。人の思考により近づき、やがては追い抜く知能が出来る」

「実証してくれ。人間の力というやつを。俺はそれを確かめたいんだ」

「名人は強い。僕たちが思っている以上に。それに名人を守る壁は厚い。名人だけでは決められないのだろう」

相場は自分の言葉に後悔した。この男のペースに乗せられている。

「取海名人については任せてくれ。俺が必ず引きずり出す」

「将棋連盟が許可しないだろう。名人は最後の砦だ」

「将棋連盟は関係ない。あんたと取海創との個人的な対局だ。世間はそうは見ないだろうが」

花村が意味ありげに笑みを浮かべた。

「ただし条件がある。取海名人は日本、いや世界最強のコンピュータ将棋ソフトでなければ対局する意味がないと言うんだ。その辺りのことは大丈夫なのか」

花村はわざとらしく聞いてくる。

「つまり僕の研究室のソフトが将棋ソフトのトーナメントに勝ち残らなければダメだということか」

「最高の将棋ソフトでなきゃ、対局しないだろう。彼は自分を将棋界のキングだと思っている」

花村が携帯電話を出して、短い言葉を発した。ドアが開き、秋山たちが入ってくる。

「ここに来る前に会った。彼らも先生と名人の対局を望んでいる」

花村が腕を組み、相場と秋山たちを交互に見る。

「先生、お願いします。やりましょう。僕らも全力を尽くします。トップとの対局ができてないのは将棋だけです。チェスと囲碁は対戦しています」

「僕は二度と駒を持たないと決めたんだ」

「駒を持つんじゃない。先生はコンピュータのプログラムを考えるだけだ」

花村が笑いを含んだ声で言う。

「やりたければ、きみたちだけでやるんだな。僕にできるのはアドバイスだけだ」

「人工知能とはそもそも何なんです。俺のような凡人にはさっぱり分からない。分からなくてもいいと言われればそうなんですがね」

花村が突然、改まった口調で聞いてくる。顔つきまで変わり、相場を見つめている。

「人の生活を豊かにする方法だ。人の行動を手助けする、あるいは代わりにやってくれる。人と共存する頭脳だ」

「動きの鈍った高齢者にスプーンで食事をさせている動画を見たことがあります。脳に埋め込んだチップで、手足に付けたマシンを動かす技術にも人工知能が応用されるようになると聞いたこともあります。先生の技術は世界を変える可能性があるんでしょう」

「そうあってほしいと願っている」

「実はこの話をしたとき、取海名人から先生と会うのなら聞いておいてほしいと頼まれましてね」

相場の脳裏に「プログラムって、なんや」と聞いてきた取海の顔が浮かんだ。

「やってみるか」

相場は思わず呟いていた。

「そうでなきゃ。俺はこれから取海名人に会ってくる」

パンと手を叩いて花村が部屋を出ていった。すでに元の口調と表情に戻っていた。

「次の対局まで、あと二週間ある。ソフトに新しい人工知能を組み込めば何とかなるかもしれない」

「僕たちだけじゃムリです。どうしても先生の助けが必要です」

相場は無言で考え込んでいる。

「過去の棋譜はある程度記憶させていますが、実戦形式の経験が足りません」

「うちで作った最高性能の将棋ソフトを二つ用意してくれ。予備のマシンはあったね」

「二つを対戦させるのですね。それなら数日で相当数の場数を踏ませることができます」

コンピュータは人と違って高速で考えることが得意だ。また疲れを知らない。対局前の二週間、フルに場数を踏ませれば、かなり賢くなる。人間に置き換えれば、何十年分かの進歩だ。

秋山たちは実験室に飛んでいった。

◇

小学校の卒業式の日、相場は取海の姿を探した。式場の体育館に移動する時間になっても取海は現れなかった。相場は教師に声をかけた。

「取海くんがまだ来てません」

「休みだ。今日は家族で大阪のお母さんの実家のお墓参り、帰りに温泉に行くと言っていた」

「卒業式の日に？」

相場と教師のまわりにクラスメートが集まってくる。

「何も今日に行くことないじゃないか。まったく、最後まで嫌味な奴だな」

「みんなと会いたくないんじゃないの。学校、あまり楽しくなかったんじゃないのかな」

「相場くんは取海くんといちばん仲が良かったからね。何か聞いていなかったの」

相場は首を振った。

取海とは三段リーグの最後の対局以降、二人きりで話していない。相場は奨励会の退会を告げてから、将棋クラブにも顔を出していなかった。取海は学校を休む日が多くなった。側には常に沼津がいて、マスコミ対応もしているらしい。

相場は中学入試が近づいてからは、西村の塾に毎日通っていた。取海や沼津から連絡が来ることもなかった。心のどこかで覚悟はしていたがやはり寂しかった。四年間を一緒にすごした取海との別れを、考えたことはなかった。

卒業式の日の夜、お祝いに元治が相場の部屋に来た。

「取海のやつ、やっぱり式に出なかったのか」

元治はポツリと言った。

「元治さんは知ってたの」

「沼津が取海の母親の実家に行くと言っていた。大阪だ。沼津と母親は結婚するらしい。今年中には家族で東京に引っ越して、取海を全面的に支援したいと言っていた。沼津は今、東京の働き口を探している」

「ソウちゃん、学校は楽しくなかったの？」

「あいつはおまえに救われたと沼津に言ってたそうだ。おまえと将棋がなかったら、自分はどうなってたか分からないと」

「僕もソウちゃんがいなかったら、学校に行かなくなってたかもしれない」

「おまえは、そんなことはないだろう。ただ味気ない小学生時代を送ってたのは確かだろうな。おまえらは、お互いに高めあってたんだよな」

「もう、ソウちゃんとは会えないの」

ふと、そんな気がした。

「学校が違うだけだ。その気になればいつでも会える」

相場は何も言えなかった。

「今も西村の塾には行ってるのか」

「中学が始まるまで毎日来いって」

「西村の特訓はきついか。あいつは思い込んだら、相手の気持ちなんて考えないからな」

「面白いよ。時々、面倒臭くなるけどね。西村先生の説明がくどすぎて。もっと簡単にしてくれた方がいい」

「先生と生徒の逆転もそんなに遠くはないな」

元治は軽くため息をついた。


取海にとって新しい生活が始まった。中学に通いながら、プロ棋士として活動する。

プロになると棋士はまず順位戦のC級2組に所属することになる。プロ棋士では最下位ランクだ。その下にフリークラスがある。

六月から翌年の三月まで約十ヶ月かけて順位戦が行われ上位三人がC級1組に昇格できる。

その上にB級2組、B級1組、A級があり、それぞれ順位戦が設けられている。下位の二人が降格し、A級以外は上位二人が昇格する。

A級順位戦の優勝者は名人戦の挑戦者となる。名人位には、限られたトップ棋士が死力を尽くして挑戦権を得て挑むのだ。名人は最高のタイトルと言われている。名人戦以外のタイトル戦は、基本的にすべてのプロ棋士に挑戦する資格がある。

「現在、C級2組四十五人、C級1組三十一人、B級2組二十二人、B級1組十三人、A級十人が在籍している。百二十人を超えるプロがしのぎを削っているんだ」

沼津が取海に説明した。

「俺はなんで中学に行かなあかんのや。将棋だけがしたい。早う強うなりたい。名人になりたいんや」

「なればいい。おまえならなれる。中学に行きながらでも将棋はできる」

「将棋以外の勉強なんて俺にはムダやで。本気にはなれん」

「トシだって中学には行くだろう」

「私立中学に行く。大学にも行くやろ。将棋よりおもろいもんができたんやから。数学とコンピュータ。奨励会にも問題持ってきて考えとったわ」

「あいつはおまえに負けて、将棋を捨てたんだ」

「そうやない。将棋を捨てたんやない。トシちゃんは――」

後の言葉が続かない。トシちゃんは将棋が大好きなんや。俺と同じくらい好きなんや。取海は心の中で叫んだ。でもトシちゃんは――。将棋からも俺からも去っていった。相場の本当の気持ちは取海にも分からない。いや、分かっていたのだ。ただ、認めたくなかった。

3

〈陽光精密機器の技術提携の件がおかしくなりました〉

長谷川から電話があったのは、賢介が大学に来た二日後だった。相場が高野と実験室から帰ってきたとき、スマホが鳴った。

「決まりかけていたんじゃないのか」

〈相手側からの一方的な契約の白紙撤回です。役員は大慌てです〉

「今さらそんなことが可能なのか。法的な問題はないのか」

〈詳しいことは分かりませんが、そういう状態です〉

相場は高野に状況を説明した。

「陽光精密機器とシグマトロンはライバル関係にある。常にお互いのことは意識しあっているんだ。特に陽光精密機器はシグマトロンに追い付け追い越せをスローガンに掲げている。シグマトロンが東洋エレクトリック工業に対して技術提携を働きかけているのを知って、慌てて持ちかけてきた話じゃないのか。落ち着いて調べてみると、使い方が分からない。扱いに困った挙げ句の決定だろう。企業としては無責任な話だが、世界の企業間の競争はそれほど過酷で非情だということだ」

高野は淡々と話してはいるが、関係企業にとっては存亡を左右される問題だ。

「それで許されるのか」

「陽光精密機器にとっては、考えに考えた末での行動だったんだろう。社内に会社の存亡に関わると思った者がいたのかもしれんな。一度決定すれば、後はドライだ」

高野がしみじみと言う。

「シグマトロンとの技術提携はどうなっている」

「一度手放したことだからな。僕は知らない」

相場と高野はお台場のビルにある高野の会社、パインに行った。

「アメリカから日本のベンチャー企業視察のツアー客が来るんだ。将来性があると思った企業に出資してくれる。日本人より遥かに先見の明のある人たちだ」

二人が実験室に入ると七人の見学者がいた。おそらく三十代前半、白人、黒人、アジア系の者もいる。全員がメモを取りながら熱心に説明を聞いていた。

「ブレイン・マシン・インターフェース搭載のロボットは、人間の脳の信号を読み取って、その人の代わりに動くヒト型ロボットです。このロボットと人工知能を組み合わせれば、かなり緻密な作業までできるようになります」

パインの社員が説明して、デモンストレーションとしてロボットにハート模様を描かせた。

それが終わると、一人の男が相場に近づいてきた。相場の胸のネームプレートに目を留めている。

「あなたがプロフェッサー相場ですね」

片言の日本語で問いかけてくる。相場は頷いた。

知らない顔だ。年齢は三十歳を超えていると思われるが、どこか幼さを残している。

「会えて光栄です。教授の最新の論文『脳と人工知能の未来』を読みました。世界の未来を言い当てている。評価されている以上に重要なものだと思います。世界はまだそれに気づいてはいない」

相場が先月、アメリカの学会誌に発表した論文だ。脳と人工知能の関係、人工知能の未来とそれが作り出す世界を具体的に描いた。学術論文とはニュアンスが違っているため、専門家の間では大きな話題にならなかった。

「読んでくれていて嬉しいです」

「私もあの世界を体験したい。そして、その助けになりたい」

男は興奮した口調で言う。

「教授とこの企業の関係は」

「うちの技術顧問。社員と同じです。彼と私は兄弟のようなものでしてね」

高野が相場の肩に手を置いて、会話に入り込んでくる。

「ドクター・アイランド、もう時間がありません」

ツアーを率いている女性が言う。

「また是非、お会いしましょう。相場教授」

アイランドと呼ばれた男は相場の手を取ったが、女性に腕をつかまれて部屋を出ていく。

「知ってる男か」

「僕は知らない。彼は僕を知っているようだ」

「俺の会社の顧問になれよ。今は大して払えないが、そのうちに大儲《おおもう》けさせてやる」

高野が相場の肩を引き寄せた。

◇

相場は中高一貫校、私立明陽学園中等部に入学した。小学校とはまったく違った生活が待っていた。明陽中学は自由な校風で有名だった。関東一円から秀才が集まる。

「相場くんだろ、きみは。僕は辰見恵一《たつみけいいち》」

入学式の日にクラスに入ると、相場より頭一つ長身の少年に挨拶された。

「そうだけど、どうして僕のことを知ってるの」

「古島《こじま》先生に、算数で満点を取った子が入学したって聞いた。満点は十二年ぶりなんだって」

「古島先生って?」

「中等部の数学主任で、入試の問題を作ってる。絶対に数学クラブに入部するよう勧誘に来るよ」

「なんで、そんなこと知ってるの」

「僕の叔父さんなんだ。昨日の夜、うちに来てお父さんと話してた。今年から面白くなるぞって」

「辰見くんも数学クラブに入るの」

「僕は迷ってる。コンピュータ・クラブに入るつもりなんだ。きみはコンピュータはやらないの。これからは絶対にコンピュータの時代だぜ。将来、必ず得するよ」

相場は将来について考えたことはなかった。ただひたすら将棋を指し、数学に関しては与えられた問題を解く楽しさを見出していた。時代や将来という言葉を使う辰見がひどく大人びて見えた。

「いつまでに決めなきゃならないの?」

「期限なんてないんじゃないのかな。でも早いに越したことはないと思う。クラブに入れば、高校生の先輩とも友達になれるし、いろいろ教えてもらえる。この学校はクラブ活動も中高一貫でやってるんだ」

辰見の言葉通り、翌日の昼休み、古島から相場に職員室に来るように言われた。

職員室では長身で色白の教師が相場を待っていた。よく見ると顔が辰見に少し似ている。周囲の教師たちは小学校の教師と違って、個性的というのだろうか。教師らしい教師はほとんどいない。スニーカー、サンダルを履いている人もいるし、長髪、髭を生やしている教師もいた。

「きみが相場くんか。開明塾の西村先生に聞いていた。数学のジーニアスがうちに来るって。彼の言葉通り、入試の算数はよくできていた。ある程度の力は認めるよ。でも、あれだけじゃ本物かどうかは分からない。入学試験だからいろんな受験者用に工夫してある。これは数学の力を確かめるためのモノだ。今日帰るまでにやってきなさい」

古島が一枚のプリントを渡した。二つの問題が書いてある。相場は西村と同じじゃないかと思いながらプリントを受け取った。

「でも、授業があります」

「今日は初日だから、オリエンテーション、説明だけだ。そんなのは聞かなくてもいい。以上だ。戻っていいよ」

古島が机に向き直って、相場のことなど忘れたように書類に目を通している。

相場はしばらく立っていたが、一礼して教室に戻った。

「プリントを渡されただろ。見せてくれ」

相場はプリントを辰見に渡した。

「やっぱりな。相手を見て問題を変えてるんだ。きみの方が遥かに難しそうだ」

「辰見くんもプリントを渡されたの？」

辰見が同じようなプリントを相場に見せた。問題は異なっている。

「帰るまでに持ってくるようにって。でも、授業があるでしょ。できそうにないよ」

「ここの教師はみんな勝手なんだ。力があるとなると、とことん絡んでくるけど、ないと相手にしてくれない。コレって、かなりおかしい。だってここは中学校、義務教育だぜ」

辰見は心底憤慨しているようだ。その気持ちが相場には分からなかった。今まで教師とは絶対的に従うべき存在だった。だが、辰見は自分と対等と見なしている。

「それで、数学クラブとコンピュータ・クラブ、どっちにする」

「両方入ればいいんじゃないの。どっちも、面白そうなんだから」

辰見がプリントを机に置いて、相場を見つめた。

「そんな簡単なことを思いつかなかった。両方入って面白い方を続ければいいんだ」

「両方続けてもいいし」

「本当だ」

辰見がしきりに感心している。

「ジーニアスって何？」

「天才って意味の英単語。どうかしたの」

相場はプリントをもう一度見直した。本気で考えれば放課後までに解けそうに思えた。

「だから、今季はムリなんだよ。すでに竜王ランキング戦は始まってる」

将棋会館の受付職員はうんざりした表情だ。取海と話し始めて、三十分近くがすぎている。

「どうしてもダメですか」

「今はランキング戦の最中だよ。途中参加はムリだよ」

「プロ棋士全員が参加すると聞いています。俺だってプロです」

「それは分かってるが、今季はもう始まってるんだ。きみは棋士になって数ヶ月、タイトル戦より順位戦で勝ち進むことを考えたらどうだ」

職員が諭すように繰り返した。

「俺は竜王になりたいんです」

「なんで竜王戦にこだわるの。名人と同じくらいビッグタイトルだよ。君はまだ小学生だから――」

「名人戦には今は出られないんでしょ。だったら出られるものと思って。それに竜王戦の優勝賞金は四千二百万円と聞いてます。母ちゃんにマンションを買ってあげたいんです。それだけあれば買えるでしょ」

「買えないこともないが、やはりまだ早いんじゃないか。まずこの一年、じっくり将棋を研究して基礎を作り、棋力を上げる。C級1組に昇格することだけ考えればいいのでは――」

「俺はプロや。勝ちたい。タイトルを取りたいんや」

取海の声の調子が変わった。職員の顔が強ばる。

「じゃ、好きにするんだな。確かにきみには資格はある。しかし、プロの世界は甘くないぞ」

「俺は誰にも負けへん」

　取海は職員を睨み付けた。

「次の竜王ランキング戦は十一月からだ。受付が始まるまでは順位戦をがんばるんだな」

　職員は取海を残して席に戻っていった。

4

　相場が高野の会社パインを訪ねた翌日、賢介から電話があった。

〈今日、食事でもしないか〉

　相場は了解した。もう一度、賢介から話を聞きたい。東京駅近くのホテルのレストランで会った。

「日本通信に加えて、ヤマト電子も発注を取り消してきたようだな」

　長谷川から定期的に電話があって、東洋エレクトリック工業の状況は把握できていた。

「こうなった以上、シグマトロンの援助を受けるしかないだろう。なるだけいい条件を引き出すしかない。CEOと会うという話はどうなったんだ」

「返事がないのでそのままになっている。その間に、陽光精密機器の話でこっちが混乱し始めた」

「できるだけ早急に問い合わせるべきだ」

「連絡は取ったよ。シグマトロンが条件提示を待ってくれと言ってきている。中国がらみのこちらの状況をつかんだのかもしれない」

「リサCEOには前に一度会ったんだろう。いい人だって感激してたじゃないか」

「おそらく援助はダメだろう。新しい相手に振られたので、よりを戻してくれと元の彼女に頼み込んでいるのと同じだからな」

　賢介がビールを飲み干した。

「シグマトロンの創業者トーマス・ペインが兄さんに会いたいらしい。何とか話をつけてもらえないか」

「なんだか、なりふり構わずという感じだな」

「仕方がないだろう。俺たちばかりじゃなくて従業員と家族の生活がかかっている」

「トーマス・ペインはどんな男だ」

「MIT中退の四十一歳。マスコミ嫌いで通っている。だから、最近の彼の写真を見た者はいない。十年以上も前に当時三十代後半だった姉のリサをCEOにして自分は好きにやってるらしい」

「何をしているんだ」

「俺は知らない。兄さんが直接会って聞いてほしい」

　賢介がビールのグラスを置いて相場を見つめた。

「シグマトロンとの技術提携はどうしても進めたい。シグマトロンがアジアで受託している生産を東洋エレクトリックが肩代わりすることもできる。シグマトロンもそれを望んでるんじゃないか」

「僕はシグマトロンの目的は別のところにあると思う。現在のシグマトロンの力があれば、アジアの生産は問題ないどころか余裕だろう」

　相場は考え込んだ。

「やはり製造以外の分野への進出だ。技術力は十分にある。ただ、どの分野かが分からない」

「東洋エレクトリックの技術分野に関係しているところだろ。だから執拗《しつよう》に提携を提案してきた。連絡を取れば彼と会って話してくれるか」

「何を話すんだ。僕に会社のことは分からない」

「相手が会いたがっているんだ。直接聞けばいい」

賢介が両手を合わせて拝む仕草をした。いつもとやることは同じだが、表情が違う。賢介は必死だ。

相場は頷かざるを得なかった。

帰りに相場は高野の会社に寄った。午後九時すぎだが、まだ大半の社員は残っていた。企業というより、大学の研究室の延長に近い。社員の平均年齢は三十歳を切っている。

「シグマトロンは東洋エレクトリック工業の技術や特許を狙っているんじゃないのか。だったらその――」

「創業者はトーマス・ペイン。CEOは姉のリサ・ペインだ。トーマス・ペインについて知りたい」

「突然姿を消したというのが正解だろうな。表舞台から消えてしまった。その謎がよけいにカリスマ性を強めている。MIT三年のとき中退してベンチャーを立ち上げたんだ。ロボット関係だった。それが突如、EMS企業に変身した。アイデア勝負のベンチャーより、手堅い製造業を選択した」

高野が部屋の中を歩きながら考えている。

「二十年であれだけの大企業に育てあげたのは、トーマス・ペインのカリスマ性とリサの経営手腕があったからと言われている」

「弟に引き抜かれたということか。トーマスはもっと技術にかかわっていたかったのだろう」

高野が軽く息を吐いた。

「俺の会社だって大変なんだ。新たな融資が得られなきゃ、ヤバくなる。ブレイン・マシン・インターフェース搭載のロボット製作なんて十年単位の研究開発だ。結果なんてすぐに出やしない」

初めて聞く、高野の愚痴に似た言葉だった。

◇

相場はすぐに中学に馴染んだ。小学校時代とは比較にならないくらい自由で楽しかった。

制服を着て通学するのは中学一年の一学期までだった。夏休みが終わり、二学期が始まると九割の生徒が私服で通学する。校則はあるが、授業と他の生徒の邪魔をしない限りは、ほとんどのことが許された。国語の授業中に数学の問題を考えることもできた。

試験は厳格だった。合格点に満たないものは容赦なく赤点となり、合格するまで受けることになる。合格しなければ落第が待っている。

相場は月曜日から金曜日まで、放課後は一日交替で数学クラブとコンピュータ・クラブに通った。

数学クラブは国際数学オリンピック出場が大きな目標だった。部員数は中学一年から高校三年までで七十人近くいた。部員たちはまず、国際数学オリンピックの予選を兼ねる日本数学オリンピックに勝ち残ることを目指して勉強する。最終目標は国際数学オリンピックでの金メダルだ。

部室には国際数学オリンピックの英文の表彰状、銀メダルと銅メダルが二つずつ飾ってある。ほぼ毎年出場はしているらしいが、金メダルを取った者はいない。

数学クラブは新入生一人に高校生がマンツーマンでつく。相場の担当は村松新《むらまつあらた》という高校二年生だった。この先輩に数学の基本になる整数や虚数、素数といった概念や各分野の基礎事項を教えられる。

「数学オリンピックの問題は、Aの代数と解析、Nの整数論、Gの幾何、Cの組み合わせ理論に分けられる。これらについて基礎的なことをまず勉強して、後は部室に備えられている参考書や過去の問題を見ながら自習だ。高等部に上がって、力があり、かつ運がよければ数学オリンピックの合宿に出られる」

村松が多少自慢げに言った。彼は日本数学オリンピックの夏合宿に参加が決まっている。

「どうだ、勉強についていけそうか。小学校のように、手取り足取りはやってくれない」

「将棋クラブや奨励会の自主勉強と同じです。将棋はいつも相手がいましたが」

「きみなのか。今年は奨励会をやめてきた新入生がいると聞いてたが」

相場が頷くと村松の表情が変わった。

「実は僕は小六のときに奨励会を受けて落ちたんだ。きみはいくつのときに入会したんだ」

「小四です」

「何級でやめたの」

「三段です」

「ウソだろ？　三段リーグに参加したの」

さらに村松の表情が変わっている。

「何年生のとき？」

「六年のときです。負けました」

相場の脳裏を取海との対局がかすめた。あれは完全に負けたのだ。時折り棋譜が思い出されたが、振り払って考えないようにしている。

「小六で三段。まだ時間は十分あるのに。プロ棋士になる気はなかったの」

相場は黙った。自分でも分からない。取海に奨励会退会を告げたとき、なぜかここは自分の居場所ではないと強く感じていたのは事実だ。

「将棋より、数学の方が絶対に面白いよ。世界共通の言語だし。国際数学オリンピックのメダルだって将棋のタイトル並みに価値がある」

村松が相場を慰めるように言う。奨励会の厳しさと残酷さを多少ながらも知っているのだろう。

「国際数学オリンピックのメダル、きみだって頑張れば取れるよ」

「フィールズ賞も取れますか」

「よく知ってるね。僕だって欲しいと思ってる。難しいだろうけどね」

村松が何を言ってるんだというふうに相場を見返した。

その日の夜、相場の部屋に元治が来た。

「学校はどうだ。楽しいらしいな」

元治が相場の表情を見ながら言う。

「小学校とは全然違う。面白いよ。変わった人も多いし。本ばかり読んでる人や、手ぶらで来る人もいる。授業中、何をしてても叱られない。先生や他の子の邪魔さえしなければ」

「昔と同じだな。教科書はどうしてるんだ」

「机とロッカーに入れてる。辰見くんはノートパソコンに入れてる。もうプログラムだって組めるんだ」

「おまえだって組めるだろう」

「辰見くんはゲームを作って販売もしてる。だからお小遣いはもらってないと言ってた」

「やはり時代は変わった。俺たちの時代ならば、単なる生意気な変わり者だ」

「辰見くんは高校生になったら会社を作るんだって。社長になりたいらしいよ。早すぎるでしょ」

「おまえだって、小学校を出たら将棋で名人になりたかったんだろ」

相場は黙り込んだ。

「まだ未練があるのか。まあ、小学二年からか、将棋を覚えて四年と半年余り、頑張ったもんな。奨励会で三段までいったんだ」

「楽しかった。ソウちゃんとも友達になれたし」

「取海は大活躍だな。将棋の方も、おしゃべりの方も」

「知らなかった。ソウちゃん、そんなにおしゃべりなの」

「名人だの賞金だの、絶対に負けない、タイトルを全部取る、マンションを買うなどと、中学生が言うことじゃない。子供だから許されるということもあるが」

「よかったじゃない。ソウちゃんは将棋以外のことは話さないかと思ってた。絶対に名人になるよ」

「連絡は取りあってないのか」

相場は首を振った。

「将棋クラブには行ってないのか」

「ソウちゃんは行ってるの」

「もう行く必要もない。俺も行ってないし、たまに沼津と取海の噂を聞くくらいだ」

元治も寂しそうに言った。

取海は順調に順位戦で勝ちを重ねているらしい。翌年の一月半ばには、C級2組の順位戦で九勝の成績で、すでにC級1組に昇格を決めていた。あとの一局で負けても二位以内は決定している。

5

突然ドアが開き、飛び込んできたのは高野だった。ノックがないのは珍しい。

「何かあったのか」

相場の問いに答えもせず、高野は部屋の中を歩き回っている。

「俺のところにも電話があった。ヘンリー・ワトソンという男だ。二百万ドルだ」

「落ち着いて話せ。それじゃ、何も分からない」

「日本円で二億二千万円ってところだ。これだけあれば、借金を清算しても半分以上残る。いや、借入金も面倒見るってことだったな。てことは、すべて俺に入るっていうのか」

高野がこれほど興奮するのは珍しい。

「座って、僕にも分かるように話してくれ。まずヘンリー・ワトソンという男は何者だ」

「彼はヒューマンα《アルファ》という企業の社長だ。声と話し方からして、若いと思う」

「聞いたことのない会社だ。彼がどうしたんだ」

「パインを買い取りたいというんだ。すべての特許、技術を一括で。総額二百万ドル。従業員八名のベンチャーで、やっとロボットを一体作っただけの会社だ。社長は俺、従業員もそのままだ。ただ役員とエンジニアを一人送り込んできて、技術はすべて親会社のヒューマンαが所有する」

「それで、承諾したのか」

「断わった。きっぱりとね」

「だったら、もう関係ないんじゃないのか。金も手に入らないが」

「確かにそうだな。だが初めて俺たちの会社を認めてくれる人が現れた。話は続きがあるんだ。金額に不満があるのかと聞いてきた。俺はそうだと答えた。だったら、いくらなら売るかと聞いてきた」

高野が立ち止まって、椅子を引き寄せて座った。自分を落ち着かせるように何度も深く息をする。

「十倍はいると答えた」

「二千万ドルか。大きく出たね」

「それで手を打とうと言ってきた。二十二億円だぞ」

相場は思わず高野を見た。予想もつかない金額だったのだ。どう高く評価してもせいぜいその五分の一だ。

「それで、手を打ったのか」

「一日待ってくれと頼んだ。会社は手放したくない。金は欲しい。この話を受ければ研究費も好きなだけ出すそうだ」

「何を悩んでる。おまえの夢だったんだろ。ベンチャーを立ち上げて、大金持ちになることが」

「おまえも、そう思うか。大金持ちでもないが、あまり欲張るとロクなことはないな。このくらいで手を打つか。でも会社は手放したくない。俺の子供と同じだ」

高野が立ち上がり再び歩き始める。

「だが、信じられるか。創立七年の鳴かず飛ばずの会社だ。普通では考えられないことだ」

「ヒューマンαとは聞き慣れない会社だな。そんなに資金力のある企業なのか」

「本社はアメリカ、ロサンゼルス。カルテックの近くだ。ロボットを中心にＩＣＴ技術開発、ブレイン・マシン・インターフェースの開発もやっている。何でも屋のよく分からない企業だ」

「まさか、おかしな奴らじゃないだろうな」

高野の顔つきが突然変わった。

「おかしいって、どういう意味だ」

今度は相場が黙った。金は相手が出すのだ。高野にリスクはない。

◇

「面白いものをやってるな」

相場が持っていたプリントを村松が手に取った。

「古島先生に解くように言われています」

「整数論だな。中一にはムリだ。古島先生は問題を間違えたんじゃないか。この一問目は誰が解いたんだ」

「僕ですけど。二問目はあと少しでできそうです」

「きみ、いつからこれを解いている」

「今朝学校に来たときに受け取りました」

「毎日やってるの。いつから？」

「もう三ヶ月になります。途中で何日か休んだだけ。金曜日の帰りに土日の分も渡されます」

「じゃ、今までの問題は解けたの」

「しんどかったです。毎日、学校に来ると職員室に取りに行って、帰るまでに解いて持っていきます。間違ってると、帰してくれません。一度なんか六時近くまで残されました」

二人の会話を聞いていた部員たちがやってきた。

「こいつすごいよ。もう、基礎的な数学知識は持っている。いや、それ以上だ」

「どこで習ったんだ。小学生に高校、大学レベルの数学を教えるところなんてあるのか」

「西村先生のところです」

「開明塾の塾長だよな。古島先生の友達だろ。僕もあそこに通ってた」

俺もという声が、いくつか上がった。

「いずれ、国際数学オリンピックに出させるつもりじゃないか」

「来年は予選に出るように言われてます」

部員たちは顔を見合わせている。


夏休みに入る前の日曜日の朝、相場の家の前に段ボール箱が置かれていた。宛名も送り主名もない。数学に関する本が入っていたので、相場の部屋に運ばれた。

『大数学者』『天書の証明』『ガロア理論』『フーリエ解析』『トーリック多様体入門』『組みひもの数理』『超積と超準解析』——様々な種類の数学の本だ。

翌日、相場のところに来た元治に見せた。

「数学の美しさと明快さを集めた本だ。数学のいろんな分野を網羅している。読んでみるといい」

いつもの元治とは違って、手に取った本のページをめくりながらおごそかな口調で言う。

「元治さんが置いていってくれたんじゃないの」

「俺にはもう遠い世界だ。とうの昔に売ったか、誰かにやってしまった」

「じゃあ、西村先生かな」

「あいつ、洒落《しゃれ》たことをするな」

「元治さんも読んだの」

「高校時代にな。自分の才能のなさに嫌気がさした。中学生には難しいだろうが、おまえなら、大丈夫かもしれない」

かすかにため息をついて他の本を手に取る。

「『大数学者』はガロアやガウス、コーシー、アーベル、リーマンといった、世界の数学者の人生を描いている。『天書の証明』は、数論、幾何学、解析学、組み合わせ論、グラフ理論における様々な定理と証明が集められている。読んでると楽しくなる。俺は寂しくなったけどな」

その夜は本をパラパラめくりながらすごした。ほとんどが分からなかったが、妙な懐かしさとときめきを感じた。これから自分は未知の世界に踏み出そうとしている。相場は徐々にではあるが新しい世界に溶け込んでいった。


翌日、『天書の証明』を数学クラブに持っていって読んでいた。

「きみもそれを読んでるのか」

村松が黒ずんだ本をカバンから出して見せた。開くと赤線や書き込みがぎっちりとある。

「僕は中学三年から読み始めて先月までかかった。でも数学の本当の楽しさが分かったよ」

大切な玩具《おもちゃ》を持つように指先でなぞっている。

「俺は絶対に竜王になる。タイトル全部取って、最後は名人や。邪魔する者は蹴散らしてやる」

その年の十一月、取海は沼津に言った。

「俺も応援している。おまえはもうプロ棋士だ。俺に口出しできることはない。だが将棋を甘く見ていると、いつか断崖から突き落とされるぞ」

このころには沼津と取海の母、弘江は結婚して、家族で東京の家に一緒に住んでいた。

竜王戦は1組から6組に分かれた竜王ランキング戦から始まる。このトーナメントにはプロばかりではなく、女流棋士やアマチュアも参加できる。十二月ごろからトーナメント戦が始まり、翌年の夏に決勝トーナメントが行われ、八月か九月に挑戦者が決まる。

竜王と挑戦者が対局する竜王戦七番勝負は十月から十二月にかけて行われる。勝者の賞金は四千二百万円、敗者は一千五百五十万円。挑戦者決定三番勝負の対局料は四百四十万円ずつ。前身の十段戦から数えるとその歴史は名人戦に次いで古く、賞金も高額なビッグタイトルだ。竜王の名は略して竜とも呼ぶ飛車の成り駒からきている。タイトル獲得最年少記録は十九歳だ。

十二月、取海は竜王ランキング戦に参加した。

第八章　自立

1

高野からヒューマンαによるパイン買収の話を聞いた翌日の午後だった。高野が相場の研究室にまたふらりと入ってきた。高野の目は赤く腫れぼったかった。昨夜は寝ていないのだろう。

「昨日の話はどうなった。冷静なところを見ると、白紙撤回というところか」

高野が経営するICT企業、パインをヒューマンαは二千万ドル、日本円で約二十二億円で買いたいという。

「白紙撤回じゃない。真っ赤なバラではないが、ピンクのバラといったところだ」

「断られたのか」

「俺が断った。一晩寝ないで考えた結果だ。パインは俺が生んで育てているところだ。いくら高額を提示されても、子供を売り飛ばす親はいないだろう」

そう言いながらも高野の表情は煮え切らない。まだ迷っているようだ。

「実のところ、パインが二千万ドルとは信じられない。なにかある。なにかを求めて買い取ろうとしている。そう考えると、売るのが惜しくなった」

「相手は驚いただろう」

「ただ断ったわけじゃない。技術協力を申し出た」

「妥当なやり方だ。相手は――」

「ただ一言、考慮してみます、ガチャンだ」

「僕には分からない。会社の価値なんて」

相場の脳裏に賢介の顔が浮かんだ。最後に会ったときの、疲労と焦燥の滲んだ表情。以来、連絡はない。

「昨日、おまえに会った後、会社に戻って創業以来七年間の取得特許、製品開発で関わった事例など調べ上げた。それだけの価値があるモノは分からなかった。東洋エレクトリックと同じケースだ。おかしいとは思わないか」

「買いたいと言ったのはヒューマンαだったな。僕もチャンスがあれば、アメリカの友人に聞いてみるよ。どういう会社なのか」

「もういい。雑念は捨てたい。だが俺はパインを救ったのか、最大のチャンスを逃したのか――」

高野は深いため息をつくと帰っていった。


東洋エレクトリック工業の株価は下がっていた。連日、ストップ安が続く。わずか数日で三十パーセントの暴落だった。まだ下がり続けるという噂もある。

大口取引先の二社が抜け、売り上げが半分近く減っている。取引中止になった日本通信関係の部品を製造していたラインの従業員は他の工程に振り分けられ、かろうじて自宅待機は避けていた。

久しぶりに相場の研究室を訪れた賢介の顔色はますます悪くなり、元気を装う気力も消えていた。

「おまえがしっかりしなきゃダメだろ。社長の代弁者なんだろう」

「来週、トーマス・ペインが日本に来る。そのとき、俺と一緒に会ってくれないか」

賢介が頭を下げた。

「約束だから会うがどうすればいい。もう一度、東洋エレクトリック工業との技術提携を進めてほしいと言うのか。それで話がまとまるとは思えない」

賢介は頭を下げて無言のままだ。

「僕の立場は一株主でいいのか。株は全部、父さんに返しているが」

「父さんはただ株を預かっているだけだ。主要株主の欄には兄さんも載っている。これは現在の会社にとって、大きな強みになっている。世界的に有名な人工知能の学者が関係している会社として」

やっと賢介が顔を上げた。

◇

夏休みが終わり、相場は約半年ぶりに開明塾に来ていた。

「もっと早く来ようと思っていたんですが、学校が忙しくて」

「二つの部活を掛け持ちしてるそうだな。数学科の古島は俺の友人なんだ。ときどき連絡が入る」

「西村先生のように毎日問題を出すんです。できるまで帰るなって」

「俺が古島に教えた方法だ。頭は集中と切り替えが必要だ。その日のことはその日に解決しろ」

西村が声を上げて笑った。他の授業もあります、という言葉を相場は呑み込んだ。

「なにか用があるのか。俺の顔を見に寄ったわけじゃないだろう」

相場は改まった顔で頭を下げた。

「ありがとうございました。すごく勉強になっています。数学、頑張ります。元治さんが早くお礼に行けって」

「おまえは頑張るより楽しめ。本物の数学なんて頑張ってもできるもんじゃない。もっと崇高で神秘的なものだ。おまえは神様に感謝するんだな。で、何のことだ。そんな礼を言われる覚えはない」

「僕の家の前に数学の本をたくさん置いてくれたのは先生なんでしょ。元治さんもそうだろうって」

「俺は知らんぞ。俺が置いていくとしたら、本じゃなくて問題のプリントだ」

「そうなんですか……。『大数学者』や『天書の証明』といった本ですが」

西村はうなずく。

「最高の本だ。俺も読んだぞ。高校時代と大学に入ってからだが。おまえなら今でも読めるだろう」

「でも先生じゃないとしたら誰なんだろ」

「いいじゃないか、誰でも。爆弾やおかしなものじゃないんだから。おまえを応援している者は多い。それで、おまえはどこまで読んだ」

「まだ半分くらいです。夏休み中に。何冊かは難しくて……。残りは中学卒業までには読みます」

相場は上の空で答えていた。誰が置いていったのか、思い浮かばなかった。

「なんだかおまえ、遠い存在になった感じだな。身長もずい分伸びただろ。俺にとっては小学生の相場の方がよかったよ。おまえのプリントの解答を見るのが楽しみだった」

「僕も楽しかったです。先生は少し怖かったけど」

「おまえには優しかったはずだぞ。でも、ちっとも楽しそうじゃなかったな。嫌々やっている感じだった」

「説明を聞くのが面倒だっただけです。先生の話は長かったから。最初のヒントをくれるだけでよかったのに。それ以外は無駄話です。早くやりたかったのに聞いてるのが疲れました」

西村が軽いため息をついた。

「そのときに言えよ。俺は必死で考えながら、無駄な説明をしていたのか」

「熱心に話してくれてる先生に悪いと思って。先生が僕に新しい道を教えてくれたのは本当です」

相場は強く言った。

「俺にとっても、最高に教えがいがあった。すぐに俺を追い越したがな。おまえに説明する前日には、俺だって必死に考えてたんだ。おまえが直感的に答えを出す問題でも、数時間かけて」

「ごめんなさい。そんなの知らなかった」

「謝る必要なんかない。それが才能というものだ。おまえという才能を世に送り出しただけで、俺は報われた。今度は国際数学オリンピックで金メダル、そしてフィールズ賞だ」

西村は嬉しそうだが、寂しそうでもあった。


十二月、取海は竜王ランキング戦に出た。トーナメント形式で約半年間行われる。上位者が決勝トーナメントに出場できる。

1組から6組まであり、1組のトーナメントには原則十六人の棋士が参加する。前回の竜王戦七番勝負の敗者、1組残留者、2組からの昇級者に参加資格がある。優勝賞金四百五十万円、準優勝賞金は百十万円だ。1組の上位五名には決勝トーナメントへの出場権が与えられる。

プロ棋士になったばかりの取海は6組に出場した。6組は1組から5組にもれた棋士と女流棋士、奨励会員、アマチュアが参加する。優勝賞金は九十万円。優勝者だけが決勝トーナメントへの出場権を得る。

将棋連盟や沼津たちの予想に反して、取海は勝ち進んでいった。

夏前には6組で優勝し、九十万円を得て、決勝トーナメントの出場者となっていた。中学二年時という最年少出場記録が話題になったが、大方の予想は決勝トーナメントの序盤に脱落するだろうというものだった。

だが取海はさらに勝ち進んだ。勝ち上がるにつれてマスコミの扱いが大きくなった。天才少年の出現、神童現る、将棋界の奇跡――そんな見出しが新聞や雑誌を賑わすようになった。

「俺は竜王になる。次は名人や」

これが取海の口癖となった。そして九月、蓋を開けてみれば、取海は決勝トーナメントに優勝し、竜王戦挑戦者の資格を得た。目を見張る快進撃だった。取海は大波に乗っていた。

竜王戦七番勝負は十一月初旬に始まった。約二ヶ月かけての七番勝負、先に四勝したものが竜王となる。優勝賞金は将棋界最高の四千二百万円。敗者も一千五百五十万円を得る。

相手は渡辺諒《わたなべりょう》竜王名人、三十二歳。渡辺は名人位を含めて四タイトルを保持していた。取海は中学二年、十四歳だ。

「歳の差十八の真剣勝負」と見出しをつけた新聞もあった。

七番勝負でも取海は三連勝した。あと一勝すれば新竜王が生まれる。

史上初の中学生竜王誕生か、奇跡の中学生、新竜王なるか――当日の新聞に躍った見出しだ。

前夜、取海は眠れなかった。プロ棋士になってからは初めての緊張だった。ここ一番という対局には駒を持つ手が震えることもあったが、対局では不思議と平常心で指せていた。

第四戦で取海は敗れた。八時間の持ち時間を使いきっての負けだった。

その後、取海は三連敗した。負けが続くと思わぬミスを連発した。

結局、取海は三勝四敗で惜しくも敗れた。それでも賞金を得て、その金を頭金にして母親にマンションを買ってあげた。一つの夢が叶《かな》ったのだ。

さらに次の年の竜王ランキング戦は1組に入るシード権を得た。

竜王戦では躓《つまず》いたが、順位戦は順当に勝ち上がっていった。毎年ランクを上げ、中学三年になったときには、B級2組に所属していた。同じランクの棋士は二十人強、十代は取海だけだ。

学校が終わると、そのまま将棋会館に直行して対局をし、棋譜を研究する毎日だった。大人たちに交じる制服姿の小柄な中学生――取海の姿は異色だった。

取海の指す将棋スタイルは徐々に変わってはいたが、本質は同じだった。勝つことのみを目的とした攻撃的な将棋と言われていた。

「あいつの将棋は対局者のミスを引き出し、そこをとことん突いていく邪道な将棋だ」

「あれも一つのスタイルだ。プロならまず勝たなきゃならない。いくら上品でも何の価値もない」

「大相撲と同じだ。心技体が備わってこそ、大相撲の最高位、横綱になれる。あいつは将棋の最高位、名人にはなれないね。せいぜいA級の将棋上手止まりだ」

「単なる精神論じゃ勝てない。取海のすごいところはハングリー精神だ。あの何としても勝ちたい、勝たなきゃならないという精神こそ、勝利を生み出している」

「何でもいいからタイトルがほしい、取れるものはすべて取ると豪語している。節操がない」

「節操とはどういうことだ。勝負事は勝たなきゃダメだ。勝てば大抵のことは許される」

取海のスタイルに対する称賛と非難の声は、ほぼ拮抗していた。

2

昼下がりの大学構内にはゆったりした時間が流れている。相場はこの時間が好きだった。教室の移動で構内を歩くときも様々なアイデアが浮かんだ。

学生たちとの昼食を終えて、食堂から出ようとしたときだった。

「あの人、三十分前にも見ました」

秋山の視線の先を見ると、車椅子に乗った髭面の外国人が券売機の前で戸惑った表情をしている。痩せていて、髪には白いものが交じっていた。六十代ぐらいに見えた。

「どうかしましたか」

相場は英語で声をかけた。

「このいまいましい機械だ。使い方はやっと分かったが、外国人や障害者向けにはできていないな。ここにはそういう心遣いはないのかね」

「申し訳ありません。僕がお金を入れましょう」

「そのくらい自分でできる」

「でも、うちの学生があなたを三十分前にも見たと言っています。困っているんでしょう」

「情けは無用だ」

「情けじゃないですよ。効率の問題です」

男がなんだという顔で相場を見上げた。青い瞳の中に好奇心が見て取れる。

「僕はお金を入れるのに何の問題もない。つまり、あなたよりお金を入れるのに適した身体だ。もし、僕ができないことをあなたが難なくできるなら、僕は躊躇なく頼みますよ」

相場は男に笑いかけた。男はしばらく相場の顔を見つめていた。

「足も不自由だが、手も少し不自由なんだ。おまけに日本語は苦手でね。金が上手く入らない。ヌードルの上にエビの天ぷらが載っているのが食べたいのだが」

「天ぷらウドンね。僕もそれが好物だ」

男が千円札を相場に差し出した。

「きみに時間があるなら、私のために天ぷらウドンの食券を買ってほしい」

男が改まった口調で言う。相場は釣銭を男に返し、食券を秋山に渡して目配せした。

「彼に案内させます。席についていてください。彼が持っていきます」

「ありがたいが、私は自分でやりたいんだ。可能なら少しだけ手助けしてほしい」

「なるほど。あなたは十分元気そうだ。ただ日本の学食のやり方を知らないだけだ」

「その通り。だから学習は大事だ。私は学習の時間を大切にしたいんだ」

「彼は僕が教える学生で時間があります。同行させましょう。彼からやり方を学んでください」

「ありがたいね。若者との会話は心が弾む」

相場は時計を見た。教授会が始まる時間だ。

「残念だが、僕は行かなければなりません。学生を残していきます。彼から大いに学んでください」

「学生も私から多くを学んでほしいね。いつかまた来たい。今度はきみにご馳走しよう」

笑顔で返答してくる。

相場は久しぶりにいい気分になった。機知に富む、気持ちのいい人だった。

ここしばらく、賢介と高野の愚痴の聞き役で精神的に疲れていた。東洋エレクトリック工業の株価は相変わらず下降気味だし、高野は手に入れそこなった二千万ドルについてまだ嘆いていた。以来、ヒューマンαからはなしのつぶてらしい。シグマトロンには技術提携の希望を伝えたが、返事はない。

教授会に出たあと、研究室に戻って講義の準備をしていた。

「あの外国人、変わっていますね」

戻ってきた秋山が言った。

「足と手が悪いだけだろ。頭脳の方は極めて明晰だった」

「今まで一緒だったんです。食事に一時間。それからお茶に付き合って、やっと解放されました」

「嫌なら嫌と言えばいいんだ。だから日本人は扱い難《にく》いと言われる」

「嫌じゃなかったんです。彼はすごく面白くて、魅力的な方です。それに博識です。コンピュータについてはかなりの知識があります。将棋も知ってました」

「また来たいと言っていた。再び会う機会もあるだろう」

相場は、さあと言ってホワイトボードに向き直った。

数日前から、過去の棋譜をコンピュータに読み込ませる作業を行っていた。だが、読み込んだ棋譜をどう応用するのかが問題だった。高速コンピュータは一秒間で五百万局面を読み込むことが可能だが、そこから過去の棋譜に照らし評価値が最大のものを選択する。相場たちはさらに棋士の性格や癖を対局に生かすことを考えていた。対局する相手によって戦法を変えていく。それでこそ人工知能の本領を発揮できる。

◇

「スゴい奴がいるんだな。中学二年で竜王戦の挑戦者だぜ。僕らと同じ十四歳だ」

辰見が新聞を相場に見せた。相場は反射的に視線を逸らした。Vサインをして満面に笑みを浮かべている取海の写真が相場の目に焼き付いている。

「彼が勝てば、史上最年少記録だ。それも断トツの。僕も小学校のときに将棋をやっていたが、やめてよかった。こいつの棋譜を見たがすごいよ。今、C級1組だけど何年後かには必ず名人だ」

「僕は将棋には興味がないから」

辰見のはしゃいだ声を聞きながら、相場は新聞に視線を向けた。

「それはウソだ。奨励会に入ってたんだろ。三段リーグに出たのなら、彼を知ってるんじゃないか」

「指したことは何度かある」

「すごいな。やっぱり強かっただろ」

「勝ったり負けたり」

相場は最後の対局を思い返したが、すぐにそれをかき消した。

「すごいね。ねえ、いつか将棋をやろうよ」

相場は言葉を濁した。

「日本じゃ将棋ほど話題性はないけど、数学だって負けちゃいないさ。フィールズ賞を取れば世界的に有名になれるし。数学界のノーベル賞だもの。将棋で言えば名人だ」

「国際数学オリンピックは中学生じゃ出られないの」

「どうなんだろう。考えたことないし、聞いたこともない。みんな高校生になってからだ。僕はまず、日本ジュニア数学オリンピックだ。でも相場くんなら高校生にも負けないからね。銅メダルならひょっとして取れるかも。メダルを取れば新聞に載るぜ。この中学生のように」

辰見が新聞の写真を相場に突き付けた。取海の顔がある。相場に向かって笑いかけているように見えた。次はトシちゃんだ――。


中学二年の夏、相場は高校生に交じって数学オリンピック財団の夏季セミナー合宿に参加した。古島が財団の友人に頼んだのだ。すごい中学生がいると。

合宿は軽井沢で一週間開かれた。宿泊費や交通費はすべて財団が負担する。講師は全国の大学の教授らで、大学院生もアシスタントとして入る。

相場の中から将棋と取海の存在は徐々に薄れていった。いや、むりやり消し去ろうとしていたのかもしれない。将棋と取海を忘れるため、数学とコンピュータにのめり込んだ面もあった。


取海は順位戦を必ず一期で勝ち上がってきた。

中学三年の三月、十五歳のときに、B級1組に昇格を決めた。同じ組には十三人が在籍している。二十代前半から五十代前半まで、中にはタイトル保持者も、A級から降格してきた者もいた。

誰もが、翌年の取海のA級入りを疑わなかった。ただ取海はここで足踏みをすることになる。

この年、取海は前半から調子がよかった。十戦中七戦までは全勝。あと一勝でA級入りはほぼ確実だった。しかし八戦目で負け、残りの二戦も連敗、最終的に七勝三敗の成績で、昇格できなかった。

だがこの年、タイトル戦では棋王戦、棋聖戦に勝ち、弱冠十六歳にして二つのタイトルを得ていた。マスコミには天才と称えられ、A級昇格、名人戦挑戦も時間の問題と考えられていた。

中学三年時を除き、竜王戦七番勝負までは勝ち上がった。だがいずれも三勝四敗で竜王を逃した。

「取海はタイトル戦で名前を売って賞金稼ぎばかりに夢中になり、順位戦をおろそかにしている」

「あいつは金しか頭にない。将棋の心を持っていない」

「取海の将棋は下品だ。勝つことしか考えていない。相手のミスを引き出すことに頭と神経を使いすぎる。冷静に指していけば大した相手ではない」

将棋界で取海の評判は悪かった。取海の挑戦的な態度は生意気だと言われた。

取海の将棋が荒れているのは確かだった。じっくり棋譜を研究して棋力をつける、自分の将棋の形を作るといった、息の長い努力が不足していると思われていた。

東京のマンションに母親、妹、沼津と一緒に住んでいることになっていたが、ほぼ毎日、将棋会館近くに借りたマンションに一人で寝泊まりしていた。これは中学三年になったときの取海の強い希望だった。自分の生活を将棋一色にしたい。母親も沼津も受け入れざるを得なかった。

「ソウ、これトシじゃないのか」

数日振りに訪ねてきた沼津がテーブルの上に新聞を置いた。少年がはにかんだ笑顔を見せている。

「トシちゃんや。変わってへんな。いや、背、伸びたんかな」

「身長以外も変わっただろ。もう中学三年だ。おまえも昔のソウじゃない」

取海は新聞にかがみこんで、食い入るように見つめている。数名の高校生に交じって、相場は中央で首から下げたメダルに手をやっている。

「国際数学オリンピックってなんだ」

沼津が聞いた。

「ロサンゼルスで開かれた国際数学オリンピックで中学生が銀メダル」と見出しには書かれている。

「言葉通りやろ。世界中の数学のできよる奴のオリンピックや。でも、トシちゃん、あかんな。銀メダルでこんな顔しとる。金メダル取らんとあかんやろ。来年は金メダル取りや。俺は名人取ったる」

本当は取海も嬉しかった。銀メダルとはいえ、相手は世界だ。

トシちゃんも頑張っとる。昔と一緒や、俺も負けへん――強く思った。そして、何年ぶりかの解放感を味わった。それは確かに解放感だった。何者にも束縛されない、自由に飛び回ることのできる感慨だ。自分の側にはいつも彼がいる。

3

コンピュータ将棋ソフトの日本一を決める「電王戦」が、半年後に迫っていた。相場も本格的に将棋ソフトの開発に取り組むことになった。

「そろそろエンジンがかかり始めましたか」

花村が相場の部屋に入ってきて、学生の報告を受けながらホワイトボードに向かう相場に言った。

ホワイトボードには、コンピュータ将棋ソフトのプログラムのフローチャートとともに数局の棋譜の要所が書かれている。花村はそれを眺めてから、相場に向き直り、背筋を伸ばした。

「実は俺、先生のことを尊敬しているんです。取海名人との最後の対局の棋譜は何千回も見直しました。別格の才能の持ち主だと本当に思いました。先生が将棋を続けていれば、棋士としてトップに立てたはずです」

ここしばらくは、花村は三日に一度は研究室に顔を出し、差し入れと称して学生たちに菓子パンや饅頭を持ってきた。初めは胡散臭がっていた学生たちも、人なつこい丸顔と体形から将棋の兄さんと呼んで親しむようになった。花村からも以前の挑発的な口調は消えていた。

秋山が報告を続けた。

「学習能力だけじゃなく、もっと他の能力を付けさせなきゃ、取海名人には勝てない。彼の将棋は一般に言われているような、相手の弱点を突く勝ちのみを意識したものじゃない。自由奔放に見えて、実に緻密な将棋を指してくる。まるで数学のアルゴリズムを勉強しているかのようだ」

「なんです？　そのアルゴリズムというのは」

花村の質問に、秋山が説明する。相場が取海の棋譜を見ながら学生たちに話したことだ。

アルゴリズムとは、ある特定の問題を解く手順を、単純な計算や操作の組み合わせとして明確に定義したものだ。数学の解法や計算手順なども含まれるが、ＩＴの分野ではコンピュータにプログラムの形で与えて実行させることができるよう定式化された、処理手順の集合を指すことが多い。

花村が考え込み、デスクの上の本を手に取った。

「これ、見たことがある。『アルゴリズム入門と応用』。取海名人の車の中にあった。見慣れない本だったので覚えてる。数学の本だということは分かったが、彼がこんな本を読んでいるとはね」

相場は花村に向き直った。

「他に本はあったか」

「ガロアやオイラーとかの本もありました。数学者でしょう」

「取海名人の数学的能力は極めて高い。学ぼうと思えば独学でも十分やれる」

相場は小学校時代に、西村から出された問題を黒板で簡単に解いた取海を思い出していた。彼は将棋の研究だけでなく、数学の勉強もしているのではないか。

そのとき、相場の背中に衝撃が走った。いつか相場の家の前にあった数学の本。あれは取海が置いていったのではないのか。そうだ、そうに違いない。すべてに納得がいく。それは確信となって相場の心に広がり、熱いものが胸にこみ上げてくる。ごまかすように声を上げた。

「取海名人は今までのプロ棋士のようにはいかないかもしれない。彼が数学を勉強し、アルゴリズムや最適化の専門書も理解してコンピュータ、人工知能についての知識も持っていたら、コンピュータの弱点を突いてくることもある」

「取海名人はＩＴの知識も並じゃない。将棋ソフトのプログラムも組めると思います。以前、将棋のコンピュータソフトの評価をしていました。それも専門用語を使って技術的なことを話していた。プログラムの簡略化、高速化、ムダな計算を除く方法とかなんとか。ひょっとして彼は言われているほど、勝ちだけにこだわる猪突猛進型じゃないのかもしれません」

花村の言葉に学生たちは静まり返った。

「先生も取海名人について知ってるんでしょう。一緒に奨励会に通った幼馴染なんだから」

秋山は言いながら、恐る恐るという風に相場を見た。

確かに取海創を知っている。誰よりもよく知っている。常に頭の隅には取海の姿があった。ソウちゃんならどうする。無意識のうちに問いかけていた。

「実験室に行こう。初めからやり直しだ。新しいソフトを作るぞ」

相場は歩き出していた。

◇

相場は高校に進学した。中高一貫とはいえ、秀才たちの集まる関東有数の進学校の進級試験は厳しかった。数学は断トツだったが、国語や地理、歴史では苦労した。理屈では理解できないこと、推測できないこと、答えは一つではないこともある。

人間の才能には様々な種類があることを思い知った。一つの世界の出来事を様々に関連付けて一時間も二時間もしゃべり続けるクラスメートや、英語で喧嘩のようなディベートをくり広げる英語クラブの部員、見るだけで頭の痛くなる漢詩を朗々と読み上げる後輩にも感心した。

「来週はケンちゃんの演奏会があるのよ。トシちゃんも行くのよ」

富子が強い口調で言う。富子は賢介に付きっきりの日が続いていた。週に数回、レッスンのために一緒に東京まで通っている。必ず世界的なピアニストにするというのが口癖になっていた。

「どうしても行かなきゃダメなの」

「無理しなくてもいいよ。兄さんだって勉強があるんだ」

振り向くと賢介が立っていた。すでに身長は相場を追い越している。

「勝手にしなさい。しっかり勉強して、お父さんの跡をついでちょうだいよ」

富子が念を押して、部屋を出ていった。

「ごめんよ、行けなくて。来週は数学クラブの合宿があるんだ」

「気にするなよ。母さんも勝手だな。俺たちがまだ自分の思うようになると勘違いしてる」

賢介の大人びた口調に驚いた。

相場は中学三年で銀メダルを取ってから、国際数学オリンピックの常連となった。高校一年の北京大会では、開催国の中国勢有利と見られていたが金メダルに輝いた。翌年も負けていない。

「高校くらい出てた方がいい。おまえなら、大して勉強しなくても、そこそこの高校に合格できる。籍さえ置いておけば卒業はできるだろう」

沼津は取海を前に一時間も説得を続けていた。取海は棋譜を見ながら聞き流している。

中学三年になってからは、取海と対等に話せる相手は沼津しかいなかった。取海は自分の世界を作り、そこには母親といえど入らせようとはしなかった。

「俺には学校の勉強は必要あらへん。将棋があればええんや。母ちゃんも高校だけは卒業しとけて言うけど、時間の無駄やろ。俺は早う名人になりたいんや。将棋の王様になる」

「でも義理ではあるが父親の俺としては――」

「俺は大丈夫や。心配してくれてありがたいと思うとるって、義父ちゃん」

沼津を見つめる取海の目に偽りはない。沼津は黙るしかなかった。

取海は高校には進学しなかった。中学三年時、取海は竜王戦に挑戦し、挑戦者決定三番勝負に進んだが惜しくも敗れた。対局料と賞金を合わせて二千万を超える金を手にした。

4

テーブルの前には、電極付きのヘッドギアを被った被験者がいる。彼女は車椅子に座り、手はひじかけの上に乗っていた。背後にはヒト型ロボットが立っている。

「これから、あなたがやりたいことをイメージしてください」

相場は被験者に言ってロボットに目を向けた。

ロボットがゆっくりと歩き始める。腕を伸ばして、テーブル上のスプーンをつかむ。器からスープをすくうと、被験者の口にゆっくりと運ぶ。被験者はこぼすことなくスープを飲んだ。見学者から一斉に拍手が起こった。

相場は高野と共にパインの実験室にいた。

「まだ未熟だが、人工知能が様々な生活パターンを学習していけば、もっとあなたに近づきます」

相場は被験者に断言した。被験者は交通事故により脊髄《せきずい》を損傷し、手足が麻痺《まひ》して動かない二十八歳の女性だった。ロボットが相場の肩に手をやり、抱きしめる動作をした。周囲で笑い声が広がる。

ヒト型ロボットは被験者の脳波を感知して、被験者が考える動きをした。このロボットは被験者自身と言うこともできる。動きをよりスムーズに素早く行う助けをするのが、相場が開発した人工知能プログラムだ。将来的には遠く離れた場所で、人がモニターを見ながら考えれば、ロボットが代わりに様々なことをやってくれるようになる。人が直接入れない場所や遠隔地で作業したり、四肢が麻痺した人の手足などにもなれる。

「おまえの人工知能ソフトを組み込むことで、動きが断然正確、かつスムーズで力強くなった。一年以内に遠隔地で簡単な外科手術をしたり、箸で飯が食えるようになる」

高野は嬉しそうだった。

「用途はいくらでもある。いずれは思考と同じ速さでキーボードだって打てるようになる。スーツ型にして身体に装着すれば、麻痺した肉体を動かすこともできる」

相場と高野は同じビルにある喫茶室に行った。

「あの男、見たことがある」

相場は窓際でパインの技術者の一人と話している男を目で示して言った。

「前にうちの社を見学に来た男だ。ブレイン・マシン・インターフェース搭載ロボットの見学会のときだ。名前はジミー・アイランド。おまえに会って、ひどく感激していた。彼がしばらくうちで研修を受けたいと言うので了承した」

「いいのか。パインは先端技術の塊だといつも豪語しているだろ」

「身元を調べた。ＢＭＩロボというアメリカのＩＣＴ企業の社員だ。将来、うちとも技術提携できそうなロスのベンチャー企業で、うちより数倍でかい。まあ、普通はありえない話だがね」

高野が手を上げるとアイランドとパインのエンジニアがやってきた。アイランドは相場の手を痛いくらいに握り締めた。

「やはり本当だったんだ。二人は兄弟だってこと。でも、似てないですね」

たどたどしいがはっきりした日本語で言った。

「兄弟同然だと言ったんだ。日本語では非常に親密な関係を言うんだ」

「親密な関係というのはやめてくれないか。別の意味に取られる」

「おまえはうちの会社とは極めて親密な関係だ。そうだろ」

高野が念を押したので、相場は頷かざるを得なかった。アイランドは納得した顔をしている。

「パインの技術はブレイン・マシン・インターフェースとより高度な人工知能を組み合わせたことがすごく画期的です。人の脳と人工知能が独立しているのではなく、融合するというのは新しい世界に踏み出しています。うちの社長が目を付けただけある」

「明日、社長のハリス氏が来日する。親会社の幹部も集まるパーティーに招待されている」

「プロフェッサー相場もいらっしゃいませんか、是非。社長も喜びます」

「明日は学生たちと約束がある。将棋ソフトのテストをやる。僕も立ち会うことになっている」

「面白そうだな。俺もパーティーが終わったら行ってもいいか」

高野が横から口出しする。

「構わないよ。邪魔さえしなければ」

「いい機会だったのに。社長にあなたを紹介したかった」

アイランドは残念そうに言った。

◇

「どうする相場。数学を取るか、それともコンピュータか」

相場も決めかねていた。どちらも捨て難い魅力があった。

明陽学園高等部では、二年の三学期に進路調査がある。最終的には保護者を交えた面談が行われるが、その前に本人から希望を聞くのだ。一生を左右する節目を迎えて、生徒も教師も真剣にならざるを得ない。

「数学をやりたいなら理学部数学科。コンピュータなら情報工学科だろうな。おまえの成績なら、東都大学のどちらも楽勝だ」

高校の担任が相場を見つめている。隣には古島が座っていた。数学クラブの顧問として、中高の五年間、相場を指導してきた。

「数学科をすすめる。きみなら、世界に伍《ご》して十分にやっていける。フィールズ賞も夢じゃない」

「両方やることはできませんか。数学とコンピュータ」

「それは無理だ。きみはまだ、学問の世界を甘く見ている。最高の頭脳の持ち主が、必死に競い合っているんだ。それが最先端のプロの世界だ。そんな考えじゃ、通用しない」

「僕は社会と関わっていたいんです。数学の世界だけじゃ息が詰まりそうな気がする。自分の作り出すものが直接、社会を変えるようなことをやりたい」

「きみはガロアではなくジョブズを選びたいのか。変えたいのは数学ではなく社会なんだな」

「ダメですか」

「もったいない気もするが、きみの人生だ。好きにすればいい。ガロアもジョブズも未来を見据え、未来を変えたというのでは同じだからな。それに、これからは社会と結び付いた科学、学問により意義があるのかもしれん。その意味でジョブズのほうが衝撃的で世に知られているんだろうな」

古島は少しばらく寂しそうだった。

「もうしばらく考えさせてください」

「初めての将来の選択だ。時間はまだ十分ある。考え悩むことだな」

将来の選択、相場は頭の中で繰り返した。初めてじゃない。五年前、小学六年のときも大きな選択をした。そのとき選んだ道は正しかったのか、もう永遠に分からない。

一年後、相場は東都大学理学部数学科に進学した。

数学を学んでおけば、その先で進路に迷いが出たときも、汎用性があると思った。情報処理には高度な数学が必要だし、数学と工学を今以上に結び付けることができればとも考えた。


取海は十八歳になった。高校に進学していれば三年生だ。

A級に昇格していた。タイトルは棋聖、王位、王座、棋王の四冠を保持していた。竜王のタイトルはいまだ挑戦者止まりだ。竜王戦七番勝負の一番、二番、三番には連勝するが後半は負けが続く。いずれも七番までもつれ込んで三勝四敗で負けている。自分でもこのタイトルを意識しすぎた敗戦だと分かっている。

そして、取海に大きなスランプがやってきた。突然、勝てなくなったのだ。今までも何度かのスランプはあったが、ひと月かふた月で切り抜けてきた。今度は違っていた。半年近くも続いている。

終盤になって勝ちを意識し出すと突然、乱れ出す。不用意な一手でたちまち形勢は逆転する。五番続けて同じような負け方をした。同じA級の棋士にもそのことが知れ渡っていった。

「序盤を何とかしのげば、終盤には自滅する。そのタイミングを見逃すな」

取海攻略——取海と対局する棋士たちの合言葉になっていった。

取海が将棋会館から帰ろうとしたとき、沼津が待っていた。一緒に住んでいなくても、常に取海の状況を把握していたいのだろう。取海から切り出した。

「あんな奴に負けるとはな。俺、もうあかんかもしれん。普段弱いくせに、俺との対局には二百パーセントの力を出してきよる」

「だったら、なんで三百パーセントの力を出して圧倒しない。昔のおまえなら、そうしたはずだ」

「昔はそやったかもしれんけど、俺も歳取ったわ」

「十八で歳取ったって言われたら、俺たちはどうなる。おまえに大事なのは初心に戻ることだ」

沼津が取海の肩に手をやり、押し殺した声で話す。

「ムリや。俺はもう、なにも残ってへん」

「罰が当たるぞ。十代で四冠、こんな棋士、他にいない。棋士としてもこれからなんだ」

「今までの相手が弱すぎたんや。ここの奴ら、みなおかしいで。俺との対局では目の色が違うんや。俺を目の敵にしよる」

取海は横の柱を蹴って、部屋の棋士たちを睨み付けた。沼津はあわてて、棋士たちに頭を下げている。棋士たちは驚いた様子で取海たちを見たが、すぐにまた自分たちの世界に没入した。

「あたるのはよせ。負けが続くのは誰のせいでもない。自分のせいだ」

沼津の口調はいつになく強かった。

「みんな、他の奴に負けても、俺には負けとうないんや。俺に勝った後は祝杯あげよる」

「特別な相手と思われている証拠だ。おまえの望むところだろ。そんなの跳ね返せ」

部屋にいる十名あまりの棋士を沼津は見回した。

「この部屋にいる者たちは全員がプロ棋士だ。町の将棋クラブ、奨励会、プロになってからは順位戦。そして様々なタイトル戦を戦ってきたプロなんだ。全員がおまえの敵であり、仲間なんだ。誰もがおまえの勝手にはさせん、と考え続けている。それが仲間でありプロなんだ。昔を思い出せ、ソウ」

沼津が声を落とし、低いが強い口調で言い放った。

「十代で名人になるんじゃなかったのか。なったら最年少記録だ。まだチャンスはあるぞ。おまえはこのまま負け犬になるつもりなのか」

「俺かて死ぬほど勝ちたいわ。でも勝てへんねん。しゃあないやろ。みんなして俺の邪魔をしよる」

「ソウ、昔を思い出せ」

沼津が繰り返す。

「小学生時代、おまえはここぞという勝負に何度か崩れただろ。そういうとき、どうした」

「トシちゃん――が助けてくれた」

「だったら、そのときのことを考えるんだ。あいつは、おまえに何をしたんだ」

「帰りにソバを食べようって。おごってくれるって。そう言われると、急に気分が楽になって。勝負より、ソバの方が――」

取海の頬を涙が伝っている。取海の異変に気付いたのか、何人かの棋士が二人の方に視線を向け始めた。沼津は取海を将棋会館から連れ出した。

「今日は家に帰ろう。お母さんが待っている」

二人は取海のマンションに行って車を出した。助手席に座ろうとした沼津は数冊の本に気づいた。

「アルゴリズム、コンピュータソフト。ソウ、おまえこんなのを読んでるのか」

「疲れたときに読むと疲れが取れるんや。頭の切り替えにもなる。よう、分からんけどな」

「俺にはますます疲れそうに思える」

「俺の知ってるアマチュア五段の人に頼んで買うてきてもろた。そいつ、関東大学の助教授やで。知り合《お》うたんは俺がプロになったときや。学生やったけど、今じゃ大学の先生。俺のこと尊敬してて、なんでも言うことを聞きよんねん。数学の名人になるための本をそろえてくれって言うたんや」

「なんで数学の本なんだ」

「なかなかおもろいし、役に立つで。将棋にも役立ってんとちゃうかな」

取海は他人事のように言う。

「この数字と記号だらけのややこしいのを一人で勉強したのか」

「その先生にときどき教えてもろた。代わりに将棋を教えたけどな。俺のほうが得したと思うやろ」

「おまえ、パソコンもかなり使えるんだってな。奨励会にいた者に聞いた。いつ勉強したんだ」

「あいつらとゲームして遊んどったんや。そんだら、自分でプログラムを組みとうなっただけや」

沼津が改めて取海を見た。

「おまえ、俺が思っていたより遥かに賢いし、大人だったんだな。それにトシのことを考えていたんだろ」

取海は何も言わず車をスタートさせた。

5

相場と学生たちはエンパイア・ステイトホテルの宴会場にいた。

パーティー当日になって、アイランドが高野と大学に来て、学生たちと一緒に参加してほしいと誘われたのだ。これはBMIロボの親会社トップからの招待だと言われた。学生たちに聞くと、即座に全員一致で出席が決まった。

「うちの社は人間の脳とロボットを連動させる研究をしています。この点ではパインと同じです。研究を続けるうちに、どうしても人工知能の技術が必要なことが分かりました。さらに研究を進めるには、あなたの協力が是非とも必要です」

BMIロボの社長のモーガン・ハリスが相場の手を握る。おそらく三十代、相場や高野と同世代だ。

「パインは非常に技術力のあるベンチャーだ。うちと研究内容が似ているが、いずれは協力体制を作りたい。あなたはパインの研究者なんでしょ。社長の高野さんとは兄弟だと聞きました」

高野を見ると眉を吊り上げている。俺は知らないと言っているのだ。

「兄さん、どうしてここにいる」

振り返ると賢介がワイングラスを手に立っていた。

「高野の知人に誘われた。おまえはどうして――」

「今日突然リサから電話があった。シグマトロンの子会社のパーティーだ。正式発表はまだだが」

会場にざわめきが広がった。相場の視線が一点に留まった。もう一度よく見ようと一歩前に踏み出した。

車椅子に乗った男が近づいてくる。横に中年の女性がついている。男は相場が連れてきた学生たちと握手をしながら、相場の前に来た。

「シグマトロンの創業者だ。横の女性がＣＥＯのリサさんだ。若く見えるだろう」

賢介が相場に囁く。相場は男に顔を近づけた。驚きはあったが、妙に納得した気分だった。

「あなたがトーマス・ペイン氏でしたか」

「やはり再会できた、プロフェッサー相場」

相場はペインに手を差し出した。その手をペインがつかむ。握力が感じられない、弱々しい握手だ。ペインは四十一歳と聞いていたが、六十代に見える。

「あなたたちは知り合いなの」

リサが不思議そうな顔で二人を見た。

「あの天ぷらウドンは最高だった。今度は是非、二人で食べよう」

「いいですね。ご馳走してください」

「あの日、私はきみのいる大学を散歩してたんだ。きみに会えればいいと思いながらね。秘書たちは外で待たせておいた」

「でも、僕の顔を知らないでしょう」

「雑誌でさんざん見ている。それに、もう何年も前から私は何度もきみと会っているんだよ」

相場は記憶を巡らせたが思いつかない。ペインが相場を見つめている。

「最初は十五年以上も前だ。私も国際数学オリンピックにはアメリカ代表として三度出場した。私は金メダルを一つに、銀メダルが二つ。だが、中学生のきみが銀メダルを取ったのには驚いた。そのとき私は来賓として招待されていた。ベンチャー企業の社長としてね。以来、きみはずっと金メダルだ。きみがＭＩＴに来て、数学ではなく人工知能の研究に進んだと知ってさらに驚いた。世界人工知能学会のきみの研究発表も聞かせてもらった。そのとき悟ったんだ。これは偶然なんかじゃない。神の意志だとね」

ペインの瞳にはなぜか涙が滲んでいる。リサがハンカチを出してペインの涙をぬぐった。

「さあ、今日は面倒な話はやめにしましょう。みなさん、楽しんでくださいな」

「そうだな。きみとは近いうちにゆっくり話したい。いや、お願いしたいことがある。でも今日は昔のことを話したい。私やきみが国際数学オリンピックに出ていたころのことだ」

ペインが相場の手を握った。今度はいく分力強く感じた。

◇

相場は東都大学大学院数学研究科の修士課程を修了し、そのまま進んだ博士課程を終えようとしていた。アメリカのＩＴ企業から特別研究員ポストの話が来た。ＭＩＴの情報工学科での共同研究が条件だった。マサチューセッツ工科大学、通称ＭＩＴは世界でも有数の理系の大学だ。相場が博士課程二年のとき発表したアルゴリズムに関する論文がアメリカ企業の研究所の目に留まった。研究報告の提出と、大学での研究終了後、企業で共同研究を求められた。

「このままここで数学を続けるか、スカラーシップを得てＭＩＴに留学するか」

相場には答えが出せそうになかった。このまま数学を続けるのも物足りない気がした。

「フィールズ賞がほしくはないのか。数学界に永久に名前が残るぞ」

教授が相場を引き止めた。

「賞は取ろうと思って取れるものではありません。運だって必要です。僕より、実力もあり努力をしてきた先輩だって取れなかった人の方が多い。僕は数学の知識をこの社会に生かしたい気もします」

「相場くんらしいな。もちろん最後に決めるのはきみ自身だ」

相場にはどうしていいか分からなかった。

昔、こういう場面が何度かあったような気がする。自分の前に二つの道がある。両方がさあ来いと手招きしている。どちらも自分にとって魅力的で捨てがたい。あれはいつだったのか。遠い遠い昔のことのようであり、つい最近のことのようでもあった。自分の前には将棋と数学の道があった。取海は迷わず、将棋の道を進んでいった。相場は躊躇しながらも数学を選んだが、父親との約束に従っただけではなかったはずだ。

なぜ、将棋の道を選ばなかったのか自問した。今となっては記憶さえ定かではない。いや、取海に負けたと信じたからかもしれない。将棋の実力というより、取海の精神に負けたのだ。彼には子供ながらに明確な目標があった。名人になる。そして、自分と家族の生活を変えるという、当時の相場には考えも及ばなかった現実的な目的だ。

大学の学科を決めるときも、その思いが交錯した。数学か情報工学か。そのときもやはり取海の存在が大きかった気がする。無意識のうちに、ソウちゃんならどうすると問いかけていた。相場は目を閉じた。もう何年も忘れていた、いや封じ込めていた思いが一気に吹き出してくる。なぜか涙が流れ始めた。

賢介に会いに行った。大学卒業後、賢介は仲間とバンドを組んでライブハウスを回っていた。横浜の家にはほとんど帰っていない。

「兄さん、アメリカに行きたいんだろ。新しい世界に踏み出したいんだ。だったらそうすべきだよ。家のことは考える必要はない。俺だって好きなことをやってるんだ」

賢介が相場を見つめる。相場はすぐには返事ができなかった。

「会社は父さん一人で動いているわけじゃない。多くの社員が協力し合って動いているんだ。最も能力のある者が舵取りをすればいい。一応、株式会社だからね。誰か適切な人が出てくるよ」

相場は音楽業界で生きる賢介の方が、自分よりよほど現実的だと思った。

アメリカに行こう。相場は自分の中でくすぶっていたものが吹っ切れた。

アメリカ留学中は数学そのものより人工知能の研究に没頭した。時代の要請もあり相場の研究は世界的に評価された。二十九歳になったとき人工知能の第一人者として東都大学理学部情報工学科に呼ばれ、その後、最年少の教授になった。

取海は十九歳になってやっと、A級の順位戦を勝ち抜き、名人戦挑戦の資格を得た。

相手は長浜《ながはま》名人、三十一歳。正統派の実力者として名高かった。すでに二期名人位を保持している。七番勝負で、先に四勝した者が名人となる。一局の持ち時間はタイトル戦最長の各々九時間、二日かけて行われる。初日は封じ手で終わる。二日目は夕食休憩が入る。

前年のスランプを脱し、この時点で取海は、名人、竜王、王将をのぞく四つのタイトルを保持していた。この三つのタイトルを取れば将棋界二人目の全タイトル七冠保持者となる。

取海は初戦から三勝を挙げた。その後の三局を連敗して、三勝三敗となった。

最後の七局目は富山の老舗旅館「望海郎」で行われた。窓からは富山湾が見えた。

「ソウ、リラックスしていけ。おまえは若い。まだいくらでもチャンスはある」

付添い人として来ていた沼津は言った。

「やめてえや、それじゃ俺が負けるみたいやん。三勝三敗なんや。俺かて三勝しとるんやから」

「力を抜いていけと言いたかっただけだ」

「そやで。帰りにソバ食うことだけを考えとけばええんや」

トシちゃんと、という言葉を取海は呑み込んだ。

取海は持ち時間を三時間残して快勝した。十九歳で取海は名人となった。

それから取海の怒濤《どとう》の快進撃が始まる。

二十七歳で念願の七冠を手にした。相場がアメリカに旅立った年だ。

しかし、手に入れた七冠は、翌年にはすべてなくしてしまう。

世間では様々な理由が囁かれた。対戦相手が取海を研究した。天狗になった取海が舞い上がって研究を怠った。もともと実力がなく、ただ波に乗っただけ。運から見放された、というものまであった。

取海は目標を失った。

第九章　再会

1

ＢＭＩロボのパーティーの翌日、相場はトーマス・ペインからホテルに招待された。

〈昨夜の続きだ。きみにお願いしたいことがある〉

受話器からは沈みがちな声が聞こえた。昨夜の浮かれようは何だったのかと思える。

言われた通りに大学を出ると、リムジンが待っていた。車内にはペインの秘書の一人だという中年女性が乗っていた。

「今日はペイン氏の招待を受けていただいてありがとうございます」

「リサさんも一緒ですか」

「リサＣＥＯは今ごろ、東洋エレクトリック工業で社長の俊一郎氏とお会いしています」

秘書は時計を見ながら言う。

ホテルに連れていかれ、最上階のスイートルームに案内された。広いリビングの窓際にマッサージベッドが置かれ、横たわったペインがトレーナーに全身をマッサージされている。

ペインの顔は青ざめ、ぐったりしていた。バスタオルから覗く手足は驚くほどに細い。

「どうかしたんですか。かなり体調が悪そうだ」

「昨夜ははしゃぎすぎたようだ。きみに会えて嬉しかったんだ」

相場を見上げるペインは、目を開けているのさえ辛そうだった。

「十分ほど待ってくれないか。すぐに行く」

相場は隣の部屋に案内された。

再び現れたペインは車椅子に座り、顔はわずかに生気を取り戻している。精神力だけで現在の状態を保っているように相場には見えた。

「体調がいいときと悪いときの差が激しくてね。きみの顔を見て元気が出たよ」

相場はペインが差し出す手を握った。握力は昨夜の半分ほどだ。

「ALSを知っているかね」

相場は頷いた。人工知能を研究していると、たびたび聞こえてくる病名だ。

正式には筋萎縮性側索硬化症。脳や末梢《まつしよう》神経からの命令を筋肉に伝える運動神経細胞、つまり運動ニューロンが侵される後天性の病気で、原因はまだ特定されていない。脳から筋肉への信号が伝わりにくくなり、筋肉が動かずやせ細ってくる。

知覚神経や自律神経は正常で、五感、記憶、知性は元のままだ。心臓や消化器の働きにも影響はない。しかし呼吸筋が弱くなり、呼吸が困難になる。最終的には人工呼吸器が必要になり、意思疎通も難しくなる。世界的な物理学者ホーキングもこの病で、車椅子の姿と合成音声は知られている。

「私を見ていれば分かるだろう。いずれは全身の筋肉が動かなくなる。この病気は進行が速く、余命は五年程度と見られている。でも私はまだ生きているし、身体も自分の意思で動かすことができる。だが、それも時間の問題だ。最近は私と同じ病気の患者が社会進出しているが、ほんの短期間だ。やがて寝たきりになり、しゃべれなくなる。目や唇の動きでパソコン上の文字を示しての意思疎通など、活動は狭められる。そこで終わりでもない。いずれそれさえもできなくなる。目も見えず耳も聞こえなくなるんだ」

ペインは相場を見つめながら淡々と話した。目は相場の反応を窺《うかが》っている。

「私は全力を尽くして進行を阻止したい。そのために世界の英知と連絡を取り合い、彼らを集めている。ＡＬＳの専門医はもとより、脳科学者、病理学者らだ。この難病に打ち勝つためにね」

話すにつれてペインは元気になっていくようだ。

「僕の専門は人工知能です。あなたの病気治療には役立てそうにありません」

「私はこうしてきみと会って話をしている。だがいずれ話さえできなくなる。危惧しているのは意思疎通だ。私の病気は進行する。私はカリフォルニアで開かれた人工知能学会できみの研究発表を聞いた後、連絡を取ろうとしたが、きみは大学に閉じ籠もってしまった」

あまりの反応の大きさに外部とのコンタクトを制限した時期だ。

「新しい意思疎通の方法を模索している。脳の情報を直接相手に伝える手法だ。脳科学者はもちろん、ロボット工学の専門家も探し当てた。そして、新しい人工知能の可能性を唱える科学者もね」

ペインが細い手を伸ばし相場の手をつかんだ。弱々しい手に徐々に力が入ってくる。

「それに何より、私はきみのことを古い友人、同志のように感じる。きみが中学生のときからのね。数学に全力を振り絞り、情熱を傾けていた」

「僕が力になれることは協力を惜しみません。すべてを提供します」

相場はペインの手を握り返した。

「ありがとう。やっと、わずかながら光が見え始めている。私の身体がこうなることを見越して、神は救世主としてきみを遣わされた。私の手足を作ることを目的に」

ペインが相場を見つめている。

「そんなことを僕は信じません。人工知能でより精巧なロボット作りを手伝うのはできそうです」

「新しい会社を作ることになった。会社というより、研究所というべきかな。フューチャーブレイン&テクノロジー、人類の未来を創る研究所だ」

滔々《とうとう》とペインが話す。青ざめていた顔が上気して赤味がさしている。

「実はすでに建設を始めている。四つの部門に分かれる。一つは人工知能だ。できるだけ人間に近い機能を持つロボットの製作。もう一つは生理学部門。脳科学、遺伝子工学など生命科学の最先端の研究だ。薬学部門もあり、生物実験に加えてスーパーコンピュータを駆使して新薬の研究をやる。さらに材料の研究開発を行う。これらをまとめて私のような絶望的な人間を救う」

「かなり高度で困難なものになりそうですね」

「きみに副社長兼人工知能部門の責任者として来てもらいたい。私にとって一番急を要する部門だ」

「性急すぎる提案です。僕には大学があるし、学生たちもいる」

「年俸は現在の十倍出そう。研究費は望む額だ。日本の大学ではあり得ないことではないかね」

「金の問題じゃありません。僕にはまだ日本でやらなければならないことがある」

「なにを望んでいる」

「自由な研究です。世界には僕よりずっと優秀な科学者がいます。きっとあなたの力になってくれるでしょう」

「もう少し考えてくれないか。私はきみに特別な因縁のようなものを感じる」

「僕にはあなたの期待に応える自信がない。もっと適任の者がいるはずです」

ペインは顔を伏せしばらく無言だった。

「十八世紀の産業革命は人間の身体の代わりを生み出した。今世紀には人工知能が人間の頭の代わりになるだろう。この二つの革命で人間はいらなくなる。これは本当だろうか」

ペインが顔を上げて相場を見据える。

「そうではない。産業革命は人間を労働から解放し、考える時間を与えた。その時間で我々は知恵を付けた。人工知能は人間の思考を解き放った。今後、人間はさらに偉大なものを作り上げる」

「そうあってほしいです」

「私は今、消え去るわけにはいかない。これは私にとって生死をかけた戦いなんだ。決して負けるわけにはいかない」

ペインが相場を見つめて言った。


その日の夕方、秘書が大柄な女性を相場の部屋に連れてきた。リサだった。

「いい大学ね。でも私はもっと自然の多い広い大学を想像していた」

彼女が窓からキャンパスを眺めながら言う。赤い落日の光がキャンパスに満ち、あらゆるものを朱色に染めている。

「ご用は？　キャンパスを見に来たわけではないでしょう」

「トーマスが言っていたヌードルを食べてみたくなって。これから一緒にどう。私がご馳走する」

相場は時計を見た。食堂に学生たちは少なくなっている時間だ。

食堂に入り、テーブルに座ると、リサは改まった表情で相場に頭を下げた。

「今日はトーマスが不躾《ぶしつけ》なことをして申し訳ありませんでした。あのような話を突然されて、不快な気持ちになったと思います。お金の話までされて」

「気にしてはいません。驚きはしましたが」

「トーマスの身体について。それとも新しい研究所のこと」

「両方です」

「そうね、私も十年以上前に彼から身体のことを聞いて驚いた。当時は元気でALSの兆候など全くなかった。でも診断書を見せられて今後の計画を話された。だから、前の仕事を辞めてシグマトロンを助けることにした。前の会社、USエレクトリックじゃ、次の社長として有力視されてたのよ」

世界でもトップクラスの電子機器企業だ。規模はシグマトロンの数倍ある。

「後悔してますか」

「毎日よ。癪《しゃく》なのは私が大嫌いだった副社長の一人が社長になったこと。でも、あの子の顔を見るともっと頑張らなきゃと思う」

リサはペインをあの子と呼んだ。

「実は今日来たのは、東洋エレクトリック工業から帰ると、あの子がかなり落ち込んでいたから。あなたに提案を断られたことはすぐに分かった」

リサがかすかに息を吐いた。

「私はあの子が苦しんでいるのを知ってる。見かけ以上にね。あの子の身体には世界中の新薬が入ってる。世界の最先端研究にアンテナを立てて、新薬や新療法が見つかると連絡を取る。そして治験を頼むの。あらゆる免責事項を呑んでね。ついでに多額の寄付を申し出る。幸いにあの子は死んではいない。でも、副作用で死にそうな目に遭ったことは何度かある。全身の痛みにも耐えている」

　相場は何も言えなかった。ただ黙って聞いていた。

「なぜ頑張るのか聞いたことがある。自分は現在、同じ病気で苦しんでいる患者の代表だと言っていた。日本にも九千人の患者がいる。世界には十二万人。それに、やりたいことがあるからだと。いま造ってる新しい研究施設もそう。もう、他の分野の人選も決まってる。みんなトップレベルの研究者。彼らは全員、二十年かかるところを十年、十年かかるところを五年で成果を出すと張り切っている」

「医学の分野でなら彼の役に立てると思いますが、僕は直接には――」

「私も最初は思った。でもトーマスはそうは考えていない。自分の病気を考え尽くしての結論だと言ってる。いずれ意思疎通が難しくなる。時間との戦い。あなた、ホーキング博士を知ってるでしょ。彼は世界中の人のサポートを受けている。でもトーマスはもっと優れた合理的なサポートを望んでいる。キーはあなた。トーマスが意思疎通できる時間を少しでも延ばしてほしい」

　リサは懇願するような視線を向けた。

「あなたがカリフォルニア工科大学で人工知能の研究発表を行った日のトーマスの浮かれようったらなかった。本当に子供のようだった。光を見つけたってね」

　相場は人工知能の将来と応用について発表した。その中には脳波で動くロボットもある。

「私たちは一貫してプロフェッサー相場、あなたと連絡を取り協力を願いたかった。しかし様々な噂が耳に入りました。偏屈で他人の言葉には耳を貸さない人、興味は人工知能から他に移っている、すでに他の企業に取り込まれているというのもありました。焦りました」

相場にとっては意外な言葉だったが、心当たりがなくもない。リサが続ける。

「まずあなたのデータを入手しました。そして綿密な計画を立てました。あなたは、東洋エレクトリック工業の創業者一族であり、多くの株式を持っている。東洋エレクトリック工業はユニークな企業でありながら、非常に厳しい状況であることも理解できました。東洋のことわざに、『将を射んと欲すればまず馬を射よ』というのがあります。私たちはそれに倣《なら》いました」

リサが相場を見つめている。

「賢介さんという方はあなたの弟だそうですね。非常に元気で頭も切れます。でもまだお若く、経験も乏しいでしょう」

「僕たちはシグマトロンが東洋エレクトリック工業を吸収合併しようとしていると危惧しました。そこまで、東洋エレクトリックは魅力的な企業なのかと考えましたよ。過去の特許や仕事を調べて。その結論はノーでした」

「私たちにとっては魅力的ですよ。相場俊之というかけがえのない頭脳と深い関係のある企業として。何としても関係を付けるつもりでした」

リサは笑みを浮かべている。

「我々は勝手に推測して、右往左往しているだけでした。お互い腹を割って話し合うべきでした」

だがこうなったのもよかったのかもしれない。改めて賢介や会社のことを知ることができた。

「その通りでした。東洋エレクトリック工業とのコンタクトは思ったほどスムーズには進みませんでした。私がもっと早く、直接あなたを訪ねていればよかったのに、当初は連絡さえ取れなかった」

リサの口調が厳しくなっている。

「トーマスはあなたのことを古い友人と信じている。いえ、弟かな。彼は弟がほしかったのよ」

リサが相場を見つめる。目には強い意志とともに焦りの色が見られる。

その日の夜、相場は眠れなかった。書斎でパソコンを睨みながら考えていた。画面には英文のALSの情報が並んでいる。明け方になってやっとベッドに入った。数時間で輝美が起こしに来た。

「ママが呼んできなさいって」

リビングには、車椅子に座ったペインがいた。

「きみをもう一度説得したくてね。それにきみの家族にも会ってみたくて。きみが再度ノーと言った場合に、家族を味方にしなきゃならないからね。私は絶対に諦めない」

初美が驚いた顔をしている。ペインは昨日リサが大学に来たことは知らないようだ。

「アメリカに行きます。あなたと共に戦いますよ。でも一つ要求を聞いてください」

ペインが言葉を失ったように、無言で相場を見つめている。数秒後、やっと口を開いた。

「何でも聞くよ。当然だろう、トシユキ。私はきみの最高の友人だ」

ペインの顔が驚くほどに明るくなっている。

「学生たちの中で望む者がいれば連れて行きます。その場合の雇用をお願いします」

「それを決めるのは私じゃない。トシユキの持つ権限の一つだ。ほんの小さなね」

相場を見つめるペインの頬には涙が伝っている。

その日の午後、大学の相場の研究室に賢介が来た。

「昨日、リサが来て父さんと会った。東洋エレクトリックとの技術提携に関して。破格の条件だ」

賢介は半信半疑の顔をしている。

「兄さんには早く知らせようと思っていたんだけど、昨日は一日、飛び回っていたんだ」

賢介の態度と口調はすでに企業経営者のものだ。失っていた自信を取り戻したようだ。

「なんとなく、兄さんのおかげだという気がする。リサとペインの兄さんに対する印象を聞いていると。どういう理由かは知らないけど」

そのとき、高野が飛び込んできた。喜んでいるのか、悲しいのか、困惑した表情を浮かべている。賢介を見て、大きく頷いた。

「謎が解けたよ。東洋エレクトリック工業にシグマトロンがコンタクトしてきた理由が。ついでにヒューマンαが俺のパインを買い取りたいと言ってきた理由も」

ソファに座り、自分自身を落ち着かせるように軽く息を吐いた。

「BMIロボもヒューマンαも近くシグマトロンの子会社になる。百パーセントの資本が入る。目指しているのは脳波で動くロボット開発。シグマトロンがほしかったのは、おまえの人工知能だ。つまり、おまえの頭脳を狙っている」

高野は相場と賢介を交互に見つめた。

「シグマトロンがうちの会社に興味を持ったのは、兄さんの頭脳がほしかったからだというのか」

「創業者一族、主要株主のひとりなので会社に深くかかわっていると思い、技術提携と資本参加を申し出た。会社に影響力を持てば、おまえを取り込めると思ったんじゃないか。パインも同じだ」

高野の話に賢介は頷いた。

「おまえが関係する人工知能についての特許も大いに魅力だったんだろう。独占できれば今後の展開にかなり有利だ」

「特許は大学と共同だ。僕個人ではどうにもならない」

現実はそうでも、東洋エレクトリックと技術協力していれば、有利と考えても不思議じゃない。

「それにしても、シグマトロンは何をやるつもりだ。製造中心の企業にできることは限られている」

「ペインはALSらしい。発病を予期して、姉に会社を任せたんだ。以降、表には出ていない」

賢介の説明に高野が続く。

「それでシグマトロンがITベンチャーから製造企業に変わったのか。ペインは自分が抜けてもダメージの残らない分野に事業を移行した。彼は優れたエンジニアだったが、経営者としても優れていたんだ」

間違いない、という顔で高野は相場を見ている。

「驚かないのか。すでに知ってたのか」

「ペインはALSの研究所を作るつもりだ。いや、もう動き出している。彼には時間がない」

相場は昨日のペインとリサの話をした。賢介も高野も無言で聞いていた。

2

取海は目を開けた。身体が重く全身に何かが詰まっているような感じだ。動くと頭の芯がズキンと痛んだ。横に目を移すと裸の女が寝ている。ここはどこだ——声には出さずに自問した。

昨日のＡ級棋士との公開対局後、新宿に出て飲み歩いた。いつものパターンだ。

緊張の日々の連続だった。対局中はもとより、その他の時間も一時も気が抜けない。頭の中には常に棋譜がある。どこかで気を抜くと、そのまま沈んでいきそうだった。

対局後は勝っても負けても一人で飲みに出た。誘う相手もいない。全員が敵だ。相手を打ち負かす。そうでなければ自分が蹴落とされるだけだ。すべてを忘れ、頭をリセットしたかった。

三軒目までは覚えているが、その後は記憶にない。こうして女とホテルにいるのなら、悪くはない展開だったのだろう。

「おい、ここはどこや」

取海は女の肩をゆすった。

「新宿よ。あんた、覚えてないの。昨夜はあんなに激しかったのに」

女は眠そうな低い声を出すと、再び目を閉じた。

取海はベッドを出てバスルームに行った。吐き気がこみ上げ、便器を抱えて吐いた。胃が激しく収縮し、痙攣《けいれん》を始めそうだ。胃が空になると多少楽になった。

鏡を見て、ぞっとした。生きているのか死んでいるのか分からない顔。思わず目を逸らす。少しずつ記憶が蘇《よみがえ》ってくる。ベッドにいるのはスナックで隣に座っていた女だ。誘われるままに店を出てホテルに入った。

部屋に戻り、脱ぎ捨てられた衣服を集めていると、女が目を開けた。

「もう少し寝かせてよ。あんた、急ぐのなら先に行っていいから。あっ待って、お金払ってってよ。

三万とホテル代、二万円くれればもう一回やってもいい」

女が半分目を閉じたまま欠伸《あくび》をしながら言う。取海はテーブルに金を置くとホテルを出た。

思わず目を細めた。明るい光が目を射貫《いぬ》いて脳を攪拌《かくはん》する。すでに昼をすぎている。

頭の中にカレンダーを描いて今日は対局が入っていないことを確かめた。こういう生活を始めてどのくらいになるのか。昨日の対局は――辛うじて勝った。だがこの調子では、来年はまた無冠になるかもしれない。その恐れが常に頭の隅にある。

マンションの前まで来ると、通りを隔てたコーヒーショップから男が出てきた。

「朝帰り、と言うより昼帰りか。また週刊誌が騒ぎだすぞ」

沼津が取海の前に立った。

「もう平気や。免疫ができてしもた。黙ってればええんや。生意気や、居直ってるて書かれてもだんまりを通すんや。図に乗って勝手なこと書きよるけどな。ワイドショーで大学の先生が俺の精神分析してるの見たけど、全然当たっとらへんで。電話かけたろかと思うた」

いつ来たん、と言いかけてスマホを出して着信履歴を見た。四時間前に数回、沼津から連絡が入っている。マナーモードにしてズボンのポケットに入れたままだった。

マンションから出てきた中年の夫婦が取海を見て、何か囁きながら歩いていく。

「おまえ、ひどい顔をしてる。ゾンビもどきだ」

二人は取海の部屋に入った。沼津はキッチンのシンクに溜まった食器類を見て眉をひそめた。

「飯は食ってるのか。ガリガリに痩せてるし、顔色も悪い。それでよく頭が働くな」

「顔と脳は別や。ちゃんと食うとるし。母ちゃんにも言うといて。米や味噌《みそ》は送らんといてって」

「心配してるんだ。たまには帰ってこい。おまえの部屋もそのままだ。車で一時間かからんだろ」

「俺かて忙しい」

「そうだろうな。七冠だ。将棋界のプリンスだ。おまけに髪まで王子様だ」

沼津が取海の茶髪に指を入れてかき回した。

「皮肉はやめてえや。義父ちゃんに言われるといちばんこたえる」

「今度はいつまで続くのか。世間じゃそう言ってる」

前は一年ですべてのタイトルをなくしている。

「俺かて知りたいわ。週刊誌いわく奇跡の復活やからな」

「母さんが片付けに来たいと言ってる。一度、来てもらえ」

沼津は部屋の中を見回した。

「鍵を渡しとるやろ。いつ来てもええで。義父ちゃんもあの鍵使ったらええのに」

「おまえと連絡を取ってからじゃないと怖くて来れないと言ってる。電話しても出ないしな」

一年半ほど前に母親がマンションを訪ねたとき、女性が出てきたのだ。裸身にバスタオルを巻いただけだった。立ち尽くしていると、別の女性が出てきた。奥からは男の声が聞こえたという。

「友達に頼まれて鍵を貸したんや。母ちゃんには悪かった。あいつらとはもう会《お》うてへん」

取海の生活がもっと乱れている時期だった。薬物疑惑で警察の事情聴取を受けたのもその頃だ。マスコミはさんざん騒いだが、取海の体内からは薬物反応は出なかった。

「俺は自分でも自分のことがよう分からんけど、アホやない。やったらアカンことは分かっとる」

「確かにおまえは意志が強いところもある。そうでなきゃ、七冠は取れない。しかも二度も」

沼津がため息をついた。

「将棋連盟はかなり頭にきてると聞いてる。俺ももっと生活態度を改めるべきだと思う」

「あそこは頭が古いだけや。そやから、マシンなんかに負けるんや」

「おまえ、将棋ソフトとやるのか。そんな噂を聞いたぞ」

「いつでも、やったる。あんなもんに負けるわけないやろ。人間が作ったもんや」

「チェスも囲碁も負けている。囲碁が負けるとなると将棋は――」

「コンピュータを知らんもんがやっとるからや。何がＡＩや。ただの機械とソフトやないか。記憶容量が膨大で演算スピードが速いだけや。人間とは違う。人間には勘とセンスいうもんがあるやろ」

取海は言い切った。

「対局すれば勝てるというのか」

「言うたやろ。負けるはずがないいて」

沼津が言葉を探すように取海から視線を外した。

「相手は人間が作った機械とソフトや。負けへんに決まっとる」

「おまえ、本気で言ってるのか」

「本気や。みんなが将棋ソフトに負けとるのはアホやからや。将棋ソフトいうもんを知らんからや」

「おまえは知ってるのか」

「機械を誤魔化す手はなんぼでもある。人とちごうて疑わん分、楽やで」

取海は隣の部屋のドアを開けて入っていく。部屋を覗いた沼津の表情が変わった。

「おまえ、職業を変えるつもりか。棋士の部屋とは思えんぞ」

部屋の壁際に大型のデスクがあり、パソコンが三台並んでいる。壁にはぎっしりと棋譜が貼られていた。その前に移動式のホワイトボードがあり、数式が書かれている。

「この数字と式はなんだ。数学か」

「一手の確率や。目的に達するための最短コースを割り出すんや。俺の先生と一緒に考えとる。関東大学の数学科の教授。俺の将棋の弟子でもあるんやけどな」

沼津がデスクの上の本を手に取った。

「数学の本なのか。前に車にあったのと同じような本だ」

「先生が買うてきてくれるんや。勉強になりそうな本。一緒に読むと、先生も勉強になるて言うとる。ええ本やで。なんで他の奴らは数学、勉強せえへんのかな」

取海は冷蔵庫から缶ビールを出して、開けた。

「母さんが心配してるんだ。とにかく顔を見せろ」

沼津がしみじみと言う。

「俺は忙しいんや。そんな時間、あらへんて言うたやろ」

「飲み歩く時間はあるんだろ。女とホテルに行く時間もな」

「俺のこと見張っとるんか」

「耳に入るんだ。週刊誌に叩かれないのが不思議なくらいだ」

「もう飽きたんやろ。昔はさんざん叩かれた。結婚や言うたら騒ぐし、別れる言うたらまた騒ぎよる。女の家にちょっと行ってもや。なんも違法なことしてへんし、他人様《ひとさま》に迷惑かけとらへんのにな」

「有名人だからな。史上二人目の七冠タイトル棋士だ。しかも二度。すごいことなんだ」

「ダーティーやとか、ダークやとか言われたで。まぐれやて、さんざん書かれたし。素直に喜んでくれたんは母ちゃんと義父ちゃん、定子だけや。他の奴らはワーワー言うとるだけで腹の中は分からん。また無冠になればええと思うとる奴らばっかりや」

取海は吐き捨てるように言うと、缶ビールをあおった。

「おまえはどうなんだ。素直に喜んだらどうだ」

「喜んどるよ。新聞にもテレビにも出たし、週刊誌にもや。さんざん悪口書きよったのに、そんときだけは手の平返しよる」

「世の中なんてそういうもんだ。だけど悪い気持ちはしないだろう」

「もう目的なんてあらへん。あとは、落ちるだけや」

「バカ言うな。タイトルの保持がある。七冠をどれだけ維持できるかだ。それだってすごい記録になる」

取海は缶ビールを飲みほして、投げた。缶がゴミ箱を外れて、音を立てて床に転がる。沼津がため息をついた。

「前は最悪だった。史上二人目の七冠達成、天才出現と騒がれたけど、一年で無冠だ。まぐれ、心が付いていかなかった、転落の天才、いろいろと書かれたな。俺は母さんに新聞を見せなかった。テレビもお前の顔が出るとすぐにチャンネルを変えた。それは今も一緒だ。ろくな話がないからな」

「今は七冠や、取り戻したで。母ちゃんと定子に言うといて」

「また、前と同じことが起こらんようにな」

沼津はもう一度取海を見つめると、帰っていった。

3

新規定となった電王戦トーナメントが一週間後に近づいていた。

今年からルールが変更され、三日間のトーナメントが行われ、最強ソフト、電王名人が決定する。棋士との対局はまだ決まっていない。これは将棋連盟の強い要望だった。あまりに急速に実力をつけた将棋ソフトへの対応が全く追い付いていないのが現状だ。

コンピュータの計算能力とプログラムの技術的な進歩を考えれば、その差はますます開くというのが多くの関係者の見方だった。将棋ソフトの敵は将棋ソフト、人間ではないと言う者まで現れ始めた。

相場は学生たちを集めて最後の調整に入っていた。

「取海七冠は自分は機械には絶対に勝つと言ってます。すごい自信だ。初めは虚勢だとみんな思ってたんですが、どうも彼はパソコンオタクで、色んなソフトを手に入れてかなり研究してるそうです」

秋山が相場と他の学生に言う。

「ただの虚言癖じゃないってことか。研究に裏付けられた言葉だということか」

「前に言ったでしょう。数学も勉強してるし、簡単な将棋ソフトなら組めそうだって」

花村がホワイトボードの棋譜を見ながら言う。

「名人が作る将棋ソフトか。売れそうだな」

「取海名人の最近の棋譜が手に入るか」

相場は花村に聞いた。

「今日中にメールで送りますよ。ここ数年、彼の将棋スタイルが変わってると言う者もいます」

相場が知る取海は二十年も前の彼で、最近の棋譜を見てもその違いが分かるかどうか。

その日の夜、相場は自宅の書斎で花村から添付ファイル付きのメールを受け取った。数十の棋譜が添付されている。名人戦、竜王戦を含め、大きな対局のほぼ二年分だ。

相場はその一つ一つを丁寧に見ていった。

「驚いたな」

無意識に声が出た。

「ソウちゃん、強くなったな。とてもじゃないけど勝てないよ」

画面の棋譜を見ながら相場は呟いていた。

明らかに昔の取海の指し方とは違う。猪突猛進型に理性が加わっている。過去の名勝負の棋譜を調べて自分の型を作ったのとも違う。あえて言えば、合理的になった。その時々で最適な指し手に切り替えができるようになった。時に予想もできない手を指す。その手はあとになって効果的な働きをしている。強い将棋ソフトの指し方に似ている。数学で言えば、最適化の理論を会得し、合理的な指し方ができている。それが取海の新しい型と言えるのかもしれない。

彼は絶対に将棋ソフトに詳しい。ソフトの指し方、手法を理解し、取り入れている。コンピュータが膨大な計算の末にたどり着く一手を、経験と勘とセンスで途中の計算を省略して探し出している。これは人間の能力とコンピュータのスピードと正確さを兼ね備えたものだ。あまりに強いので、誰も取海の思考方法に気づいていない。

気が付くと窓の外が明るくなっていた。相場は立ち上がり窓の側に行った。

「これは、かないっこないな」

思わず声に出していた。


相場は大学に着くと秋山たちを呼んだ。

「取海名人は将棋ソフトを知り尽くしていると思う。その強みも弱点も」

相場は学生たちに向かって言った。

「彼は将棋ソフトと対局したことはないでしょう。なんでそんなこと、分かるんです」

「公にはという話にすぎない。おそらく、取海名人はかなりの数の将棋ソフトと対局している。その経験を棋力につなげている」

「将棋ソフトの実力は日進月歩です」

「過去のもので十分だ。名人は将棋ソフトを研究し、その利点を生かした指し方を自分で考えている。だからここ数年で著しい進歩をして、七冠に返り咲いた」

「そうですね、確かに棋風が変わっている」

秋山が思い出したという口調で言う。

「僕らが負けるっていうんですか」

「今のままでは。我々は名人の指し方の上をいけばいい。これはコンピュータだからできることだ」

「ここ数年の名人の棋譜はほとんど読み込んでいます」

「彼はそれも知っていると思う。まず取海名人の棋風をコンピュータに馴染ませ、対局させて思考力をつける」

「先生の買いかぶりかも。そこまでしなきゃ、勝てませんか」

「そうだ。取海名人は強い」

相場は言い切った。学生たちは不満げに聞いている。

「じゃあ、なぜ、最初に七冠を取った後、ずっとスランプが続いてたんですか」

「取海名人が七冠を取ったのはその時も強かったからだ。彼は波に乗っていた。その波が引くとともに、対局相手が取海名人を徹底的に研究した。彼は相手をムキにさせるキャラクターだったんだ。それで、一年ですべてのタイトルを落としてしまった」

相場は考えながら言った。だがそれだけではない。取海は目的を失ったのだ。すべてを手に入れたと錯覚したのだろう。

「スキャンダルが多すぎました。女と酒。生活が乱れたのも大きな原因じゃないですか。それに彼が天狗になった。取り巻きもおだて、彼自身は勝ちを焦りすぎた。当時の棋譜にはそれがよく表れています」

秋山が取海の過去を思い返している。

「その通りだろう。精神的にはまったく未熟だった。それに相手が取海名人を研究したからだ。取海名人の得意戦法、癖、時間の使い方まで研究したのだろう」

「世の中にはコアなアンチ取海名人が多くいます。どうしても名人に勝たせたくないという将棋ファンです。彼らの中には無償で情報提供する者もいると聞いています。そういった人たちがインターネットでつながることもできるでしょう。データを集めるのも可能です」

「じゃあ、ここ二年ばかりの名人の変わりようは、将棋ソフトを研究したからだと言うんですか」

「彼が自分自身を理解し始めたのではないですかね。自分を冷静に見ることができるようになった。多少、大人になったと——」

学生たちが口々に話し始めた。

「そうかもしれないな。コンピュータの革新性を理解して、自分の能力と結び付け始めた」

相場の中で取海の像が次第に明確なものになっていく。

「人間とコンピュータの合体ですか」

「そうじゃない。コンピュータの考え方を勉強した。人間の独創性とコンピュータの正確で速い思考を数学的に研究している」

「最適化やアルゴリズムにつながっていると」

相場はうなずいた。

「それが、ここ数年の取海名人の好調の原因だと思う」

そのとき、突然ドアが開いた。花村が入ってきて、相場の前に来た。

「先生、取海名人と対局するためには、まずは電王戦トーナメントで優勝しなければならないんですよ」

「何か問題があるのか」

「先生は最近、名人の棋譜ばかりを研究しているじゃないですか。将棋ソフトにはまるで無頓着だ」

「取海名人は将棋ソフトより強いんだろ。だったら取海名人に勝つソフトを作れば、他の将棋ソフトにも勝てるだろう」

「そうはいかないから難しいんです」

花村がポケットから出した紙を見せた。

コンピュータ雑誌の記事のコピーで、「今年の電王戦予想」とタイトルが付けられている。

「先生たちの『ブレイン』は国内四十組中の二十一位です。上位半分にも入っていない。これに海外組のソフトも加わるんですよ。トーナメントだから一回戦で敗れる可能性だってある」

「でも今までは勝っている」

相場は練習対局の結果を思い出して言った。電王戦トーナメントの練習と考えて近隣の相手と五局ほど指したのだ。この勝負には全勝している。

「なんとかね。でも、先生たちのソフトはいつも劣勢に立っています。今までは相手が弱かったので、やっと勝つことができた。このままだと、準決勝にも残れそうにありません」

花村が相場と学生たちに視線を向けながら言う。

「先生、しっかりしてくださいよ。取海名人に勝つどころか、早々の敗退になりかねないです」

花村が当て付けのようにため息をついた。

4

いよいよ新規電王戦トーナメントが始まった。最強の将棋ソフトを決定する大会だ。

会場は日本武道館。一万四千人以上の観客を収容できる。

中央に舞台が設けられ、将棋盤を挟んで二台のマシーンが据えられた。背後でソフトの開発者やチームスタッフがコンピュータを操作する。

頭上には周囲のどの位置からでも見られるように四台の大型スクリーンが設置され、盤上が映し出される。対局はインターネットで全世界に流されている。

優勝チームと取海名人が対局するという噂が流れている。将棋連盟は必死に否定していた。

今年は国内外を含めて五十六チームが参加した。

大会はトーナメント方式で行われる。シード四チームのほか、実績のある将棋ソフトは振り分けられていて、トーナメント前半で強豪同士が当たることはほとんどない。

一日目は一、二回戦が行われ、十六チームが残る。コンピュータは疲労することはないが、操作する人の方は二試合が終わるとぐったりしていた。

コンピュータソフト同士の対局で思考を妨げることはないので音量に制限はないが、一万人以上集まった観客席は静まり返っている。駒を指す高い音が響く。

取海は花村とマンションでネット中継を観戦していた。

「なんや、話がちがうで。東都大学の『ブレイン』はヤバいで。相場教授が作っとるやつやろ。何とか勝っとるが、時間を使いすぎとる。無駄なプログラムが多すぎるんや。上に進めば負けるで」

取海は花村に渡されたタブレットで「ブレイン」の最近の対局の棋譜を見ながら言った。

「俺も必死にハッパをかけてる。相場教授が負けたら、取海名人は優勝ソフトと対局すればいい」

「やめや。俺は相場教授とやりたいんや。他のソフトやったらやらへん」

「困らせるようなこと言うな。だが教授にも困ったもんだ。やっと名人を説得したというのに」

花村がハンカチを出して汗を拭いている。

「なんで相場教授にそんなにこだわるんだ。将棋界の者じゃないし、過去のことは忘れられている」

「相場教授は強いからや。他の誰よりも。俺がいちばんよう知っとる」

取海は花村を睨むように見た。

「たとえそうでも、昔の話でしょ。最後の対局には名人が勝ってるし、それで彼は将棋を捨てたんだろ。今の実力差は小学生と大学生。いや、相手は幼稚園児か」

「捨てたんやあらへん。トシちゃんが将棋を捨てるなんてことあらへん」

取海は強い口調で言い切る。

「俺を困らせるな。俺は日本で一番、取海名人を認めてるんだ。だから――」

「関係あらへん。俺との対局の噂なんてほっとけば消える。俺が頼んだわけやない。かってにマスコミに流れたんや。あんたが流したんかもしれんけど。俺はトシちゃん以外とはやらへん」

花村が取海の顔を覗き込んだ。目は、それが冗談ではないことを物語っている。

「何とかする。教授の実力なら、何とかするだろう。優勝さえすればいいんだな」

会場内で歓声が上がっている。どこかのチームの勝ちが決まったのだ。取海は興味がないという風にタブレットを置いた。

取海のマンションを出た花村が向かったのは日本武道館だ。

運営側に顔見知りの青年を見つけて声をかけた。

「相場教授は優勝しそうなのか。取海名人は相場教授としかやらないと言って、駄々をこねている」

「最強の将棋ソフトと指すんじゃないんですか」

「彼の頭の中じゃ、最強は相場教授なんだよ。それ以外は眼中にない」

花村は困り果てた。

「現在の予想では、彼らの『ブレイン』は準々決勝に残るのも難しい」

「何とかならんのか」

「相場教授に直接会って聞いてみるんですね」

会場でいくつかの歓声が上がっている。トーナメント二回戦の勝者が次々に決まっていく。

相場たちの「ブレイン」も何とかその日を勝ち残った。明日の二日目で上位四チームが決まり、最終日の午前中に準決勝、午後には決勝が行われる。


相場のチームは大学に戻った。

コンピュータを操作するだけだが、普段以上の疲労感を覚える。大きな大会の雰囲気と、接戦のせいか。もっと楽に勝ち上がる予定だった。

「疲れたよ。なんだか、やっと勝ち進んだって気分だな。どこがおかしいんだ」

秋山が誰にともなく言う。

「将棋ソフトとの対局用にしては、プログラムが考えすぎるんじゃないか。時間がかかりすぎている。もっと単純に勝ちを目指していいと思うよ」

「余分なサブプログラムの削除か。削除ミスすると怖いな」

「序盤でこれじゃ、ベスト4にも入れないぜ。やるべきだよ」

「人工知能の弱いところだな。学びすぎて力の入れ加減に戸惑ってる。時間さえあれば気づいて修正するんだろうが、気づくころにはトーナメントは終わってる」

「人間と機械の共存を目指してるんだ。だったら、今回は力を貸してやろうじゃないか」

相場の言葉でサブプログラム削除が決まった。

相場や学生たちは研究室に泊まり込みで、「ブレイン」のスリム化に取り組んだ。

電王戦トーナメントは二日目に入った。

「ブレイン」は徐々に力を発揮し始めた。

午後にはシードのチームに楽勝した。

「昨日とは指し方が違っとる」

取海は棋譜を見ていた。花村がのぞき込む。二人はマンションの部屋でパソコンに向かっていた。

「俺には分からない。どこがどう変わっているのか」

「余裕をもって勝っとるやろ。手数も少ないし、時間も短い。よう見てみ」

「確かに言うとおりだ。無駄がなく、勝ちに向かっている。相手のソフトの癖を読んでるってことか。相手の飛車打ちをブロックしてる。得意な手や癖までプログラムに入ってるということか」

「これが本物の人工知能いうやつなんか」

「どうだ、勝てそうか」

「あんたは、どっちに勝ってほしいんや。人間か、機械か」

「どっちでもいい。話題にさえなって、日本中の目が釘付けになれば」

花村が一瞬、考える仕草をした。

「いや、やっぱり人間かな。チェスも囲碁も負けっぱなしだからな。一人の人間として応援したい」

「まかしときや。機械はしょせん、機械や。負ける人間が弱いんや」

「名人が勝てば他の世界の動静も変わってくるかもしれない。チェスや囲碁を元気づける」

花村が大きくうなずいた。


電王戦トーナメントの最終日。午前中が準決勝、午後から決勝だ。日本武道館には全国から一万を超える将棋ファンが集まり、熱気にあふれていた。

優勝したソフトが七冠の取海創と対局するという噂がネット上でさらに拡散され、どっちが勝つか議論されるようになっていた。そのことがさらに大会を盛り上げている。

取海は武道館に出かけた。隣には沼津がついている。昨夜は沼津が取海のマンションに泊まった。

花村が朝から取材に来ているはずだ。

「トシが関わった将棋ソフト、あれは今までのものとは違っている」

沼津が感心した口調で取海に言う。

「どこが違う言うんや。計算速度が速《はよ》うなって、記憶容量が増えて、多少の推測ができるようになっただけや。俺ら人間は自由に考え、想像することができるんや。人間が最強やで」

「トシのソフトは考えることができる。人が作り出した知能、人工知能なんだ」

「計算不能な一手でかき回してやるんや。機械を爆発させてやる」

取海は敵意をむき出しにして話している。

「甘く見るなよ。相手はトシだ。おまえの最高のライバルだった」

「俺が負けたら将棋をやめたる」

沼津の顔色が変わった。

「ソウ、そんなこと他で言ったらダメだぞ。おまえをよく思っていない奴は山ほどいるんだ。絶対に騒ぎ出す。揚げ足を取られて引っ込みがつかなくなる」

会場にざわめきが広がった。沼津は会場の大型スクリーンに目をやる。先の対局の棋譜が映されている。取海も真剣な眼差《まなざ》しで見つめている。「ブレイン」の決勝進出が表示された。

「あの人、取海名人じゃないのか」

囁きのような声が聞こえる。

「違うでしょ。来るはずない。七冠保持者なのよ。それにあんな恰好はしない」

立っている男は黄色のフード付きトレーナーを着て、素足にサンダルを履いている。

「独特な人ね。でもやっぱり取海名人に似てる」

相場は思わず振り向いた。

若い男女の視線の先に、無精髭の小柄な男と見たことのある長身の男が立っている。背の高い方は沼津だ。ということは隣の男は取海なのか。

決勝戦では、僅差ながら相場たちの「ブレイン」が勝利した。157手で投了。持ち時間はほぼ使いきっていた。辛うじての勝利だった。

電王戦トーナメントの翌日、花村が取海を訪ねてきた。

「将棋連盟が名人が将棋ソフトと対局することに反対している」

「止める強制力なんてないやろ。負けるのが怖いだけや。心配いらん。俺は絶対に負けへんって」

「対局したら除名も検討すると言ってる」

「勝手にすりゃええわ。俺は七冠や。将棋ソフトなんか、人が作った玩具やろ」

取海の目は真剣だ。

「時代は進んどるんや。過去の伝統を大切にすることは重要やけど、こだわっとったら進歩なんかあらへんで。俺らが変えていかなあかんのや」

花村が改めて取海を見た。

「取海名人、俺はあんたを誤解してたかもしれん。改めて脱帽します」

花村は取海に向かって深々と頭を下げた。


取海がドアを開けると沼津が立っていた。取海は無言でリビングに戻っていく。

「トシとの勝負、将棋連盟が許可してないと聞いてる」

「そんなん関係ない。やりたいからやる」

「おまえが優勝ソフトの借り入れを拒んでいるという話も聞いた」

「そりゃ、反則やろ。俺の脳、相手に貸し出せればチャラやけど。俺はトシちゃんと正々堂々とやりたいんや。そんな卑怯《ひきょう》なことできへんで」

「やっといた方がいい。ソフトにも個々の癖というものがあるらしい。それが研究できるんだ」

「電王戦トーナメントの棋譜は見た。強うなっとるけど、機械は機械や。負ける人間が弱いんや」

取海は言い放った。これは数日前、花村にも伝えた言葉だ。

〈負ける人間が弱いんや〉

取海の発言は翌日の新聞にも載った。

相場と取海が対決した最後の一局の写真が将棋雑誌に再度、掲載された。

元天才少年同士の対局はいかに、因縁の対決、子供から大人へ。今度はどちらが、本当の勝者はどっちだ――翌週の週刊誌にはグラビア入りの記事が載った。対局はますます話題になっていった。

5

元治が相場のマンションを訪ねてきたのは、取海との対局の一週間前だった。

「久しぶりですね。何かあったんですか」

「いろいろあっただろう、この数週間で。賢介は喜々として飛び回っている。あいつは芸術家肌だと信じていたが、全くの現実主義者だった」

「あいつの肩に会社と従業員の生活がかかってるんです。父さんも安心してるんじゃないかな」

「長谷川という若いエンジニアがいるだろう。彼が賢介の右腕になってシグマトロンとの技術提携をやっている。一気に世代が替わった」

高野のパインも、シグマトロンの子会社ヒューマンαやＢＭＩロボとの技術提携を進めている。いずれは相場たちの新しい研究所に合流するつもりだ。

ところで、と言って元治が相場を見据えた。

「大学を辞めるというのは本当か」

「耳が早いですね。秘密になっているはずなのに」

「賢介から聞いた。口には出さないが、あいつはおまえに感謝している。株価も元に戻ったかと思ったら、さらに上がっている」

東洋エレクトリック工業とシグマトロンが資本業務提携契約を締結したことが、正式に発表されたのだ。今後、アジアでの精密部品は東洋エレクトリック工業が扱うことになる。

「おまえ、ソウと対局するのか。直接の対局じゃなくて将棋ソフトで」

「どっちが勝つと思いますか、元治さんは」

「どっちでもいい」

一瞬、元治は考えてから言い直した。

「俺はやはり人対人の方が百倍興味がある。こんなの本物の将棋じゃない。マシンとの遊びだ」

「遊びならよけい勝ちたい」

元治は所在なげに部屋の中を眺めている。

「沼津と会った。ソウの母親と結婚したことは言ったよな」

相場が奨励会を去ってから、取海や沼津について、元治とはほとんど話してこなかった。

「いいじゃないですか。結婚の話を聞いた当時は驚いた。でも、よかったと思いました」

相場は取海のアパートに初めて行ったときのことを思い出していた。

「母親と妹はな。ソウはいろいろと考えたみたいだ。自分の母親の再婚だ。中学生、思春期だったから。沼津たちと一緒に住んだのはほんの数年だ。ソウは家を出て将棋会館の近くに住んでいる」

「色々言われてますが、彼は将棋に一切妥協しないと何かで読んだことがあります。七冠を二度も達成したんです。大したものだ」

「それでも、満たされない何かがあったんだろうな。あいつの生活を聞けば分かる」

「人ひとりの人生です。人それぞれ、いろいろあります」

「そうだな。俺がおまえから人生について説教されようとはな」

元治は相場から視線を外して軽く息を吐いた。

「沼津さんがなにか言ってきたんですか」

「おまえとソウは一度会うべきだって。対局して、どっちが勝ってもいい思いはしないだろうと」

思いがけない提案に、相場はどう答えていいか分からなかった。

「僕らは喧嘩して別れたんじゃない。あえて言えば進む道が違っていた」

「だったらあの後、一度でも会って話したか。あんなに仲が良かっただろ」

元治の声が大きくなった。相場を睨むような視線を向けてくる。

「お互い忙しかったから――」

それは言い訳にすぎない。やはり何かこだわることがあったのだ。だから電話すら一度もしていない。ただ、取海のことが脳裏から離れたことはない。

「そんなの理由になるか。とにかく対局前に会うべきだ。沼津が引きずってでも会わせたいらしい」

元治の顔は真剣だった。

「ひょっとしてソウの奴、おまえとの対局が終わったら、将棋を止めるつもりじゃないのか。勝ち負けに関係なく。沼津が心配していた」

「ソウちゃんは将棋を止めちゃいけない」

無意識のうちに出た言葉だった。人生を捧げてきた将棋だ。絶対に止めるべきじゃない。

境内は静かだった。昔とちっとも変わっていない。日曜日の夕方、人影はない。

周りを古木に囲まれ、夏でもひんやりとしている。相場と取海はこの境内で宿題をやり、将棋を指した。昔の光景が脳裏に浮かび流れていく。

〈沼津から連絡があった。明日の午後四時、昔、宿題をした場所でということだ。おまえなら分かるそうだ。おまえが行くなら、ソウも来る〉

昨日、元治から電話があり、相場は了解した。

相場は砂利道を歩いた。桜の木の横に痩せて小柄な男が立っている。相場に気づくと、じっと見た。

相場は男の前で立ち止まった。こわばっていた男の顔がわずかに緩んだ。

「トシちゃんか――」

「ソウちゃんだな。新聞やテレビでよく見てる」

「どうせ、ろくな話やないやろ。トシちゃんとちごうて、俺、人気ないからな」

「ここ、ちっとも変わってないな。昔と一緒だ」

「変わったんは、俺らだけや」

相場は改めて辺りを見回した。木漏れ陽、静寂、空気、土と木の匂い。突然、二十年以上前に引き戻された錯覚に陥った。取海も同じように周囲を眺めている。

どちらからともなく社殿の濡《ぬ》れ縁《えん》に座った。昔は大きな境内だと思っていたが、さほど広さを感じない。

「ここで宿題して将棋を指したんや。あのころは楽しかったな」

「将棋、強くなったな。棋譜を見てるがすごい。昔はあんな手は指さなかった。最強の名人だ」

「トシちゃんこそ、すごいな。世界的な科学者や」

「数学の本、ありがとう。中学に入った年、家の前に置いてくれたの、ソウちゃんだろ」

　感動が生き生きと蘇ってくる。

「忘れたわ。そないな大昔の話。そやけど、俺かてあの本は勉強になった」

「そう思ってた。棋譜を見れば分かる。勘と経験に合理性と理論を付け加えた新しい将棋だ。最強の将棋だ。数学をかなり勉強したんだろ」

「厳しい先生がおったからや。最初はトシちゃんがやってることを理解したかったんや。将棋以上におもろいもんがあるんかって。数学の本を読んでよう分かったわ。せやけど、俺はやっぱり将棋の方がええ。数学はおもろいけど辛気臭い。でも俺が七冠取り戻せたのはトシちゃんのおかげや」

　心底そう思っていることを取海の顔が物語っていた。

「僕も将棋をやっててよかった。物事に対する論理的、独創的な考え方が、無意識のうちに刷り込まれてたと思う。数学の根底に通じるものだ」

「やっぱりトシちゃんやな。なんにでも理屈をつけよる」

　互いに声をあげて笑った。相場はなぜか涙を流しそうになった。取海を見ると横を向いている。やはり涙を隠しているのか。

「初美と結婚したんやて」

「知ってたのか」

「二度目の七冠を取ったとき、小学校で同級生やった奴が会いに来た。友達に俺が同級生や言うても誰も信用せんから、一緒に写真撮ってくれって。そいつが言うとった」

「友達はお互いに一人しかいなかったもんな」

　しばらく二人とも黙っていた。

「子供はおるんか」

「娘が一人。三歳だ。僕が出てくるとき、将棋ゲームをやってた。女流名人を期待するか」

「俺、初美が好きやったのかもしれん。絶対そうや。トシちゃんと結婚したいう話聞いて、くそって思うた。負けたと思うたんや。これ、初美に絶対に言うたらあかんぞ」

「言わないよ、絶対に」

　相場はまた笑い出し、取海もつられる。境内に二人の声が響いた。

「そやけど、将棋じゃ俺は負けへん。友達でも手加減せん」

「前は負けたけど今度は僕の勝ちだ。ソウちゃんの棋譜はさんざん勉強した」

「そりゃ、危ないな。コンピュータは手加減せえへんからな」

「数学も勉強してるんだろ。ソフトも組めるだろうし」

「やっぱり、トシちゃんのソフト貸してもらおか」

「いつでもいいよ。ルールだからね」

「俺との対局用将棋ソフトなんやろ。特別な戦法や癖なんかも考慮した人工知能搭載のソフトか。性格なんかも入っとるんやろ。トシちゃんがいちばん知っとるからな」

　取海が改まった口調で言う。顔からは笑みが消え、プロ棋士の厳しさが垣間《かいま》見えた。

「やはり分かってるんだ。ソウちゃんはコンピュータを勉強してる。将棋ソフトをよく知ってる」

「他のソフトとトシちゃんのは違《ちご》うとる。あれが人工知能いうもんやろ」

「人の癖や性格も取り込むようにしてある。実際に二、三回勝負すれば癖も性格も自動的に理解する。学習能力があるんだ。だけど今回は一番勝負だから無理だ。だから、あらかじめ入れておいた」

「俺の性格や癖か。昔とはずいぶん変わっとると思うけど」

「それも考慮した。棋譜を読み込めば自動的に学習できる。でも基本的なものは変わっていない」

相場は自信を持って言った。

「ソウちゃん、将棋続けるよな」

「あと一週間やな。これが最後の対局になるんか。トシちゃん、来年はアメリカに行くんやてな」

取海が相場の問いには答えず言う。

「花村さんからか」

取海がうなずく。辺りが薄暗くなってきた。

「そろそろ帰ろうか」

相場と取海は立ち上がった。並んで駅に向かって歩いた。二人とも無言だった。

駅前に来たとき、相場はのど元まで出た言葉をなぜか呑み込んだ。取海を見るとやはり何か言いたげに口元を動かしている。数人の小学生が大声をあげながら二人の横を走りすぎてゆく。

二人は無言のまま改札を通り、構内に入っていった。

週刊誌に載った小学生時代の相場と取海の対局写真がネットに流れた。

時を越えた対決、因縁の対局、将棋連盟の反対――二人の対局の話題は一気に盛り上がった。

将棋連盟の電話は鳴り通しだった。

「将棋連盟が折れてきた。非公式なら認めると言ってる。ただし一局限りだ」

息を切らして駆け込んできた花村が言った。

「非公式も公式もあるかい。俺と相場教授の対局や。一番勝負、そう決めとる」

取海は飲んでいたビールの缶をテーブルに置いた。

「話題にはなる。世界的にな。人工知能の権威と七冠棋士との対決。将棋連盟も認めざるをえんだろうな。負ければマスコミに叩かれるぞ」

「どうでもええわ」

ところで、と花村が改まった口調で言う。

「どこでやりたいんだ。頑張って提案してみるよ。俺にできるのはそれくらいだ」

「相場教授はどこがええって」

「自分は疎《うと》いから、取海名人に任せると」

取海は考えている。突如、取海の脳裏に真っ赤な陽に染まった海が浮かんだ。取海の将棋人生の転換点になった場所。新しい出発の地だ。

「富山がええ。あそこの夕陽は最高やった。あの旅館でもう一回指したいわ。俺には縁起もええし」

名人位を初めて取った旅館だ。

エピローグ

「意外な展開です。こんな手は初めてです。驚くことばかりですね、取海名人の向かい飛車といい」

解説の根本八段がスクリーンを睨むように見ながら言う。

向かい飛車は攻撃型ではあるが、持久戦を前提とした戦法で、取海が使うことはあまりなかった。時間を考えると、将棋ソフト相手には不利だとも言われてきた。

「取海名人はかなり将棋ソフトを研究していますね。ソフトの裏をかいているように見えます」

小幡九段が指摘する。

すでに四時間がすぎている。序盤は名人が押され、将棋ソフトが有利と言われていたが、名人が指した一手により局面が変わった。中盤から名人が盛り返してきた。

その後は一進一退を繰り返している。評価値も拮抗している。

勝負は終盤戦に入っていった。

あっ、という声が小幡九段の口から漏れた。取海名人が思いがけない一手を指したのだ。コンピュータの動きも止まっている。かつてこういう手はなかったのだろう。

「苦し紛れの意味のない一手じゃないですか」

「いや、単純にそうとも言えない気が。なにしろ指したのが取海名人ですからね」

根本八段と小幡九段の解説が続く。二人の目はスクリーン上をせわしなく動いている。

時が止まったように盤上の駒は動かない。会場に静かながらざわめきが広がり始めた。

「これはコンピュータが故障したか——」

そのとき、マシンの腕が動き、飛車をつかんで盤上に据える。すかさず取海が角をつかむ。

「これは取海名人、優勢ですか」

小幡九段がスクリーンに身体を乗り出した。

「いや、互角じゃないですか。盤上では互角に戦っています」

根本八段がスクリーンに目を向けたまま言う。


「暑いな。それに狭苦しいで。隣の襖《ふすま》、開けてくれへんか」

取海が声を出した。狭いと言っても、二十畳の部屋だ。

職員が相談していたが、相場のところに聞きに来た。

「いいですよ。人間は機械と違って暑さも寒さも感じます」

襖が開けられると、相場も取海もお互いの表情まで細かく読み取れる。

相場は取海に視線を移した。取海も相場を見ている。

ふっと相場の心に小学校時代の取海の姿が浮かんだ。自分を見つめて、さあどうすると問いかけている。いま、相場に対峙しているのは小学生の頃の取海だ。

相場はほとんど無意識のうちにコンピュータの回線を切り、マシンを手動に切り替えた。キーボードの操作でマシンの腕を直接動かすことができる。

マシンの腕が動き、駒を動かす。

取海が顔を上げて相場を見たが、相場は画面を食い入るように見つめている。

「『ブレイン』の指し筋が変わってきています。おかしいですね」

小幡九段がしきりに首をかしげている。

「また勝負が分からなくなりそうだ」

根本八段が呟くような声を出す。


取海が将棋盤の上にかがみ込む。

正座を崩して両腕で身体を支えて将棋盤を見つめている。やがて、背筋を伸ばすと飛車を移動させた。これでどうだという指し方だ。

取海が顔を上げ相場を見た。相場の脳裏で小学生の取海が語り掛けてくる。

〈帰りにソバ、食べに行こうや〉

相場の耳に確かに聞こえた。

〈いいね。負けた方——いや、勝った方の奢《おご》りだ〉

〈乗ったで〉

取海は笑みを浮かべた。相場がパソコン画面から顔を上げ、微笑み返す。

主要参考文献

『アンドロイドは人間になれるか』（石黒浩、文春新書）
『クラウドからAIへ　アップル、グーグル、フェイスブックの次なる主戦場』（小林雅一、朝日新書）
『今宵、あの頃のバーで』（先崎学、将棋連盟選書）
『最強最速の将棋』（斎藤慎太郎、マイナビ将棋BOOKS）
『人工知能は人間を超えるか　ディープラーニングの先にあるもの』（松尾豊、角川EPUB選書）
『天書の証明』（マーティン・アイグナー、ギュンター・M・ツィーグラー／蟹江幸博訳、丸善出版）
『ドキュメント　コンピュータ将棋　天才たちが紡ぐドラマ』（松本博文、角川新書）
『不屈の棋士』（大川慎太郎、講談社現代新書）
『ルポ　電王戦　人間vs.コンピュータの真実』（松本博文、NHK出版新書）
『われ敗れたり―コンピュータ棋戦のすべてを語る』（米長邦雄、中央公論新社）

本作は「ポンツーン」（二〇一五年十二月号〜二〇一六年八月号）の連載を加筆、修正したものです。あくまでフィクションであり、実在する個人、団体とは一切関係ありません。

〈著者紹介〉
高嶋哲夫　1949年岡山県玉野市生まれ。神戸市在住。慶應義塾大学工学部卒業。同大学院修士課程修了。日本原子力研究所研究員を経て、カリフォルニア大学に留学。79年、日本原子力学会技術賞受賞。94年、「メルトダウン」で第1回小説現代推理新人賞、99年、「イントゥルーダー」で第16回サントリーミステリー大賞・読者賞を受賞。著書に、『ミッドナイトイーグル』『M8』『TSUNAMI 津波』『東京大洪水』『乱神』『衆愚の果て』『首都感染』『首都崩壊』『富士山噴火』『浮遊』『日本核武装』など多数。

電王
2016年12月15日　第1刷発行

GENTOSHA

著　者　高嶋哲夫
発行者　見城 徹

発行所　株式会社 幻冬舎
〒151-0051 東京都渋谷区千駄ヶ谷4-9-7

電話:03(5411)6211(編集)
03(5411)6222(営業)
振替:00120-8-767643
印刷・製本所:図書印刷株式会社

ISBN978-4-344-03046-6 C0093
幻冬舎ホームページアドレス　http://www.gentosha.co.jp/

この本に関するご意見・ご感想をメールでお寄せいただく場合は、
comment@gentosha.co.jpまで。